お飾り婿の嫁入り

～血の繋がらない息子のために婿入り先の悪事を暴露したら、王様に溺愛されました～

シュロム
シィーズ国の国王。
暴君だった前王により
荒れた国を
立て直した賢王。
アグノス
グラオザーム侯爵家の
嫡男。
ディロスのことを
実の父だと思い、
慕っている。
ディロス
グラオザーム侯爵家の婿。
血の繋がらない息子である
アグノスを心から
大事に思っている。
読書家でややオタク気質。
Characters

リスティヒ
グラオザーム侯爵家の
筆頭執事。
グラオザーム女侯爵の
愛人でもあった。
ロン
ディロスにつけられた従者。
飄々とした
つかみどころのない性格。
ティグレ
シュロムの次男。
明るくてやんちゃ。
イデアル
シュロムの長男。
真面目で穏やか。

目次

お飾り婿の嫁入り

～血の繋がらない息子のために婿入り先の悪事を暴露したら、王様に溺愛されました～

1　悪夢と誰かの記憶

「僕は正統なこの国の後継者だ！　リスティヒがそう言っていた！　母様だってそれを望んでいたと！」

断頭台の上で、私の……僕の可愛い子が叫んでいる。

記憶にあるより、ずっと成長している姿だったけれど、さらりとした金髪も、ルビーのような輝く瞳も、長いまつ毛に覆(おお)われたぱっちりとした目も。どれもこれも僕の記憶にある、あの子の面影を残していた。

「いやだ、いや……死にたくない！」

迫りくる終わりの時を拒むかのようにあの子が、アグノスが泣き叫ぶ。しかし取り囲む民衆は彼を罵倒し、石を投げながら可愛いあの子の死を願う。

「っ……いや、なんで……たすけて、父さ……っ！」

アグノスが僕に助けを求めると同時にその首が宙へ飛んだ。そして、断頭台の床に落ちたソレはコロコロと転がり、見開いたままの目が空を映す。

その瞬間、知らなかった記憶が溢(あふ)れたのだった。

◆◇◆

「っ⁉　……っ、はっ……はぁ……うえっ……」

最悪の夢見に吐きそうになりながらベッドから這い出る。ふらり、ふらりと、鏡台へ近づき、鏡を覗き込めば、そこには月明かりに照らされた僕の顔が映っていた。

黒髪に薄紫の瞳。今の僕としては、見慣れた顔だ。だが、前の僕であれば、ファンタジーな色味で随分と美形になったなぁ、と思っただろう。

「ああ……夢だったら良かったのに……」

夢見や思い出したことで頭がぐるぐるしているが、ポツリと零した言葉は僕の本心だ。今の僕は、今の僕……私？　であって前の僕……前世の僕ではない。

前世ではなんてことない社会人の一人だった。あえて言うなら、ファンタジー戦記が好きなライトノベル読者という感じだろうか。

そして、今の僕は、僕が愛読していたファンタジー戦記の中に僅かに記されていた登場人物で、今見たばかりの悪夢に関連している人物。あの断頭台で首を落とされた悪役子息アグノスの名義上の父親である。

「どうして、ディロスなんかに……」

ディロス。それは、小説の中でほんの数行出てきただけの人物だった。

女侯爵(おんなこうしゃく)に婿入りするがそれは白い結婚で、女侯爵に相手にされぬまま女侯爵の死後、間をおかずに死亡したと記されるだけの。

読者にすらそんな存在いたなぁ……と、思われる程度の登場人物になってしまったことに頭を抱えつつ、今度は悪夢について考える。

あの光景は、ディロスが見るはずのないものだ。あの子が処刑される時、ディロスはすでに死んでいるのだから。

それなのになぜ僕は、アグノスの成長した顔を認識しているのか。

小説には挿絵こそあったが、それはデフォルメされたキャラクター的な絵だ。一方、悪夢で見た光景は、現実と区別がつかないほど精巧なものだった。

逆行、転生、予知夢。前世で知った言葉が浮かぶが、いずれにせよ今の僕がディロスであることには変わりなく、ここが小説の世界であることも間違いない。

そして、このままであれば、あの子が……なにも知らず僕を純粋に父と慕(した)うアグノスがこの先の未来で処刑されることも。

今の僕にとってここは現実で……アグノスは、血が繋がっていなくても可愛い息子で……

「アグノスを、助けなくちゃ……」

小説のとおり進めば、アグノスはこの先、王族……王弟の血を引く子供として現王への反乱の旗頭(はたがしら)として担ぎ上げられる。僕の妻の愛人の一人であった、侯爵家の筆頭執事の手によって。

僕の死の真相は小説には書かれていなかったが、アグノスを祭り上げた黒幕から考えるに、僕に残された時間は短い。なぜなら昨日、妻が命を落としたから。

昨日の晩、愛人の一人のところへ向かう途中に妻は……バリシア・ジナ・グラオザーム侯爵は、馬車の事故により死亡した。

情熱的な赤い髪と激情を宿した桃色の瞳を持つ彼女は恋多き女性だったが、貧乏貴族のモデスティア伯爵家三男の僕をお飾りの夫として迎え入れた。

気が弱く、外見も地味で実家の爵位も低い僕は、名義上の夫として飼い殺すには都合がよかったらしい。結婚式が終わった直後に、求めているのは夫という存在だけだと言われ、初夜すらなかった。

その後、白い結婚のまま五年の月日が経ち、彼女は僕以外の男の種で妊娠した。そうして生まれたのがアグノスだ。

その頃には、僕は彼女からぞんざいに扱われることに慣れ、日々無難に過ごせるのならそれでいいと思っていた。だから彼女が妊娠したことについて、怒りも悲しみもわかなかった。

金髪で薄紅色の目をしたアグノスが生まれた時、ああ、瞳だけは彼女に似ているな、と思ったのを覚えている。

その後、アグノスが乳母に預けられたままになっていることを不憫に思い、また、乳母から教えられるままに僕のことを父親と慕ってくるアグノスを突き放すほどの気概もなく、父子として交流を持つうちに純真なアグノスが可愛くて仕方がなくなった。

それは息子というより、親戚の子供に向けるような感情だったかもしれないけど、それでも屋敷でお飾りの婿として扱われている僕にとってアグノスは確かに救いだったのだ。

そんなアグノスが十二年後に処刑される。そして、僕の命も限られている。

どうすれば、僕達が死の運命から逃げられるのか、必死に頭を回転させた。

いくら前世の僕が戦記モノが好きだったとしても、今世の僕は下級伯爵家の生まれ。できる限り学ばせてもらったものの、それでも受けた教育は兄達に劣り、暗躍しているであろうグラオザーム家の筆頭執事に太刀打ちできるものではない。

女侯爵の伴侶だけど、なんの仕事にも関わっていないし、彼女が亡くなった時の実権は筆頭執事で愛人であるリスティヒにある。それこそ今のように。だからこそ、僕は妻である彼女の葬儀の準備もせず、惰眠を貪（むさぼ）っていられるのだ。

おそらく葬儀の後も、筆頭執事のリスティヒが侯爵家の実権を握ることになると思うのだが……そうなったらリスティヒは、アグノスの正式な後見人として振る舞うべく、僕を殺すのじゃないかと疑っている。アグノスを傀儡（かいらい）として反乱の旗頭（はたがしら）にした彼の行動を知る身としては、この仮説が正しいと思う。

僕だけで無理なら実家を頼ることも考えた。だけど、そこから巻き返せるイメージがわかず、僕は頭を抱えた。

悩みに悩んで外が白み始めた頃……もういっそのこと、国王陛下にぶっちゃけてしまった方がいいのじゃないだろうかと思い至った。ぶっちゃけるといっても、この先の未来をではなく、この家の悪事についてだが。

この家、グラオザーム侯爵家は代々続く名家だが、おそらく先代の頃から領地に圧政を敷いたり、貧民を奴隷として売り飛ばしたりなど、様々な悪事をしている。その全てをうまく隠しているあたり、先代もバリシアもやり手なのだろう。

証拠らしい証拠は、前世で読んでいた小説でも、反乱を起こすまで隠し通されていた。飼い殺しのお飾り婿とはいえ、侯爵家で過ごし、領地にも行ったことがある私ですら気づかなかった。だけど、幸い今の僕には前世の記憶による知識がある。書類の隠し場所が、小説と変わっていなければ僕の知る場所にあるはずだ。

本当にそこにあるのか確認したいが、バリシアの葬儀で忙しくても、今まで大人しかった僕が動き出したらリスティヒが怪しむと思う。そうしたら僕に残された時間がさらに短くなるのは目に見えている。

しかし、行き当たりばったりで国王に虚偽の報告をしたら、罪に問われるかもしれないし、そうなったら命を落とす可能性だって高い。……だけど、無駄死にするよりはいいかもしれない、と僕は覚悟を決めた。

部屋を出て、忙しくしているだろう執務室のリスティヒのもとへ向かう。

「リスティヒ。話がある」

「なんですか、忙しいのに」

執務室に入り、リスティヒに声をかけると、イライラしたような声が返ってくる。

いつも綺麗に撫でつけられていた黒髪はいくつか房が落ち、メガネの向こうにある鋭い切れ長の目の下にはうっすらと隈が浮かんでいる。

　バリシアの葬儀のすべてを取り仕切っているからだろう。常に余裕の表情を浮かべていた男とは思えないほど疲れている。

　僕は平静を装い口を開いた。

「バリシアの葬儀の日までアグノスを連れて実家に帰りたい」

「なにを言っているのですか？」

　リスティヒが顔を上げ、メガネのレンズの向こうから訝しげな視線を向ける。

「館が騒がしいから、アグノスが落ち着かないと思って。バリシアが亡くなったことはまだ話していないけど……理解するのも難しい歳だと思うし、葬儀の日までは落ち着いた場所で過ごさせてあげたいんだ」

　アグノスの世話役も乳母もいない状況なのだから、僕とアグノスは他所へ行っていた方が手がかからないだろうって雰囲気を出した。

　バリシアの訃報を受け、屋敷の人間は忙しそうに駆け回っている。リスティヒだってそうだ。

　だからここに活路があるんじゃないかと思い、続ける。

「葬儀のことは君がやってくれるから、私は必要ないだろう？　アグノスも部屋に閉じ込められるよりいいだろうし、どうかな？」

　リスティヒの顔色をうかがうような弱気な笑みを浮かべる。

「……いいでしょう。期日が決まったら、ご実家に使いを出します」

僕の笑みを見て、リスティヒは興味を失ったかのように書類に視線を戻した。

前世を思い出した後も、十年侯爵家で過ごす間に身についた困ったような笑い方を忘れていなかったのが幸いした。

「ありがとう。助かるよ」

ホッとしてリスティヒに礼を言い、執務室を後にする。そして、自室に戻ってようやく心から安堵し、鍵を締めた部屋の中でポツリと言葉を零した。

「リスティヒに余裕がなくて良かった……」

もし、リスティヒに余裕があったら僕の穴だらけの言い訳なんて、通用するはずがない。アグノスはこの家の跡取りだし、リスティヒはアグノスが王弟殿下の血を引いていることを知っている。正気であれば、そんな存在を外に出そうとは思わないはずなのだから。

今回は、運が良かっただけ。彼に余裕がなく、僕自身が彼から侮(あなど)られているから掴めたまぐれの勝ち筋だった。

彼と対峙(たいじ)した緊張からか未だに心臓が早鐘を打ち、手には嫌な汗が滲(にじ)む。だけど、休んでいる暇なんてない。彼が、僕に与えた許可を間違った判断だったと気づく前にこの家を出なければならないのだから。

となれば、急いで実家に帰るための準備をしよう。いつもなら、侍女に任せるけれど、今は人手がないし、元々僕付きの侍女などいないようなものだ。前世を思い出す前なら、戸惑っただろうけど、今は前世の記憶がある僕だからなんとかなった。そんなことを考えながら高価だろう服を手荒に鞄に押し込むことになったけど……些細なことだと思うことにしよう。

手早く実家に帰るための準備をして、アグノスの部屋へ向かう。

「アグノス？　入るよ」

ノックをして、声をかけるが返事はない。どうやらまだ寝ているらしい。バリシアの葬儀の準備で皆忙しいから起こしてもらえなかったのだろう。

部屋に入ると大きなベッドの上に毛布を被った小さなふくらみが見える。歩み寄ると、毛布にくるまって丸くなり、いくつもの枕に包まれるようにして眠るアグノスがいた。

「アグノス。朝だよ」

「ん……んー……」

小さな肩を軽く揺らすと、眠そうにしながらもアグノスが瞼を開ける。

「んー、ん……とー、さま？」

不思議そうに僕を呼ぶアグノスが可愛くて、こんな状況だというのに思わず和んでしまった。僕のアグノスはこんなにも可愛いのだ。

「そうだよ。おはよう」

「おはよぅ、ございます……」

目を擦りながら僕を見上げるアグノスに笑みを浮かべて、頭を撫でる。ストレートなのにふわふわと柔らかい金髪が指をくすぐる。絡まることなくすり抜けていく感覚が心地よく、時間がないのに何度も撫でたくなってしまう魅惑の触り心地だった。

「とうさま、なんでいるの？」

撫でられているうちにだいぶ目が覚めてきたのか、アグノスがベッドからのそのそと起き上がり、不思議そうに見上げてくる。そして、その可愛さに僕は打ちのめされた。

柔らかな金髪と薄紅色の瞳の収まるぱっちりとした目。ふくふくとした頬っぺたに小さい鼻とつんとした唇。その全ての配置が完璧だと思えるほどの愛らしさだ。

前世を思い出したからか、いつも以上に可愛く見えるアグノスに頬が緩みそうになるのを堪え、穏やかな笑みを浮かべる。

「今日はお出かけするからアグノスを呼びに来たんだよ」

「っ！　おでかけ！」

お出かけという単語を聞いて、アグノスの薄紅色の瞳がキラキラと輝いた。

アグノスは、まだ外出したことがない。貴族の子供のお披露目は十歳を超えてから。それまでは、外に出すことはなく、家の中だけで育てるのが慣例なのだ。

それゆえにアグノスはバリシアが出かけるたびに羨ましそうに見ていた。十歳を迎えるまで外に出られないと言い聞かせていたから、自分も外出したいと言い出すことはなかったが……外出というものに強い憧れがあるのはわかった。

「そう、お出かけ。父様の父様と母様……アグノスのお祖父様とお祖母様のお家に行こうね」

「おじいさまとおばあさまのおうち！　いきたい！　とうさま！　ぼくもいく！」

「うん、アグノスも準備しようね」

はしゃぐアグノスを宥めつつ、身支度を整えて、泊まりの荷造りも行う。自分の時より丁寧にしてしまうのは親としての性だろうか。

そうして、アグノスの準備を整え、軽い朝食を取ってから、荷物とアグノスを抱えて馬車へ向かった——のだが、玄関にリスティヒが立っていた。

……まさか、もう考え直したのだろうか。不安に思いながら彼の前へ進む。

「お待ちしておりました」

リスティヒが僕の姿を認め、口を開く。

「アグノス様をそのまま外に連れ出すのはいささか問題があると思いまして……こちらを」

そう言ってリスティヒが差し出したのは、一つのネックレス。それをアグノスの首にかけると、アグノスの髪と瞳の色が黒く染まった。

「これは……」

「見た目を変える魔道具です。瞳の色はディロス様の色と違いますが、今のままよりは、モデスティア伯爵家の方々が驚かないでしょう」

「……ありがとう。助かるよ」

僕達のやり取りを聞きながらアグノスが首を傾げる。自分の色が変わったことに気づいていないのだろう。しかし、こういう魔道具は初めて見た。なぜ彼はこんなものを持っているのか？　不思議に思いながらも、引き止められなかったことに安堵した。

「それでは、いってらっしゃいませ」

「ああ、いってくるよ」

「いってきまーす！」

リスティヒに見送られ玄関を出ると、すでに馬車が用意されている。そして、リスティヒが手配した御者（ぎょしゃ）と護衛が並んでいた。

「……忙しいところすまないね。よろしく頼むよ」

声をかけ、アグノスを抱きかかえたまま馬車に乗り込む。御者（ぎょしゃ）の手によって馬車の扉が閉められ、しばらくするとゆっくりと走り出した。

「とうさま！　うごいてる！」

窓の外を見て、景色が動いていることに興奮するアグノスを微笑ましく見つめる。屋敷の窓やバルコニーから馬車を見かける度に目を輝かせていたが、今日はそれ以上だ。

嬉しそうなアグノスを眺めながら、ただのお出かけではないことが心苦しかった。だけど、アグノスは純粋に外出を楽しんでいた。

アグノスと僕を乗せて、馬車はモデスティア伯爵家の屋敷へ向かう。実家に帰るのは十年ぶりだ。特に帰ることを禁止されていたわけではなかったのだが……グラオザーム侯爵家での扱いと実家での扱いを比べると、辛いだけだと思い帰らなかったのだ。

そんなことを思い出しているうちに、モデスティア伯爵家にたどり着いたらしい。門で一度馬車が止まり、しばらくして再び進み出す。僕が住んでいた頃とは随分と変わった屋敷の庭を眺めていると、馬車が屋敷の玄関の前で止まった。

「到着いたしました」

「うん、ありがとう」

御者（ぎょしゃ）が馬車の扉を開けてくれるのを待ち、アグノスを抱えて降りる。

「おかえりなさいませ、ディロス様」

「うん、ただいま」

僕らを迎えたのは、僕が産まれる前からモデスティア伯爵家に仕える家令のセリュー。十年見ないうちに歳をとったなぁ……と思いながら、僕は彼に笑いかけた。

「旦那様と奥様が客室にてお待ちです」

「うん、わかった」

セリューの言葉に頷き、僕は後ろに控えていた御者（ぎょしゃ）と護衛を振り返る。

「ご苦労。君達は帰っていいよ」

「いえ、私共はお二人についているようにリスティヒ様から命じられております」

グラオザーム侯爵家の人間がいたら動きづらいので帰るように促（うなが）したのだが、さすがリスティヒというべきか……先手を打たれたようだった。

どうするべきか頭を悩ませていると、セリューが口を開く。

「それは、我がモデスティア伯爵家がディロス様とそのご子息であるアグノス様に危害を加えると思っているということでしょうか？　いくら、侯爵家の方々とはいえ、こちらを侮辱するような物言いはいかがかと」

彼らしくない言葉に目を見開いていると、御者と護衛が焦り出す。

「そういうことではなく……！　できうる限り最善をということでして……！」

「では、お帰りを。十年ぶりに帰られた当モデスティア伯爵家のディロス様とそのご子息様であるアグノス様を守るのは、私共の役目。どうか、グラオザーム侯爵家の家令の方へもよろしくお伝えください」

きっぱりと言い放った彼に、御者と護衛はしぶしぶ引き下がる。

「……わかりました。お伝えしておきましょう」

その言葉に、僕は内心ホッとした。このまま残られたら、せっかく実家に戻ってきたのになにもできずにグラオザーム侯爵家へ帰ることになりかねない。

滞在を諦めた彼らは、馬車にのせていた僕らの荷物を近くにいた使用人に渡し、グラオザーム侯爵家へ戻っていった。

それを見送り、僕は隣に立つセリューに視線を向けた。

「……ありがとう、セリュー」

僕が強く出ていたら、リスティヒに怪しまれただろうから、セリューの行動はすごく助かった。

「いえいえ、久しぶりのご帰宅。婿入り先の者とはいえ、邪魔をされたくなかったのですよ」

なんてことないように言うセリューだけど、おそらく僕が困っていることを察しての行動だろう。

「それより、早く旦那様達のもとへ向かいましょう。お二人のことを首を長くしてお待ちですよ」

セリューの案内で両親の待つ客室に行くと、そこには、元は黒髪だったロマンスグレーの髪を撫でつけた父上と、いつまでも若々しい金髪を緩く肩から流した母上がいた。

「ご無沙汰しております、父上、母上」

「堅苦しい挨拶はいい。よく帰ってきた、ディロス」

「おかえりなさい、ディロス。なかなか帰ってこなかったから寂しかったのよ？」

二人共にこやかに迎えてくれる。

「それで……その子が？」

父上がアグノスへ視線を向ける。アグノスを見つめる父は嬉しそうな笑みを浮かべていた。

「はい、この子がアグノスです。アグノス、お祖父様とお祖母様に挨拶できるかな？」

知らない場所でキャパシティがいっぱいになったのか、アグノスは僕の体にしがみついている。

「おじいさまとおばあさま？」

僕の言葉にアグノスがピクリと反応し、顔を上げた。

「そうだよ。お顔を見せてあげて」

「ん！」

僕と視線を合わせたアグノスが笑みを浮かべて頷き、父上と母上の方へ顔を向ける。

「あぐのすです！」

輝くような笑みを浮かべてアグノスが自己紹介をすると、父上と母上は嬉しそうに笑った。

「はじめまして、アグノス。ディロスの父親……君の祖父のマルクだ」

「あなたの祖母のジェナよ。よろしくアグノス」

「――っ！　きゃぁぁぁぁぁぁ――っ！」

父上と母上の挨拶に、感情が振り切れたのかアグノスが甲高い叫びを上げる。可愛い。可愛いけど、なかなか強烈だ。

「アグノス、アグノス落ち着いて」

なんとかあやそうにもテンションの振り切れた幼児がそう簡単に止まるわけがない。

「とうさま！　とうさま！　おじいさま！　おばあさまっ！」

僕の腕の中で暴れるアグノスを必死で抱き続けていたら母上が笑った。

「ふふふっ……あの小さなディロスがちゃんとお父様をしているようで安心したわ」

現在、親子揃って醜態（しゅうたい）をさらしていると思うのだけど、母上からしたら微笑ましい光景だったようだ。嬉しいけど、ちょっと恥ずかしい。

「とうさま！　おばあさまの、かみのけ！　あぐのすといっしょ！　いっしょ！」

母上が自分と同じ金髪だということに気づいたアグノスがさらに興奮する。だけど、僕はその言葉にサッと青ざめた。

今のアグノスは魔道具のネックレスの効果で髪色が変わっている。それなのに母上と同じ色だと言ったら、父上と母上は不審に思うだろう。

「ジェナと同じ……どういうことだ、ディロス」

父上が困惑した表情で、アグノスを見つめる。

「その……今は説明できないのですが……」

「とうさま！　おろして！　おろして！」

大人達の状況など気にすることなく、アグノスは僕の肩を叩く。

「ちょ、ちょっと……待って！　降ろすから！」

このままだと落ちそうなアグノスをなんとか床に降ろすと、アグノスが母上の方へ走っていく。

その時、僕の袖のボタンに引っ掛かったネックレスの細い鎖が千切れ、アグノスの本来の色が露わになった。

「なっ⁉」

「あら……」

アグノスの髪色を見て父上と母上が言葉を失う。

「おばあさま！　かみ！　いっしょっ！」

僕がどう説明するべきか迷っている間にもアグノスは、母上のもとでぴょんぴょんと跳ねながら、自分の頭を指さした。

「……そうねぇ、同じ金髪ね」

母上はアグノスと視線を合わせるように体を屈め微笑むと、落ちたネックレスを手に取る。見た目を変える魔道具だと聞いていたそれは、母上の姿を変えることなく、その手に収まっている。

……壊れたのか？　そう思った時、母上がそのネックレスをアグノスへ差し出した。

「アグノス、これを持ってみてくれるかしら？」

「……？　うん！」

ネックレスを握ると、アグノスの髪が黒色に変わる。母上には効果がなかったのになぜ？　という疑問が浮かぶが、壊れていなかったことにホッとした。

「壊れてはいないようね。となると、ペンダントトップが魔道具なのかしら……？」

首を傾げながらまじまじと観察していたが、一つ頷くとアグノスへ語りかける。

「アグノス。お祖母様と一緒にお話ししましょうか。ついでに、このペンダントトップを別のネックレスへ付け替えましょう」

「うん！」

頷くアグノスと母上の様子に焦った。アグノスの相手をしてもらうのも、代わりのチェーンを借りるのも申し訳ないと思ったからだ。

「あの、母上……そこまでしてもらうわけには……」

「あら、いいのよ。事情がありそうだし、落ち着いて話がしたいでしょう？　可愛い孫の面倒は見てあげるから、ゆっくり話しなさい。その代わり、後で説明して頂戴ね？」

僕の抱えているなにかに気づいているのであろう母上が僅かに表情を曇らせながら微笑む。

「わかりました……母上。アグノスをお願いできますか？」

確かに、父上と話すならアグノスはいない方がいい。申し訳ないと思いながらも、お願いすると、母上は笑みを浮かべて頷いた。

「ええ、いいわよ。行きましょう、アグノス」

「ん！」

そう言って母上は、アグノスと手を繋ぎ一緒に部屋を出ていく。あっという間に静かになった室内。僕と父上の間に沈黙が落ちる。なにから切り出すべきかと考えていたら、父上が口を開いた。

「とりあえず、座ろう。セリュー、なにか飲み物を」

「かしこまりました」

セリューが客室を出ていくのを見送った後、父上と向かい合う形でソファーへ座る。

「さて……いろいろ聞きたいことはあるが……なぜグラオザーム侯爵の訃報が届いた今帰ってきたんだ？　あの子のこともあるだろうが……それだけだとは思えん」

さすがに父上には気づかれるかと内心苦笑する。

「理由は言えませんが、父上に王宮への取り次ぎをお願いしたいのです」

「……グラオザーム侯爵亡き今、お前が侯爵代理のようなものだろう。私を頼らずとも自ら謁見を申し込めるのではないか？」

「あの家では、僕はいないに等しいので……実権は筆頭執事が握っていますしね」

父上は納得いかなそうに僕と似た顔を歪めた。

「お前がいるのにか」

「それほど僕の地位は低いんです。彼女の噂は父上も耳にしたことがあるでしょう？」

「ああ」

父上が渋い顔で頷く。

僕と結婚してからも恋多き彼女は、社交界での噂の的だった。だから父上も僕の結婚を決めたことを後悔したというようなことを、以前夜会で顔を合わせた際零していたのを覚えている。

「それで、取り次ぎをお願いできますか？」

これで断られたら父上に正直に話すしかないけど……できるなら、国王陛下に直訴するまでは僕だけの秘密にしておきたい。

「わかった。いつまでだ」

「できるならバリシアの葬儀の前に」

「……無茶を言う。だが、なんとかしよう」

下級の伯爵家だから無理を言ってるのはわかる。それでもなんとかしようとする父上が頼もしかった。

◆◇◆

父上に取り次ぎをお願いしてから二日。実家で穏やかな時間を過ごし、今……僕は父上と共に王宮を訪れていた。

アグノスは、母上と僕の身代わりを頼んだ次兄が見てくれている。なぜ、兄様に僕の身代わりを頼んだかというと、モデスティア伯爵家の周りに見慣れない人間がうろついているのを警備の者が発見したからだった。

おそらく、リスティヒが手配した見張りだろう。その目を掻い潜(くぐ)るべく僕は、次兄で文官として王宮勤めをしている兄様の服を借り、変装して家を出たのだ。兄様にも僕に変装して一日を過ごしてもらうことになっている。

二日前、王宮から帰ってきた兄様に突然お願いしたにもかかわらず、二つ返事で快諾し、その翌日に今日の有休をもぎ取った兄様の手腕はすごい。

もしなにかあったら兄様にも影響があるだろうに……

「訳ありな甥っ子を連れてきた弟の願いを聞かない兄はいないだろう？」

と、当たり前のように言ってくれる兄様には本当に感謝しかなかった。

そんな兄様の協力もあって、僕は無事に王宮にいる。実家を頼ったものの、まさか本当にバリシアの葬儀の前に謁見できるとは思わなかった。

父上は、僕のただならぬ様子に古い友人であった侯爵様……宰相のノウリッジ様にその日のうちに渡りをつけてくれたらしい。

それでもたった二日というのは異例だ。王宮でもなにか気づいていたのかもしれない。

馬車の中で変装を解いた後、案内された待機室で謁見の順番が来るのを父上と静かに待つ。他家に婿入りした男が実家の父親と共に謁見するというのは情けない話だ。

自分の情けなさにため息を吐きながらも、僕はこれから謁見する国王……シュロム陛下について思い起こす。

前世の愛読書では、一巻の終わりに暗殺された脇役……に近い扱いだったけど、その偉業を今の僕はよく知っている。

好色であった先王シュトルツが多くの離宮を建て、その数だけ……いや、それ以上に側妃を集めた。

集められた側妃の扱いは、あまり良いとはいえず、病に倒れる者、心を病み自ら命を絶つ者などもいたと聞いている。入れ替わりも激しく、その度に離宮は建て替えられ、国庫は傾き、その分だけ民から税を集めた。

欲望のために娘達を消費される貴族、生活が困窮するまで税を搾り取られる平民。どちらからの不満も積もりに積もった頃、先王は病に倒れた。

命は取り留めたものの、政務ができる状態ではなく、生きているのがやっと。そんな先王に貴族達は神罰が下ったのだと口にしたが、一方でこの荒れ果てた国をどうするか、という問題が出てきた。そんな国を立て直したのが現国王シュロム・シィーズ陛下である。

僕より十二歳年上で、先王が倒れた時の年齢は、二十五。そこから三年前に先王が亡くなるまで、王太子として政務を続け、即位したその日は国民全員から祝福されたという。

僕自身も、シュロム陛下と顔を合わせたことが何度かあった。王家主催の夜会に参加した際にバリシアと共に挨拶したのだ。僕は、バリシアの隣で微笑んでいただけで、挨拶以外の言葉を喋ることは許されなかったけど……

だから、シュロム陛下の人柄については愛読書に書かれていたことしか知らない。それは、陛下の息子である主人公の視点なので、本当はどんな方なのかはわからないのだが……

そんなことを考えている間にも時間は進み、ついに僕達の謁見の番になる。人払いされた廊下を兵士に先導されて歩き、玉座の間に続く扉の前に着く。

陛下に玉座の間で謁見（えっけん）するのは、初めてだ。いつも以上に緊張している。

緊張で息を呑み、扉の先へ進む。

僕達より数段高い位置にある玉座に、シュロム陛下が座っていた。シャンデリアに照らされた金髪は輝き、深紅の瞳は血のように深い色をしている。

悪夢で見たアグノスと面影が重なって、やはりアグノスは王弟の落胤（らくいん）なのだなと実感した。

だけど、なぜだろうか。夜会で対面した時よりも目を惹かれる。ここが玉座の間であることを差し引いても、シュロム陛下の姿を見て、愛読書で読んだ人柄や夜会の時に見ていたものとは違うなにかを感じた。

それは、前世を思い出した影響もあると思うのだが、王へのある種の憧れ……恐ろしさを感じながらも、物語の主人公を直接見たような感じだった。

愛読書では、脇役だったのに……なぜこう感じるのだろうかと疑問だったが、それほどシュロム陛下のオーラがすごいのだと、納得することにした。

シュロム陛下の雰囲気に圧（お）されながらも部屋の中心まで進み、臣下の礼を取る。玉座の間には陛下と警備の兵士、宰相のノウリッジ様しかいなかったが、緊迫した雰囲気が漂っていた。

「面（おもて）を上げよ」

ノウリッジ様の言葉に顔を上げると、正面にいる陛下の深紅の瞳と視線が交わる。

「グラオザーム侯爵家のディロスだったか。この度のグラオザーム侯爵の訃報（ふほう）は王宮にも届いているが……この時期に私への目通りを願うからにはよほどのことがあるのだろうな？」

僕の出方を窺(うかが)うような言葉に、僕は緊張で引きつる喉を震わせて言葉を述べた。

「亡きグラオザーム侯爵の不正といくつかの貴族による反乱計画について、告発しに参りました」

静かに、だけどはっきりと告発内容を告げる。領地への悪政に脱税、人身売買。そして、今は亡き王弟の血を引くアグノスを旗頭(はたがしら)にしていずれ反乱を起こそうとしていることを。

「なるほど……お前の言いたいことはわかった。それで証拠は？　そこまで断言するのならあるのだろう？」

「私の手元にはありません……ですが！　隠し場所ならわかっております！」

侯爵家にはいくつかの隠し部屋があった。執務室と侯爵の私室。そして、地下には隠し通路も。どれも前世の知識で知ったものだが、侯爵家の屋敷が建てられた当時からあるものだ。この世界が愛読書のとおり、悪夢のとおりであるなら残っているはずだった。

「隠し部屋に隠し通路……だが、そこに証拠がないとしたら、お前は婿養子に入ったグラオザーム家を陥(おとしい)れようとしたことになる。私に狂言を吐いた責任を取る覚悟があるのだろうな？　むろん、お前の隣にいるモデスティア伯爵へも累(るい)が及ぶぞ」

陛下の言葉は予想していたものだった。

「モデスティア伯爵家は関わっておりません！　モデスティア伯爵には、謁見(えっけん)できるようお力添えをいただいただけです！」

もちろん、僕の言葉が信用に足るとは思っていない。でも、僕にできるのは訴えることだけだった。

「お前の言葉を鵜呑みにするつもりはない。だが、グラオザーム侯爵周辺が怪しかったのは事実だ」

陛下が深紅の眼で僕を見下ろす。

「確認が取れるまで、お前には王宮で過ごしてもらう。愚弟の落胤だという子供も迎えに行かせよう」

こうして僕は、王宮に留まることになったのだった。

SIDE　シュロム

……これは誰だ？　俺を見据える男を見下ろす。恐れながらも逸らすことはない視線。これがあのディロス・グラオザームなのだろうか？

俺の知るディロス・グラオザーム……ディロス・モデスティアという男は、あまり印象に残らない人物だった。

夜会でモデスティア伯爵に連れられているのを見たのが最初だろう。初見の印象は、よくいる貴族の三男。上の兄二人に比べると小柄で大人しく、控えめな性格のように見えた。

将来は、入り婿として外に出されるか、王宮に文官として働きに来るか……それとも軍に入るか……いや、性格的にも体格的にも軍は無理だな……、そんな判断を下したのを覚えている。

　そして、ディロスが成人してすぐに王宮に提出された書類で、グラオザーム侯爵家に婿入りしたと知った。

　グラオザーム侯爵であるバリシアは派手好きで、当時から愚弟であるイリスィオと関係があったため、ディロスはお飾りの婿だろうと想像できた。

　事実、結婚後見かけたディロスはバリシアの隣で萎縮（いしゅく）するように立っていた。

　月日が経ち、バリシアの隣に立つディロスは、ただ大人しくバリシアの添え物として存在していた。夜会への入場だけは、バリシアと共にする。ファーストダンスを踊ったら、愛人と踊るバリシアを眺めるように壁際へ。

　そして、夜会が終われば、愛人の馬車へ乗り込むバリシアを見送り、一人グラオザーム侯爵家の馬車に乗り込んでいた。

　夜会後の話は報告として聞いただけだったが、父王が側妃達にした行いを思い出して眉をひそめた。なぜバリシアは、自分の叔母があれらの行いの被害にあったことを知りながら自らも同じような行動をするのかと。

　だが、ある時。ほんの僅かにだがディロスの目に生気が戻っていた。それがなぜかはわからないが、ディロスの中で変化があったのは確かだった。それでもバリシア……グラオザーム侯爵が死ぬ直前の夜会まで、ディロスの目は淀（よど）んだままではあったのだが。

　それゆえに、ディロスが謁見（えっけん）を希望していると宰相から伝えられた時は耳を疑った。あの生きた人形のような男が生家を頼って謁見を望むとは思えなかったからだ。

しかし、玉座の間で見下ろしたディロスは、今までのディロスとは明らかに違った。告発の場ということもあり、どこか恐れを抱いていたようだが、それでもまっすぐに覚悟を持って俺を見ていた。

その場で語られたものについては王として強い口調で対応したが、以前のディロスを知る者であれば、その言葉に嘘がないことは明らかだった。

「ノウリッジ、ローラン。どう思う」

ディロスとモデスティア伯爵が退室した後、側に控える宰相ノウリッジと、ディロス達からは見えない位置で控えていた側近のローランに問う。

「幼い頃からマルク——モデスティア伯爵を通じて知っておりますが、陛下を謀る度胸はないかと」

「嘘をついているようには見えなかったけどね」

やはり、どちらも俺と同意見であるようだ。

「あれで、嘘ならうちに欲しいくらいだよ」

ローランが肩を竦めたような気配がする。確かに、あれが演技であれば、暗部としての資質もあるだろう。まあ、ありえないが。

「ローラン、早急に子供の確保を。それと……グラオザーム侯爵家の動向も探っておけ」

「はいはい、任されましたっと」

玉座の間からローランの気配が消える。

「ノウリッジは、摘発の準備を軍に指示して、共に捜査を」

「かしこまりました」

頭を下げて王座の間を後にするノウリッジを見送った俺は、忙しくなるだろうとため息を吐いた。

◆◇◆

父上と別れ、僕が通されたのは王宮の一室……おそらく貴族を拘束するための部屋だと思う。

部屋の位置は二階。窓は細く、格子も嵌(はま)っていた。ただ、貴族が滞在するのが前提のためか、内装は整えられている。

質のいい毛布の掛けられたベッドに革張りのソファー。ソファーに隣接するテーブルは美しく、窓の格子さえ見なければ客室と言われても納得できそうだ。

見張りであろう王宮騎士が控えているものの、侯爵家の悪事が暴かれるまで過ごすことに不便はないだろう。

あとは、アグノスが無事であればいい。侯爵家の悪事が暴かれた後、アグノスの助命を願うつもりだが……血統を考えると陛下のお考え次第だろう。

今は亡き王弟イリスィオ殿下は、バリシアと同じく恋多き人で、現国王シュロム陛下が即位する前に馬車の事故でお亡くなりになっている。

イリスィオ殿下が亡くなったのは、アグノスが生まれる半年前。バリシアとの関係は、僕がバリシアと結婚する前から続いていたらしい。

二人は、類友でもあったようで、互いの愛人関係を自慢し合っていたようだった。老いも若いも、派閥すら関係なく、たくさんの愛人と関係を持っていた二人。多くの愛人を引き連れて夜会に参加するその姿は、社交界の花のようなものだったのかもしれない。

だが、その振る舞いゆえにイリスィオ殿下は、婚約を解消されたと聞いている。いっそのこと二人が婚約したら良かったのにとも思うが、そうしたら可愛いアグノスが僕の息子でなくなるからそれは考えものだ。

それに、あの二人がいい親である姿は想像できないし……

親や庇護者に恵まれなかったアグノスの行く末が、あの悪夢の光景だ。僕が侯爵家の悪事を暴露したことによって変わるかもしれないが……不安でならない。物語を崩すことによって未来がどうなるかなど僕には予想もつかない。

思考が悪い方向にいっている。少しでも気を紛らわせようと……僕は、この世界の未来を書き記していた愛読書について思い出すことにした。

『シィーズ国戦記』。それが僕が愛読していたファンタジー戦記のタイトルだ。

内容はいたってシンプルで、今から十二年ほど後、アグノスを旗頭（はたがしら）にした反乱が原因で疲弊（ひへい）した我が国は他国から狙われ、長い長い戦火に巻き込まれる。

主人公は、第二王子であるティグレ王子。シュロム陛下の息子であり、レーヌ王太子妃が自身の命と引き換えに産み落とされた方だ。

母であるレーヌ王太子妃が自分を産み落とし亡くなったこと。第一王子で兄であるイデアル王子が賢く優秀で王太子として優れていたこと。その二つに罪悪感と劣等感を抱きつつも、弟として愛してくれる兄を得意の武勇で支えるべく、王子でありながら国軍に所属し、頭角を現す――というところから物語が始まる。

構成としては三部作で、アグノスが旗頭となった反乱は第一部。第二部が隣国との戦争で、第三部が大陸全土を巻き込む戦乱の物語となる。

始まりの反乱は、国中を戦火が包み、第一部の中盤で裏切者の手によりシュロム陛下は命を落とす。

王位をイデアル殿下が継ぎ、王弟となったティグレ殿下が父の仇を取るべく、兵を指揮し、王都へ兵を進めていた反乱軍を制圧。

捕らえられたアグノスは断頭台の上で命を落とし、その首を掲げてティグレ殿下は英雄となる。

その後、隣国との戦争に勝ち、大陸の戦乱をも収めたティグレ殿下は軍神と呼ばれるようになり、彼の戦乱の物語はそこで終わった。

だが、その後の話が書かれた最後の数ページで、恨みを持った国民による狂刃によってティグレ殿下は倒れ、軍神の死を悼む人々の姿で物語は閉じるのである。

……思い出さなければよかった。前世で憧れた主人公が愛息子の首を掲げるシーン、そして主人公が狂刃に倒れるシーンを想像して、さらに気分が沈んでしまう。

あの光景を見たくないからこうして動いているんだけど……ああ、やっぱり不安だ。

不安に苛(さいな)まれながらも時間は進む。運ばれてきた夕食を取り、また一人の時間を過ごしていると、部屋の扉が叩かれる。視線を向けると、見張りの兵士が開けた扉の先にシュロム陛下が立っていた。

「っ！」

ソファーから立ち上がり、臣下の礼を取る。な、なんで陛下がここに!?

「非公式のものだから気楽にしていい」

その言葉に頭を上げるが、気楽にしてって……いや、無理だ。緊張する。

「座らないのか？」

部屋に入ってきたシュロム陛下は僕の前のソファーに座り、まるでこの部屋の主(あるじ)のように促(うなが)した。

断る度胸はないので、恐る恐る座ると、先ほど一人でいた時とは違う沈黙が部屋に流れる。

な、なんで？　なんでここに？　まっすぐ僕を見つめるシュロム陛下に、僕は視線を彷徨(さまよ)わせる。

シュロム陛下が口を開いた。

「この度の告発は助かった。貴族の一部がきな臭い雰囲気を出しているのは気づいていたのだが、狸(たぬき)ばかりで隙を見せんから宰相と共に頭を抱えていたのだ」

「……信じて、いただけたんですか？」

「なぜ、入り婿のお前が知っているのかというのが釈然としないが……七割程度は」

シュロム陛下の言葉にほんの少しだけ安心する。正直、一割も信じてもらえないと思っていたからだ。

「今回、証拠が見つからなかったとしても、お前の実家であるモデスティア伯爵家に累(るい)を及ぼすことはしない。だが、お前は別だ。それだけは覚悟しておけ」

「……わかっています」

告発しても証拠が見つからなければ僕が責任を取らなければならない。それでも、実家に累(るい)が及ばないと言ってもらえただけで心に引っかかっていたものが取れた気がした。

「私のことはどうなっても構いません。ですが、アグノスはどうなるのでしょうか」

「血の繋がらない息子のことを気にかけるのか？」

理解ができないといった表情を浮かべるシュロム陛下。血を繋ぐことが役目である王族や貴族には理解できない考えなのかもしれない。

「アグノスは、あの家で唯一私を必要としてくれたんです。最初は、本当の父親ではない私が関わりを持つべきではないと思っていましたが……それでも父親と慕ってくれるあの子がすごく愛おしかったんです」

関わりを持つようになったのは、あの子が喋(しゃべ)れるようになってから。最初は父様と呼ばれ慕われることに戸惑っていたけれど、すぐに、もっと早くから関わりを持てばよかったと後悔した。もっと早くから関わっていれば、赤ちゃんの時のアグノスの可愛い姿も記憶に残せたのにと。

「……お前は貴族としては変わっているようだな」

「そうかもしれません。でも、あの子の父親でいられるのならそれでいいです」

面白そうな顔をしているシュロム陛下に心のまま素直に告げる。僕にとってアグノスはそれほど可愛い子供なのだから。

「そうか」

シュロム陛下は考え込むように口を閉じる。

「……お前の息子の処遇についてはは考えておこう」

僕の目を深紅の瞳でまっすぐ見てそう告げた。その瞳から、なにかを読み取ることはできない。だけど、なぜか悪い予感はしなかった。

「ああ、そうだ。保護に向かった者から報告があった。無事に保護し、今はお前と同じように王宮の一室で過ごしている。子供に慣れた侍女をつけているから安心するといい」

「っ!? あ、ありがとうございます！」

アグノスが無事王宮に着いたことを知り、心から安堵する。これで、リスティヒの影響から逃れることができただろう。

「それと……モデスティア伯爵と夫人からの報告で、魔道具でアグノスの髪色を変えていたとあったのだが……その魔道具は誰が渡したものだ？」

探るような視線に息を呑む。

「リスティヒです。グラオザーム侯爵家の筆頭執事の」

「……そうか。ありがとう」

僕の答えを聞き、シュロム陛下は俯(うつむ)いてなにかを考えこむようにしていたが、やがて視線を上げる。

「さて、邪魔をしたな。今日はゆっくりと休むといい」

難しい表情から一転、シュロム陛下は笑みを浮かべて立ち上がる。

「はい。お心遣いありがとうございます」

僕も立ち上がり、深く頭を下げて、部屋を出ていく彼を見送った。

扉が閉まり、部屋の中に僕と見張りの王宮騎士だけが残される。安堵の息が漏れた。

それと同時に粗相をしていないか心配になったが、考えてみたら告発するために無理に時間を取ってもらったのだった。今思うと、それが一番無礼だったな、と今更ながらに自分の無謀さに苦笑した。

でも、まさかこんなに近くでシュロム陛下と話すなんて……。バリシアといた時は、僕のことなんて一瞥しかなさらなかったのにわざわざ気にかけてくださるとは。

玉座の間でも思ったが、近くで見ると恐ろしく美形だったな。成長したアグノスとどこか似ていたものの、僕より十二歳上なのと、国王として重い責務を背負っているからかすごく落ち着いた雰囲気がある。

作中でも賢王と言われていた。こうして話してみても、王としての厳しさもあるが優しい人だと思う。お飾りとして入り婿をしていた僕とはなにもかも違う人だ。とても素晴らしい人だと思う。

あの方が死んでしまうのも防げるだろうか……。ふとそんな思いが頭を過る。この告発がうまくいかなければ、僕は責任を取って命を落とす可能性もある。だから、未来を知ることはできないかもしれないけど……それでも、小説の流れを回避することができるのであれば、アグノスの死だけでなく、シュロム陛下とティグレ殿下の死も回避できるかもしれない。

そうしたら、作中、なにも為さずに死んだ僕よりは、意味のある死を迎えることができるんじゃなかろうか。

もちろん、告発が成功して僕もアグノスも、シュロム陛下もティグレ殿下も、命が助かるのが最高の結果だ。でも、僕の命以外は十年以上先の話。全てがわかるのは遠い遠い先だった。

2　新たな生活

僕が王宮の一室に入れられて一夜が明けた。慣れないベッドだったのでなかなか寝つけず、疲れが残っている。だけど、なにもせずに寝ているのも落ち着かず、寝巻から用意されていた服に着替えた。

身支度を整えたところで、部屋の扉が叩かれる。朝食の時間には早いので首を傾げていたら、開いた扉から小さな黒い影が飛び込んできた。

「とうさまー！」

「アグノス!?」

それは、リスティヒから渡されたあの魔道具をつけたアグノスだった。僕は驚きながらもめいっぱい両手を広げて、走ってきたアグノスの体をしゃがんで抱きとめる。

「とうさま！　とうさま！」

もう離してたまるものかというように、ぎゅううううっと抱きついてくるアグノス。昨日王宮に到着して侍女も付けてもらったと聞いたが……見知らぬ場所に一人で不安だったのだろう。

「大丈夫。ここにいるよ」

しがみつくアグノスの背中を撫で、アグノスの側にいた年配の侍女を見上げる。

「連れてきてくださってありがとうございます。でも、どうして……」

「陛下のご指示です。幼い子供を親と離すのは可哀想だと」

もしかすると、二度と会うことができないかもしれないと考えていただけに、本当にうれしかった。

「……そうですか。陛下にも感謝していますと伝えていただけますか？」

「かしこまりました」

陛下の恩情に心が温かくなる。

侍女が部屋から出ていき、アグノスと二人、見張りの王宮騎士と共に残された。

「アグノス。いい子にしていたかい？」

「……うん」

涙を浮かべぐずっていたアグノスが落ち着いたのを見計らって声をかけると、小さく頷きが返ってくる。

「そっか。アグノスは強い子だね」

一人で頑張っていただろうアグノスを抱えたままソファーに座った。

「今日からは父様と一緒に過ごそう」

「よるも？」

「うん、一緒に寝ようか」

不安げに瞳を揺らすアグノスの頬に残る涙を拭いながら頷くと、ようやくアグノスの顔に笑みが戻る。

「うん……！」

今日はいっぱい甘やかそうと心に決め、小さな小さなその体を抱き締めた。

アグノスと一緒に過ごせることを喜んでいると、お昼を過ぎた頃、また部屋を訪れる人がいた。宰相であるノウリッジ様だ。

「グラオザーム侯爵家への監査が行われた」

王宮の動きが早いことに驚く。まさか、昨日の今日で監査を行うとは思っていなかったからだ。

「君の言っていたとおり、執務室の隠し部屋から証拠となる書類を確認できた。関与の疑われる筆頭執事を捕縛したが、他にも関与している貴族はいるだろう。君には証言者として今しばらくここに滞在してもらうことになった。不自由をかけるが身の安全のためだと理解してもらいたい」

「それは、わかっています」

父を通じて、幼い頃より顔を合わせていたノウリッジ様の宰相としての言葉と、どこか労（いたわ）るような声に素直に頷く。

ここに入れられていることも、アグノスと一緒に過ごせていることも、陛下やノウリッジ様の優しさゆえだろう。それに反対する理由などなかった。

「……それにしても、随分と懐いているようだね」

僕の腕の中で安心したように眠るアグノスを見て、ノウリッジ様が微笑む。シュロム陛下に忠誠を誓うノウリッジ様にとっては厄介事の種でしかないだろうけど、その笑みは優しいものだった。

「ずっと、二人だったので」

ポツリと零した僕の言葉に、ノウリッジ様の表情が曇った。だが、すぐに宰相としての表情に戻る。

「そうだ。彼女はここにいさせるから、なにかあれば彼女に伝えてくれ」

そう言って、ノウリッジ様はアグノスを連れてきてくれた侍女を示す。ノウリッジ様と共に再度訪れた彼女は、静かに一礼した。

「エリーと申します。よろしくお願いいたします、ディロス様」

頭を上げ笑みを浮かべた彼女は温和そうな女性で、僕の両親やノウリッジ様より年上に見える。侍女の中でも地位が高そうに見えるのだが本当にいいのだろうか？

「よろしいのですか？」

「彼女は乳母の経験もあるから、君の助けになるだろう」

確かに乳母の経験がある人なら、まだ幼いアグノスを任せるのに適任だと思う。僕の姿を見るまでアグノスはいい子にしていたようだし、アグノスも一日だけとはいえ一緒にいた人の方が安心できるかもしれない。

「必要であれば、従者をつけてもいいがどうする？」

「いえ、彼女だけで大丈夫です」

ノウリッジ様の申し出を断る。部屋は広いけれど、側に人のいる生活を送ってこなかったから、人は少ない方が気が楽だ。

「わかった。改めて進展があれば、知らせに来る」

そう告げて部屋を後にするノウリッジ様を僕は見送ったのだった。

◆◇◆

客人として扱われるようになって、少しだけ生活が変わった。

部屋を出ることはできないが、エリーが気を利かせて王宮にある図書室から本を取り寄せてくれることになったのだ。

前世を思い出す前も、本好きは同じだったらしく、実家や侯爵家でも歴史書や戦記を読み漁っていた。それゆえに王宮の図書室という単語に年甲斐もなくワクワクしてしまう。今まで読んだことのない本があるかもしれないから。

「こちらが王宮図書室の目録になります」

王宮図書室から戻ってきたエリーから渡されたのは、蔵書のタイトルを書き記した目録が三冊。内二冊はなかなかの厚みがある。この二つには僕が希望した歴史書や戦記小説だけが記載されているというのだから、王宮の蔵書はやはり豊富なのだろう。

そして、残りの一つは、神話や物語が子供向けに書かれた本の目録である。

「とうさま。これなーにー？」

「お城の図書室にどんな本があるか書かれた本だよ」

「ほんのこと、かいてるほんー？」

どういうこと？　と、首を傾げるアグノスが微笑ましい。

「ここの本棚には本がたくさんあるから、わかりやすいように書いてあるんだ。アグノスにもなにか選んであげるから楽しみにしててね」

「うん！」

アグノスが目録を見て目を輝かせている。その姿に目を細めながら、アグノスのための本を見繕う。

「とりあえず、この五つを」

「全て子供向けのようですが……ディロス様のものはよろしいのですか？」

借りてきてほしい本のタイトルを書いたメモを渡すと、エリーは首を傾げる。

「うん。蔵書数はさすがだと思ったけど……どれも読んだことのあるものだから、とりあえずはいいかなって」

軽く目録に目を通したが、どれも一度は読んだことのあるものだったのだ。実家であるモデスティア伯爵家も、婿入り先のグラオザーム侯爵家も歴史は長い家だから、蔵書はそれなりの数があった。

それに加え、僕も新しいものが出たら許される範囲で購入していたからか、目録にある本は一通り読んでいたのだ。期待していただけにちょっと落ち込んでしまった。

「左様ですか……では、一つ私にお任せいただけませんか？　ディロス様がお読みになったことのない本をお持ちしましょう」

胸を張って笑みを浮かべるエリーに、目を見開く。

「そんなものがあるの？」

「ええ……きっと、ディロス様のお眼鏡にもかなうことでしょう」

「そうなんだ……楽しみにしてるね」

自信満々に笑うエリーに首を傾げるが、読んだことのない歴史書や戦記には興味があったので任せた。いったいなにが来るんだろうと考えると、萎(しぼ)んだ期待が膨らむような気がした。


翌日。ソファーに座り、アグノスに子供向けの本を読んであげていると、エリーが本を抱えて戻ってきた。

「ディロス様。こちらをどうぞ」

そう言って差し出したのは、見慣れぬ装丁の本だった。おそらく、これが昨日言っていたものだろう。

「アグノス、ちょっと待っててね」

「はーい」

一旦読むのをやめて、エリーから本を受け取る。やはり、見覚えのないものだ。表紙はシンプルにタイトルだけで、それも手書き。

おそらくは、装丁がしっかりしている白紙の本……立派なノートに手書きで書かれたものだろう。

表紙には他国の名前だけが書かれており、中を開くと、タイトルの国の歴史書であることがわかった。それもタイトルの国は、こちらの国と文字が違うはずなのにこちらの国の文字で書かれている。おそらく向こうの国の歴史書を翻訳したのだろう。相当手間のかかる作業だっただろうに、書き損じや誤字などが見当たらないその完成度にただただ感心した。

「……すごい」

零れた言葉は、この本の製作者に向けてのものと、この本がここにあることに対してのもの。貴族階級であれば、自国の歴史書や戦記はいくらでも手に入れることができるが、他国のものはそうもいかない。

歴史が明らかになるというのは、その国の内情を伝えることにもなるし、戦記などであれば、戦争になった時に不利になりかねない。それゆえに、どこの国でも売買は自国の貴族相手に限られるし、密輸の罰則も重いのだ。

それなのに、今僕の手元にそれがある。その事実に驚いた。

「どこでこれを？」

「申し訳ありませんが、持ち主については口止めされております」

……それもそうか。他国の歴史書を持っているとなると、その手口は後ろ暗いもののはずだから。

「でも……これ、私が見てもいいの？」

持ち主の許可は得ているようなので大丈夫だとは思うが、こんな貴重なものが僕の手元にあるなんて。読みたいのは、間違いないのだけど。

「はい、問題ありません。むしろ、感想をお伝えしたらお喜びになると思います」

笑顔でそう告げたエリーに、首を傾げる。どうやらこの本の持ち主とは、親しい仲のようだ。こんな貴重な本の持ち主と親しいなんて、いったい彼女は、どういう人なのだろうか？

エリーに対してちょっとした疑問を持つものの、尋ねるのは憚(はばか)られる。

「そう。ありがとう。読んだら感想を伝えるから、持ち主に伝えてくれる？」

「ええ、お任せください」

笑みを浮かべたエリーに笑い返し、その本をテーブルに置く。

「お待たせアグノス。続きを読もうか」

「うん！」

借りたばかりの本を読みたいのはやまやまだけれど、僕の隣で大人しく待っているいい子を待たせ続けるのも良くないと、膝に開きっぱなしにしていた本を改めて読み始める。

それにしても、あの本の持ち主はどういう人なのだろうか……。ほんの少し、見知らぬ本の持ち主に同好の士のような感情を抱きながら、僕はアグノスに本を読み聞かせるのだった。


それからというもの、僕と本の持ち主との不思議な交友関係が始まった。エリーの借りてきた本を僕が読み、その感想を書いた手紙をエリーから持ち主に渡してもらうというものだ。

そして、その感想を聞いた本の持ち主が新しい本を貸してくれる。そのどれもが僕の読んだことのないものばかりで……その全てがおそらく彼？　が、翻訳した本だったり、彼自身が纏(まと)めた私的な歴史書だったりした。

多少のばらつきはあるものの、どれも同一人物の筆跡と思われる。丁寧に記されたその文字や内容から、人となりが見えてくる。真面目で物事を公平に見ることのできる人。そして、本の後書きにその歴史の問題点や戦術への評価が書かれているので、物事の結果を見て、より良い結果を導き出そうとする勤勉なところもあるようだ。

彼からの手紙はないものの、感想をもとに律儀に本を選んでくれているのがわかるので、勝手ながら親しみを持っていた。

◆◇◆

エリーの借りてきた本を読み、感想を手紙で送るという生活を続けていたある日、驚いたことにシュロム陛下の二度目の訪問があった。すでにアグノスは寝ており、個人的な読書を楽しんでいる時間であったため、驚きはしたものの焦りはしなかった。

「久しいな」

前回からさほど時間は経っていなかったものの、そんなことを言いながら部屋に入ってきたシュロム陛下に僕は臣下の礼を取る。

「お久しぶりです」

「そのように堅苦しくせずともよい。これは、公式なものではないのだからな。……少し、話そう」

そう言って、シュロム陛下は僕に座るように促し、自身もソファーに腰かける。僕がその正面に座ると、シュロム陛下はゆっくりと口を開いた。

「ここで過ごすようになって数日が経ったが、不都合はないか？」

「いえ、特には。とても良くしてもらっていると思っていますし、心穏やかに親子そろって過ごさせていただいています」

一つの部屋に閉じ込められているので軟禁状態とも言えるだろうが、それは僕ら親子の安全のため。不満などなかった。

「そうか。……最近は、本をよく読んでいるらしいな」

「はい。エリーが持ってきてくれる本は、どれも読んだことのないものなので……とても楽しいです」

なにを読んでいるかはエリーから報告がいっていると思うが、内容が内容なので詳しくは言わなかった。

「楽しむ余裕があるようでなによりだ。こちらの都合で閉じ込めているゆえ、不自由していないか心配だったのだが……安心していいようだな」

シュロム陛下が柔らかく微笑む。僕はそのような表情もできるのか……と、呆気にとられた。いや、そりゃあできるよね。シュロム陛下だって人間なんだから。

予想外の笑みになぜだかドギマギしながら、それを取り繕うように口を開く。

「たまにはアグノスを外に出してあげたいと思いますが、わがままは言えません。今のところはアグノスも落ち着いていますし、しばらくは大丈夫だと思います」

お出かけに憧れていたアグノスも、実家、王宮と慣れない場所が続いているからか、この部屋で過ごすようになってからは僕にべったりとくっついている。落ち着く環境で過ごさせてあげたいとは思うのだけど、今しばらくは難しいだろう。

「そうか。……起きているのなら顔を見ておこうと思ったんだが……」

シュロム陛下がアグノスの眠るベッドへ視線を向けた後、改めて僕に視線を戻した。

「今一度聞くが、アグノスは確かに王族の血を引いているんだな？」

「成長するにつれて瞳の色が濃くなっているので間違いないかと」

この国の王族は、古(いにしえ)の時代に神より加護を受けたため、その見た目に特徴がある。それが金の髪と赤い瞳だ。

特に赤い瞳は王族特有のもので、幼い時は薄い色をしているが成長するにつれてどんどん深い赤に変わる。

まれに降嫁する王女がいて、貴族に王族の血が混じるが、瞳の色は次の代から明らかに薄くなり、代を重ねるごとにバリシアのように桃色の瞳になっていく。

また、桃色の瞳の者同士で子供を作ろうとも、赤い瞳の子供が生まれることはない。そのため、赤い瞳を持つ王族は神の加護を持つと信じられているのだ。

「……確かにあれの子供の可能性が高いな」

今おられる王族は、国王であるシュロム陛下と、彼の息子である二人の王子だけ。王子のお二人が生まれる前も、イリスィオ王弟殿下と先王シュトルツがいらしただけだ。

アグノスの父親と考えられる年齢の王族は、シュロム陛下とイリスィオ王弟殿下、先王シュトルツ。

その中でもバリシアの愛人であったイリスィオ殿下しか考えられない。イリスィオ殿下がバリシアと愛人関係にあったからというのもあるが、シュロム陛下は王太子妃殿下亡き後、他の女性を近づけることはなかったし、常に執務に追われていた。先王シュトルツはアグノスが生まれる十年以上前から体調を崩され、ご自身の居宅から出ることすら叶わなかったからだ。

「お前はアグノスの瞳が深紅に染まると思っているのか？」

「……はい」

シュロム陛下の言葉に僕は頷く。なぜなら僕はあの子の瞳がルビーのように深い赤になるのを知っているから。

「そうか」

シュロム陛下がため息を吐く。王弟の血を引く落胤。それはシュロム陛下の苦悩の種でしかないだろう。

本来であれば、幼子のうちに存在を隠してしまった方が都合がいいはずだ。

それでも今回、僕がグラオザーム侯爵家を告発し、アグノスの助命を求めているからシュロム陛下は頭を悩ませてくれている。

そんなシュロム陛下の決断なら、アグノスにとって悪いことにはならないだろう。そう今の僕は信じていた。

「……わかった。すでにお前達の処遇は決めているが、今しばらく待て。グラオザーム侯爵家のことが片付いてから改めて話そう」

「……わかりました」

シュロム陛下の中ですでに決まっているという僕達の処遇。それが、アグノスにとって最善であることを祈りながら、部屋を後にするシュロム陛下の後ろ姿を見送るのだった。

◆◇◆

「ディロス君。グラオザーム侯爵の埋葬が決まったのだが……どうするかね？」

ある日、僕とアグノスが部屋で過ごしていると、ノウリッジ様が部屋を訪れてそう言った。

グラオザーム侯爵家が検挙されて、彼女の遺体は軍の預かりになった。そのため僕はアグノスに最後の別れをさせられなかったことを後悔していた。

「……会えるのですか？」

「君の伴侶で、その子の母親だ。どのような人物であれ……最後の別れぐらいは許されるだろう、という陛下の計らいだ」

思った以上にシュロム陛下は気にかけてくださっているようだ。

「……アグノス。お母様に会いに行こうか」

「うん！」

僕達のやり取りを不思議そうな表情で聞いていたアグノスにそう声をかけると、アグノスは嬉しそうに笑みを浮かべ頷いたのだった。


僕達がバリシアに会えたのは、その翌日の早朝。使用人のいない王宮の中をひっそりと歩き、バリシアが安置されている部屋に入る。

「アグノス。お母様だよ」

そう言って、抱えたアグノスに棺（ひつぎ）に寝かされたバリシアを見せる。

「……かあさま？」

棺（ひつぎ）の中のバリシアを見たアグノスが首を傾げた。

「とうさま。かあさま、ねむってるの？」

その言葉に、なんと答えるべきか悩む。幼いとはいえ、事実を伝えるべきか。それとも、柔らかく誤魔化すべきか……。悩んだ結果、正直に伝えることにした。

「バリシアはね。死んじゃったんだ。だからもう、目覚めない……」

「――？　ねてるんじゃないの？」

死を理解できないアグノスが、僕とバリシアを交互に見る。確かに、眠ったように亡くなっているバリシアの死を理解するのは難しいだろう。それほど彼女は生前の姿を保っていた。

バリシアの遺体は、亡くなってから一週間以上経っているのに綺麗なままだ。おそらく、グラオザーム侯爵家でも、軍でも、遺体が傷まぬように保存してくれたのであろう。

身にまとっているドレスは、好んで着ていた華やかな赤い色のドレス。彼女の赤い髪と相まって、その妖艶さを引き立てている。社交界の花であった彼女は、死してなお華やかなままであった。

「アグノス。これからバリシアは静かに過ごせる場所に行く。だから、最後にお別れをして」

「ん？　うん！　かあさま、バイバイ！」

僕の言っていることを理解しないまま、アグノスは棺で眠るバリシアに笑顔で手を振る。それがなんとも言えなくて……ただただ、僕は二人の別れを眺めていた。

◆◇◆

アグノスとバリシアが最後の対面を果たした二日後。平穏に過ごしていた僕らに耳を疑うような話が入ってきた。

「……リスティヒが逃げた？」

ありえないと思ったけど、ノウリッジ様の表情から間違いないのだと理解し、青ざめた。

詳しく聞くと、リスティヒは捕らえられた後、国軍の牢に入れられていたらしい。だが、今朝、見回りの兵士が牢を確認したら姿を消していたとのことだった。

「どうやら、軍の中にも反乱の計画にかかわる者がいたらしくてな……」

そう言ってノウリッジ様は、嘆かわしいとばかりに首を横に振る。

「いや……元々警戒はしておった。だが、まさか一執事を解放するために動くとは……君はあの執事についてなにか知っているかね？」

ノウリッジ様の言葉に、僕は頭を悩ませる。リスティヒについては前世で読んだ愛読書でもそれなりに描写され、見せ場もあったが、その詳細は最後まで明かされなかったのだ。

リスティヒは侯爵家の執事でありながら反乱時にはアグノスの代わりに戦場で指揮をとっていた。

そして、主人公であるティグレ殿下と最後の戦いで一戦交え、打ち取られて死亡している。

ティグレ殿下とリスティヒの戦いは第一部の見せ場で、軍同士の衝突から最後の一騎打ちまで詳細に書かれていた。暗躍する執事として一部では熱狂的な人気があったのを覚えている。

だが、それだけだ。アグノスに、いや、グラオザーム侯爵家に篤い忠誠を誓っていたこと以外、なにも明かされなかったのだ。

「……私が知っているのは、彼がティモリア男爵家の縁者だということくらいです」

だから、今の僕にわかることだけを伝える。僕が婿に入った時から彼はいて、初対面の時にそう紹介された。

「……確かに、ティモリア男爵家の縁者にリスティヒという男がいたことはこちらもつかんでいる。だが、おかしなことにその者はすでに亡くなっているのだ」

「えっ……」

ノウリッジ様の言葉が理解できなくて小さく声を漏らす。なら、あのリスティヒはいったい……？

「今、王宮は警備体制の見直しなどで騒がしくなっている。ディロス君は告発者だから、今回の関係者から恨みを買っていることだろう。君達をより安全に保護するためにここから移動させることを陛下と話しているが……場所選びに難航していてな」

軍にも反乱の協力者がいるとなると、確かに僕らを移動させるにも悩むだろう。作中、シュロム陛下が暗殺されたように王宮にだって協力者は潜(ひそ)んでいる。僕にとって安全な場所はないのかもしれないと血の気が引いた。

「だがこちらとしても、相手側に好きにさせるつもりはない。君達には陛下直属である護衛騎士団の者を付けて対策をする。改めて、対応が決まったら報告に来よう」

そう言ってノウリッジ様は、部屋を後にする。残された僕は不安を拭いきれなかったが、まだ幼いアグノスまで不安にさせるわけにはいかない。だから、アグノスが起きている間はいつもどおりを心がけて振る舞った。

それでも子供は親の不安を感じ取るのか、アグノスはこれまで以上に僕に甘えるようになっていた。

そんなある日、陛下が昼間に僕の部屋を訪れた。

「シュロム陛下……」

久しぶりに見た陛下は疲れたような雰囲気をまとっていて思わず心配になる。陛下が忙しくなったのは僕の告発のせいだろうからなおさらだった。

「昼に訪ねるのは、初めてだな」

陛下はそう僕に声をかけながら、隠れるように僕に抱きついているアグノスに視線を向けた。

普段は人見知りをしないアグノスだが、慣れない環境と、どことなく威圧感のある陛下を警戒しているのか珍しく人見知りを発動している。

子供だから、不敬とまでは言われないだろうけど……失礼なので小さな体を足から離すように抱き上げた。

「アグノス。隠れちゃだめだよ。王様にご挨拶して」

「……おうさま？」

「そう、僕達のためにすごく頑張って働いてくださる方だよ。いつも読んでいるご本でも王様は頑張っていただろう？」

不思議そうに首を傾げるアグノスに、何度か読んであげた本の内容に絡めて説明するとピンときたのか顔を輝かせる。

「アグノスです！」

「元気な子だな」

元気に自己紹介をしたアグノスを見て、シュロム陛下はこう告げた。

「……悪いが、この子の元の姿を見せてもらえるか？」

今のアグノスは、正体を隠すために魔道具をつけたままだ。シュロム陛下はアグノスが王族である証拠を確認したいのだと理解した僕は、アグノスの首にかかっている魔道具のネックレスを外した。

「……確かに、王族の瞳をしている」

本来の姿に戻ったアグノスの瞳を見たシュロム陛下が、ぽつりと呟く。金髪に紅色の瞳。アグノスの瞳はまだ薄めの紅色だが、それでも貴族には見られない色だった。

「まあいい。お前達の今後について話そう」

そう言って、シュロム陛下はソファーに座り、僕達にも座るように促す。僕は、じっとシュロム陛下を見つめるアグノスを抱えながらソファーに座った。

「宰相から聞いているだろうが……今、軍も王宮も騒がしくてな……。お前達をここに置いておくのは不安になってきた」

淡々と告げるシュロム陛下だったが、その次に告げられた言葉は耳を疑うものだった。

「そこで……ディロス。お前を側妃として迎える」

「えっ、えっ……？」

側妃。それは、王によって召し上げられる王妃以外の方だが、先王の時代を思い返しても女性であることがほとんどだ。それ以前には、男性が側妃として迎えられることもあったらしいのだが……それは遠い遠い過去のことで、前例などないに等しい。

残されている記述には、余計な子孫を残さないためだとか、王自身の嗜好だったとあるが、王太子妃殿下を亡くされて以降次の王妃どころか側妃すら迎えることのなかったシュロム陛下の口から発せられた言葉だとは信じられない。

「な、なぜ……」

「私や妃の住む離宮は、私直属の護衛騎士団が警護しているだろう？　護衛騎士団には素性が明らかで信頼できる者だけが所属している。お前自身やアグノスを守るには最適だ」

シュロム陛下の言葉は理解できる。だけど、僕は反乱を起こそうとした家の人間だ。側妃になんてなったら家臣は反発するだろう。

「わ、私は……！」

「言っておくがこれは決定だ。お前に拒否権はない。それに……仮に王宮から出たとして、お前になにができる。自身も命を狙われ、お前の愛する息子すら守れないとは思わないのか」

静かな声で諭すように言葉を紡ぐシュロム陛下に、僕はなにも言えなくなった。

「今、お前達の住む離宮を用意させている。明日の朝には迎えが来るだろう」

そう言い残して部屋を出ていくシュロム陛下を見送りながら、僕はアグノスを抱き締めたのだった。

SIDE　シュロム

突然側妃になれと言われ、青ざめていたディロスを思い出し、ため息をかみ殺す。

悪い方向に事態が動いた。まさか、軍にも協力者がいるなんて。

グラオザーム侯爵家の筆頭執事が姿を消したという報告には頭を抱えたくなった。

俺の指揮下にあるとはいえ、国軍も一枚岩ではない。そこに付け入ったのだろう。ディロスの護衛を護衛騎士に任せておいてよかったと、僅かに安堵した。もし、軍に任せていたらディロスは闇に葬られた可能性もあったのだから。

執務室の椅子の背に体を預け、重いため息を吐く。脱獄に誰が関与したのか、俺直属の暗部の者に探らせているが……経歴をいつわっていた筆頭執事の行方を知るのは難しいであろう。

あの筆頭執事はいったいどこの人間なのか……どういった事情でグラオザーム侯爵家に仕えていたのか……頭の痛い問題だった。

それに、アグノスのつけている魔道具の出所も問題だ。姿を変化させる魔道具は数あれど、王族の加護を隠せるものは滅多にない。同じようなものを王宮でもいくつか管理していたのだが……その一部が紛失していることが発覚したのだ。

いつ頃紛失したかは定かではないが……近年それを使っていたのはイリスィオのみ。すでにイリスィオは死んでいるために真相は闇の中だ。

もし、イリスィオがそれらをグラオザーム侯爵家へ渡していたのだとしたら……あいつとグラオザーム侯爵バリシアとの関わりは愛人関係だけでない可能性も浮上する。

……あいつは、一体なにを考えていたのか。交流らしい交流のなかった弟を思い出して、またため息を吐いた。

なにもかも頭が痛くなるが、とりあえずはディロスとアグノスの警護に力を入れるのが先か。逃げ出した筆頭執事が今後なにを企むのか、想像がつかん。だが、告発者であり、自身を陥れたディロスを消そうとするのは容易に想像できた。

軍にすら裏切り者がいる今、王宮にいる使用人や文官が安全だとも限らない。だからといって……王族でもない者にこれ以上護衛騎士をつけるわけにもいかず、側妃として迎えることにしたわけだが……側妃になることを強要したのを心苦しく思う。だが、アグノスに寄り添うディロスを見て、これ以外の方法は考えられないとも思った。

元々、王族の証を持つアグノスを王家に養子として迎え、ディロスはその付き人として迎えようと考えていた。しかし、それでは二人の親子という関係が変わってしまう。

その点、ディロスをアグノスと共に側妃に迎え入れれば、関係が変わることはない。二人の安全と親子という関係を守るためには、これが最良の判断なのだと自分に言い聞かせた。

自身の判断に迷いはあれど、時間は待ってくれない。明日には二人の身柄を離宮に移すべく、急いで準備を整える。

「シュロム様、ディロス殿の離宮の警護ですが……こちらの者達でいかがでしょうか？」

護衛騎士団長のイロアスが一枚の書類を持ってきた。書類を受け取り目を通す。ディロスとアグノスに各護衛騎士長一名ずつ、護衛騎士五名ずつの計十二名の名前が綴られている。

護衛騎士長の二人は、現在ディロスとアグノスに付けている者だ。その下に付く者達も、若いが王家への忠誠心の強い家柄で素行も悪くない。

ディロスやアグノスの重要性と出自に疑問を持ったとしても、職務を怠ることはないだろう。

「ああ、これで問題ない。お前にも迷惑をかけるな。この状況で王族の護衛騎士を側妃とその息子に割くのは気が進まなかっただろう？」

学友として育ち、今は護衛騎士団長であるイロアスに申し訳なく思いながら苦笑いを浮かべる。

「軍が信用ならないのであれば仕方ありません。あいつはなにをしているのか……」

イロアスは、代々軍や護衛騎士を輩出している家門出身である。今もイロアスの弟が軍の上層部にいるので、今回のことで思うところがあるだろう。

「仕方あるまい。セーリオはまだ若いのだから。お前だって軍のいざこざを治める自信はないだろう？」

「……まあ、あいつの方が要領がいいのは認めます」

イロアスは俺の学友でもあったから護衛騎士として仕える選択をしたが、軍へ進む道もあった。だが、軍の上層部の険悪さを知って早々に諦めたのだ。

「軍については、表向きの調査はセーリオに、裏の調査は暗部に頼んでいるから報告を待つしかないな」

「逃げ出した男が見つかればいいのですが……」

「難しいだろうな」

イロアスと話しながら、離宮への護衛騎士着任許可のサインを記し、控えをイロアスに渡す。

「念のためローランを従者として付けるが、護衛騎士達には知らせなくていい。あいつは好きにさせた方が働くからな」

「わかりました」

暗部であり古馴染みでもあるローランは腕は立つが性格に難がある。忠誠心は確かだからいいのだが……少しばかり不安もあった。

だが、護衛騎士と暗部の頭領であるローランに任せておけば、万が一襲撃があったとしても凌ぎきれるだろう。

「それでは、明日の早朝、この編制でディロス殿とアグノス様をお迎えに行きますね」

「頼む」

執務室を後にするイロアスを見送り、今度は離宮の支度品が書かれた書類に目を通す。なるべく不自由はさせたくない。あとは……。脳裏に不安そうなディロスの顔が過る。少しでも気を紛らわすものがあった方がいいか……

支度品の一覧に、俺の書斎から歴史書や戦術書などを移すように指示を書き込む。話を強引に進めた償いになるとは思わないが……少しでも喜んでもらえるだろうか。

そんなことを思いながら、二度目に部屋を訪れた時のディロスの笑みを思い浮かべた。

◆◇◆

シュロム陛下が僕の部屋を訪れた翌日。陛下の言っていたとおり、僕達は、新たな住まいに向かうべく護衛騎士と引き合わされた。

といっても、何人かは僕がこの部屋に来た時から見張り兼護衛として部屋にいてくれた方達だったんだけど。

「改めまして、本日よりディロス様専属護衛騎士長となりましたミゲルと申します」

「アグノス様専属護衛騎士長のテオドーロです」

その中でも、護衛騎士隊を指揮する護衛騎士長となるのがこのお二人だ。ミゲル様は金髪に青い瞳の美形で、テオドーロ様は黒髪に黒い瞳の男らしい方だった。

このお二人は、頻繁に僕達の警護を担当していたからかアグノスも慣れている。アグノスが話しかけると、ミゲル様は笑みを浮かべ、テオドーロ様は慣れない様子ながらも優しく対応してくださる。

アグノスは優しく構ってくれるから好きなのだと思うが、仕事の妨げになりそうでちょっと心苦しい。

お仕事中だから邪魔しちゃだめだよと言い聞かせるが、四歳児であるアグノスにはただ入り口に立っているだけのお兄さんに見えるのだろう。このあたりは、もうちょっと大きくならないと難しいのかもしれない。

そんなお二人とその部下である十名に護衛されて離宮に向かう。アグノスの姿を偽ることなく。

「元の姿のまま、離宮へ向かってほしい」

そう言ったのは、護衛騎士の人達が来る前に訪れたノウリッジ様だった。シュロム陛下の指示だと言われたら、拒否はできない。アグノスの首にかけていたネックレスを外し、ノウリッジ様に渡した。

どうやらこの魔道具もグラオザーム侯爵家の調査に関係するらしく、ノウリッジ様に預けることになったのだ。

王族としての特徴を持つアグノスを人々に晒すことに不安はあるが、僕らを守ってくれる護衛騎士もいる。シュロム陛下がそうするべきだと判断したのなら、その判断を信じることにした。

護衛騎士に囲まれて、王宮の廊下を歩く。先導するのはエリーで、その両脇に護衛騎士が二人、その後ろにも護衛騎士が二人。アグノスを抱える僕の両脇にミゲル様とテオドーロ様。そして、僕達の後ろに残りの護衛騎士という配置だ。

移動するだけだというのに厳重すぎると思うが、僕を側妃として重要視しているというのを公にするためだと言われた。

実際に新しい側妃の話は王宮で働く者には知らされていたのか、廊下で使用人達とすれ違う度に仕事の手を止めて頭を下げられる。

侯爵家との対応の差に冷や汗をかく一方、頭を下げる人々に笑みを浮かべて手を振るアグノスの度胸が羨ましくなった。

王宮を抜け、離宮に続く庭園に入ると使用人の数が減り少しホッとする。それでもすれ違う庭師達に跪かれて、居たたまれなかった。

「とうさま！　おにわきれいねー！」

久しぶりに外に出たからか興奮気味のアグノスは、キラキラと瞳を輝かせながら、花で彩られた庭園を眺めている。大人しくしていたが、やはり外に出たかったのだろう。

「そうだね」

楽しそうなアグノスに同意しながら、歩く速度を緩めてくれたエリーに合わせて庭園を進む。とても美しい庭園だけど、この庭園になる前は、数多くの離宮が立ち並び、いくつもの悲劇が生まれた場所だと思うと憂鬱な気分になった。

はしゃぐアグノスを抱えたまま、たどり着いた離宮は、王宮と同じく白を基調とした壁に青いレンガの屋根が特徴的な造りだった。

他の離宮からは少し離れていて、いくつかの庭園を挟んだ先にシュロム陛下や王子殿下達がお住まいになっているであろう離宮が見える。

身柄の安全のために側妃となった僕としては、王族の方達と一定の距離があって安堵した。

門を潜る(くぐる)と、そこには薔薇の生け垣に囲まれた庭があった。芝の敷かれた庭は、アグノスが走り回っても大丈夫そうなほど広い。

「とうさま、きょうからここにすむの?」

「そうだよ」

「ほんと! おにわであそんでもいい!?」

「今はちょっと待って。父様と一緒に家の中も見て回ろう?」

「うん!」

駆け回りたいという思いを全身から溢れ(あふれ)させるアグノスを宥め(なだめ)て、僕は案内してくれるエリーの後ろをミゲル様とテオドーロ様に挟まれながらついていく。

ミゲル様とテオドーロ様以外の護衛騎士は持ち場が決められているようで、門を潜った後、僕に一礼して離れていった。

中に入ると、玄関ホールで二人の侍女と一人の従者が僕とアグノスを迎えてくれる。

「ディロス様、本日より私エリーが侍女長としてこちらの三人と共にお世話をさせていただきます」

そう言って、エリーが三人の前に立ち、僕を振り返った。

「ようこそいらっしゃいました、ディロス様。マリーと申します」

「モリーです」

「ロンと申します」

視線をエリーの後ろへ向け、初めて会う三人を眺める。マリーとモリーは顔立ちが似ていた。二人とも赤毛の、成人したばかりの女の子のように見える。名前がエリーと似ているから親戚だろうか？　三人とも緑色の瞳が共通している。

ロンは僕と同じ年頃で、茶髪の……どこか楽しげな雰囲気の青年だった。

「ディロスです。この子はアグノス。よろしくお願いします」

かしこまった四人の雰囲気に少し圧されながらも、なんとか笑みを浮かべる。さっきの道中もそうだし、実家でもそうだったんだけど、侯爵家での冷遇に慣れているので、かしこまられると戸惑ってしまうのだ。

この癖は直さないと大変だろうなぁ……

自分の悪癖に内心苦笑しつつ、エリーに案内されて中を見て回る。玄関ホールの正面には左右に伸びる廊下と談話室があり、左側の廊下には僕達の個室や書斎、浴室、右側には使用人室や厨房などがあった。

厨房には僕専属の料理人も配属されていて、側妃という立場の重みに気が遠くなったのは言うまでもなかった。

一通り見て回ったところで、アグノスの遊びたいという欲求が限界を迎えそうになっていることに気づき、昼食まで庭で遊ばせることにした。

「きゃぁあああっ！」

奇声を上げて庭を駆け回るアグノスは、今まで外に出られなかったうっぷんを晴らしているように見える。

芝生に覆われているので転んでも大丈夫そうだし、晴れているから泥で汚れることもないだろう。用意された椅子に座りながら僕はアグノスを見守った。

側に控えているエリー達が微笑ましそうに見てくれているのも安堵できる要因だろう。侯爵家では、ああやって遊ばせるとリスティヒから小言が飛んできたし、他の使用人もいい顔はしなかったから。

あんなに可愛いのに……バリシアが我が子に興味を持たなかったから、侯爵家の跡継ぎのはずなのにアグノスの扱いは悪かった。

アグノスの容姿が、バリシアにも僕にも似ていなかったことも原因だったと思う。それでも、バリシアがアグノスの母親として振る舞っていれば、あの広い屋敷で寂しそうにしていたアグノスはいなかったと思っている。

バリシアにアグノスと関わってほしいと言ったこともあるけど、アグノス以上に興味のない僕の言葉など彼女がまともに受け取るはずがなかった。結局、最後まで彼女はアグノスを見ることはなかったな……

不正の証拠だけでなく、反乱の証拠も出てきたというし、彼女にとってアグノスは道具でしかなかったのだろうか……

「とうさまー！」

侯爵家でのことを思い出していると、離れたところでアグノスが僕を呼んだ。楽しげに、そして嬉しそうに、めいっぱい手を振る姿を見て、ぐるぐるとしていた考えがどこかへ飛んでいく。今は、アグノスが楽しそうだからいいか。

過去のことも、今後のことも考えることはいっぱいあるが、それはアグノスが寝た後にでも考えればいい。

「アグノスー！　一度戻っておいでー！」

雨期が過ぎ、夏を迎えようとしている今の季節。暑さで体調が悪くなる前に休ませようと僕は手を振るアグノスに声をかけた。

休憩を挟み、再度アグノスが庭を駆け回ってしばらくした頃、エリーが声をかけてくる。

「ディロス様、昼食のご用意ができました」

「ありがとう。アグノスー！　ご飯にしよう！」

「っ！　ごはーん！」

アグノスが駆けてきて、僕の足に抱きついた。

「アグノス、少し服をはらおうか」

泥で汚れているわけではないけど、何度か芝生で転げ回っていたから服や頭に芝がついている。さすがにこのまま食卓につかせるわけにはいかなかった。

アグノスに足から離れてもらって芝をはらおうとしたら、マリーがアグノスと視線を合わせるように屈む。

「アグノス様、失礼します」

そう言ってマリーはアグノスについている芝を丁寧にはらい、取り出した櫛で乱れた髪まで直してくれた。

「ありがとうマリー、助かるよ」

「いいえ、侍女として当然のことですので」

マリーは柔らかく笑みを浮かべる。アグノスが物心ついてからは僕がほとんど面倒を見ていたから少し寂しいが、確かに侍女がいるならこうしてやってもらうのは当然のことだ。

前の部屋では、エリーが僕の好きにさせてくれたけど、離宮に移ったからには側妃として相応しい行動が必要なのだろう。

今の状況に思うところもあるが、こうしてアグノスを心行くまで外で遊ばせることができるのはシュロム陛下の側妃として召し上げられたから。……少しずつでいいから、僕もアグノスもこの環境に慣れるようにしよう。

できるだけエリー達の仕事を奪わないように心がけると決めたところで、僕の服の裾が引っ張られる。

「とうさま、だっこ！」

キラキラと輝く笑みで甘えてくるアグノスに、決意を固めたばかりの心が揺らぐ。ここは……エリー達に任せるべきなんだろうけど……

「いいよ、おいで」

アグノスの期待を裏切るなんてできるわけもなく、僕はその小さな体を抱えた。意志が弱いのはわかっている。でも、アグノスの期待した眼差しに弱いんだ……

「ごはんたのしみだねー！」

「そうだね」

ニコニコと笑って話しかけてくるアグノスに答え、僕はエリー達と共に食堂へ向かった。

食堂に到着すると、隣接する厨房（ちゅうぼう）から美味しそうな匂いが漂ってくる。アグノスを子供用の椅子に座らせ、僕もロンが引いた椅子に座った。

「お待たせいたしました」

僕とアグノスが席についてすぐに厨房（ちゅうぼう）から料理が運ばれてくる。彩（いろど）り鮮やかに盛り付けられた料理はどれも美味しそうで、先ほど紹介された料理人……ポールが一流の料理人だということがわかった。

僕より少し年上の体格のいい青年が、このような繊細な料理を作るとは驚きだ。

侯爵家でも衣食住に困ることはなかったが、それでもバリシアが食べるものに比べると僕やアグノスに出される食事は見劣りしていたし、実家も下級の伯爵家として標準的な食事だったので、今日の立派な食事に驚いた。

王宮の一室を間借りしていた時の料理も美味しかったが、ここのはそれ以上だ。あの時は高級官僚扱い、こっちは準王族扱いといったところだろうか。

とはいえ、王宮主催の夜会で食べていたような料理が毎日出てくるというのは気後れするかもしれない。

だが、アグノスを見ると、目をキラキラと輝かせながら料理を見つめていた。

マナーを教えているから勝手に手を伸ばして食べることはしないが、お腹が空いているだろうから早く食べさせてあげた方がいいだろう。

「お祈りをして食べようか」

「うん！」

この国では、食事の際に祈りの言葉を唱える。前世のいただきますよりも、宗教的なお祈りに近い。まあ、ほとんどの貴族は唱えないらしいけど。

「我らに繁栄と豊穣をもたらす神とその加護を受けし王に感謝いたします」

「いたします！」

アグノスは祈り終わるとすぐに、自身の前に置かれていたナイフとフォークに手を伸ばした。

最初に手を付けたのは、ハンバーグのような肉料理だ。フォークとナイフで上手に切り分け、口にふくむ。

「っ……！」

料理が美味しかったのか、アグノスは僕を見て表情を輝かせた。

「っ、とうさま、すごくおいしい！」

咀嚼し、呑み込んでから感想を伝える姿が愛らしくて自然と笑みが浮かぶ。

「そう、よかったね。でも、ゆっくり食べるんだよ？」

「はーい！」

幼いわりには、丁寧に食事を始めたアグノスを微笑ましく思いながら僕も食事に取りかかる。

肉料理は柔らかく、魚料理も香草が控えめで食べやすい味付けになっていて、幼いアグノスへの配慮が感じられる。

王宮にいた時は、いくつかアグノスが食べられない味付けもあったが、ここでは融通が利くのだろう。それに苦手なものも出ていない。このあたりは、以前から一緒にいてくれたエリーが伝えてくれたのかもしれない。

美味しい料理に舌鼓をうち、お腹を満たす。量が多かったので少し残してしまったけど、僕とアグノスにしたらよく食べた方だろう。

「食後のデザートもありますが、いかがなさいますか？」

「私は大丈夫。アグノスは……」

ロンから確認され、アグノスに視線を向ける。だが、そこにはいっぱい遊んで、いっぱい食べて、眠そうなアグノスがいた。

「眠そうだし……お昼のお茶の時間に出してもらえるかな？」

「かしこまりました」

厨房（ちゅうぼう）に向かうロンを見送り、少しだけ汚れたアグノスの口元をナプキンで拭う。

「アグノス、眠たい？」

「ん……」

今にも寝落ちしそうなアグノスが小さく頷く。そんな子供らしい姿に和（なご）みながら、僕はアグノスを抱えるとマリーとモリーを連れてアグノスの部屋へ向かった。

「おやすみ、アグノス」

「んー……」

ベッドにアグノスを寝かせる。どうやら、もうおやすみも言えないほど眠いらしい。僕は笑いながら、柔らかな髪を梳（す）くように頭を撫でる。どうか、穏やかな夢を見てほしい。

「それじゃあ、お願いしてもいい？」

「はい、お任せください」

アグノスをマリーに任せ、僕はモリーと共に部屋を後にする。

「この後はどうなさいますか？」

「そうだね……書斎にでも行こうかな」

予定を尋ねてきたモリーに、少し考えてそう伝える。先ほど案内された時に、書斎の本棚に多くの本が収められていたのを確認していたからだ。ちらっと見た感じ僕好みの本が多く、一部にはアグノスのためなのか子供向けの本も収められていた。

エリーに聞いたところ、シュロム陛下自らが僕達のために用意してくださったものらしい。恐れ多いのだが、読書欲には勝てず、案内された時から気になっていたのだ。

「やっぱりすごい……」

改めて足を踏み入れた書斎に、感嘆の声が出る。僕のために用意された書斎は広く、いくつもの本棚とそれを埋め尽くす本に圧倒される。そして、くつろいで座れる革張りのソファーとサイドテーブル、書き物ができそうな机とどれも意匠が凝っていて、それでいて落ち着く雰囲気が漂っていた。

「読んだことのある本から、読んだことのない本までたくさんある……」

印刷技術の発達していないこの世界では、本は高価なものだ。活版印刷はあるようだが、識字率が高くないから作られる本の数も多くはない。手に入れられるのは、特権階級の人がほとんどだろう。

一つ一つタイトルを確認しながら気になる本を取っていく。どれも僕の好みのものばかりだった。

そして、その中には不思議な交友の続いている彼が翻訳したのだろう本まである。あれだけ、読み込んだのだ。彼の字を僕が見間違えるはずがなかった。

「シュロム陛下も彼のことを知っているのかな……？」

シュロム陛下が用意してくれた書斎に彼の本があるということは、エリーだけでなくシュロム陛下も知っている人物ということになる。

翻訳された本の原典まで並んでいるあたり、嬉しさと同時にここまでしてもらってもいいのだろうかという気持ちになる。

僕らの身の安全を確保するだけなら、ここまでする必要などないのに……シュロム陛下の考えがわからない。

「ディロス様、大丈夫ですか？」

「ん……ああ、ごめん。あまりの量に驚いちゃって」

「確かに！　これだけあったら読み終わるのにどれだけかかるかわかりませんもの！」

マリーに比べると少し幼い性格をしているらしいモリーの口調は、侍女というには気やすいものだ。

先ほど遊んでいるアグノスを眺めている時に確認したのだけど二人は姉妹で、モリーは妹だそうだ。そして、やはりというか、エリーは祖母らしい。

母方の血筋が代々侍女を務めているとのことで、侍女としての仕事はすごく丁寧だけど、離宮に到着してから今までの間も口調のせいでエリーは厳しい目をしていた。

一瞥（いちべつ）されるとしばらくは引き締まるけれど、僕だけだとすぐに緩くなるようだ。

仕事はちゃんとしているから、口調についてはそのままでいいと伝えた。

「そうだね。しばらくは退屈せずに済みそうだ」

本の量に気後れしそうになる反面、これだけの本を読めると思うとわくわくする。

「アグノスが目覚めるまでここで過ごそうと思うんだけど……飲み物を頼めるかな？」

「かしこまりました！　すぐにお持ちしますね！」

明るく笑って、書斎を後にするモリーを見送り、僕は目についた本を数冊手に取る。それはもちろん彼が翻訳した本とその原典。そして、その言語の辞書。他国の言葉は、あまり詳しくないが見比べて読めば、新たな視点を見つけられるのではないかと思ったのだ。

ソファーに座って本を開き、集中して読んでいると、いつの間にか目の前のテーブルの端に、飲み物が置かれていた。温かな紅茶だったんだと思うけれど、すでに湯気は消えている。

「ありがとうモリー。気づかなくてごめん」

「いえ、気になさらないでください！　紅茶、淹れ直しましょうか？」

「ううん、これで大丈夫」

モリーに謝って、いったん休憩しようと本をテーブルに置く。カップを手に取り、少し冷めた紅茶を口に含む。冷めても美味しいあたり、いい茶葉なんだろうなぁ……と、思いながらカップの中の紅茶を飲み干し、ソーサーに戻して、また本を読む。

やはり、彼の翻訳した本は面白い。それに原典と比べると彼の解釈が入っていることに気づく。その差が面白くて読み続けていると、書斎の扉が叩かれた。

意識が現実に戻される。あたりを見ると、モリーは側で控えている。おそらくアグノスが起きたのだろう。

「モリー、開けてあげて」

「かしこまりました」

モリーにお願いし、読んでいた本に繊細な切り絵の施されたしおりを挟む。こんなものまで用意されているのだから至れり尽くせりだ。

「失礼します」

「とうさまー！」

扉の向こうにいたのはマリーを連れたアグノスだ。アグノスは僕を見て嬉しそうに手を伸ばして駆けてきた。

「起きたんだね、アグノス」

「うん！　おきたら、とうさまいなくて、マリーといっしょに、さがしてたの！」

「そっか、探しに来てくれてありがとう」

抱き上げると、アグノスは僕にぎゅううっと抱きつき、僕の頬に頬っぺたをくっつけてくる。まだふくふくと柔らかい頬を擦りつけるように押しつけられるのは少しくすぐったくて、笑ってしまった。

「ふふっ、くすぐったいよ」

「きゃぁっ！」

僕の笑い声にアグノスが嬉しそうに高い声を上げて、さらに頬擦りしてきた。まあ、楽しそうだし、いっか。

満足するまで頬擦りをしたアグノスが、満足げにふんすと僕を見上げるのにまた笑ってから、マリー達に声をかける。

「お茶の用意ってできてるかな？」

「先ほどロンに頼みましたので、ポールが準備しているはずです」

マリーが答えてくれる。

「そう、ありがとう。アグノス、おやつにしようか」

「おやつ！」

嬉しそうに僕を見上げるアグノスを抱えなおして、ソファーから立ち上がる。

「どこに準備してるかわかる？」

「談話室かお庭を予定しておりますが、どちらがよろしいでしょうか？」

あ、僕達が行く場所によって変わる感じか。さて、どうしよう。

「アグノス、どこでおやつ食べたい？」

「おそとー！」

アグノスに尋ねると満面の笑みで答えが返ってくる。どうやら庭が相当気に入ったようだ。午前中の様子からしたらそりゃそうだろうと納得するしかないけど。

「それじゃあマリー、庭に用意してもらえるかな？」

「かしこまりました」

僕の言葉にマリーが一礼して、先に書斎から出ていった。

「僕達も庭に行こうか、モリー」

「はい！」

壁際に控えていたモリーに声をかけ、僕達も書斎を出る。本は……アグノスが寝たら取りに来ようかな。

庭に到着し、午前中にも使ったテーブルと椅子に座る。

外の椅子だと高さがアグノスに合わないから、膝に乗せたままどうしようか迷っていたら、お茶とおやつののったトレイを持ったマリーと、アグノス用の椅子を持ったロンがタイミングよく現れた。

「ありがとう。マリー、ロン。アグノス、ロンの持ってきた椅子に座ろうね」

「はーい」

「モリー、アグノスをお願い」

「おまかせください！」

モリーに頼み、ロンが持ってきてくれた椅子にアグノスを座らせる。

位置的には隣だけど、円形のテーブルだからアグノスの顔が見やすくていい。

「失礼します」

そう言って、マリーがお茶とおやつ……ケーキとクッキーをテーブルに置いてくれる。

ケーキは、一口大のものが三つ。どれも生クリームのショートケーキのようだけど、上にのっているフルーツの種類が違う。綺麗に盛り付けられていてすごく美味しそうだった。

「ケーキは、昼食の時、お茶に回してって言ったものかな?」

「はい、そのようです」

昼食の時お願いしておいてよかった、これが食べられないのはもったいない。

「とうさま! たべてもいい?」

アグノスも目の前に並べられたケーキとクッキーが楽しみらしく、早く食べたいと目で訴えてくる。

「いいよ。お食べ」

「っ!」

アグノスはフォークを握りしめ、小さなケーキに突き刺す。

「んんっ〜!」

僕にとっては一口でもアグノスの口には大きいケーキだ。それを口いっぱいに頬張って、幸せそうに笑うアグノス。

「ふふふっ……アグノス、口にクリームがついてるよ」

「——?」

頬を膨らませながら首を傾げるアグノスが可愛くて、写真を撮りたいと思った。

魔道具の恩恵により、食品の保存技術や明かりの類(たぐい)は前世と同じくらいのレベルだが、カメラや電話といったものはないのだ。

前世の知識があるだけに、この瞬間を残せないのがもったいないと思いながら、僕は自分のケーキを一つアグノスに差し出した。

「っ⁉　いいのっ⁉」

こんな美味しいものをくれるの⁉　と、言いたげな表情でアグノスが僕を見る。

「いいよ。でも、今日は特別だからね」

いつでもではないと言い含めるが、これが僕自身への牽制なのか、アグノスへのものなのかはわからない。でも、美味しそうに食べるアグノスを目に焼き付けるためだからと心の中で言い訳しているあたり、僕への牽制なのかな……？

だけど、アグノスは美味しいケーキを食べられて満足。僕は、幸せそうなアグノスを見られて幸せ。どちらにとってもいいことだと言い訳しながらお茶の時間を楽しんだ。

「きゃぁああっ！」

お茶を終え、また庭で遊ぶアグノスを眺めていると徐々に日が沈み、空が茜色に変わっていく。

時間が経つのが速いなぁ……と思っていたら、ロンが呼びに来た。

「ご夕食の準備が整いました」

「アグノス、ご飯にしよう」

「はーい！」

アグノスを呼び戻し、一緒に食堂へ向かう。ケーキをたくさん食べたアグノスが夕食を完食できるか少し心配だったのだが、昼食の時に食事量を把握したのか、僕もアグノスもデザートまで美味しく完食できた。

「それでは、アグノス様は私達がご入浴をお手伝いしてまいりますね」

「うん、お願い」

アグノスの入浴をマリーとモリーに任せ、僕は談話室で昼間に読んでいた本の続きを読むことにした。

他国の戦乱の時代が書かれた歴史書は、彼が翻訳したものを読んでも、辞書を片手に原典に目を通しても、とても面白い。

特に彼のものは綺麗に綴られた手書き文字が読みやすく、表現も豊かで、まるで前世の戦記小説を読んでいる気分になった。

この歴史書に記された国は、我がシィーズ国からいくつか国を挟んだところにある。幼い頃学んだ他国の歴史でも、この時代に戦があったと習ったのでこの本に書かれていることは事実なのだろう。

作戦や罠の張り方なども詳細に書かれており、戦術書としての価値も高いと思われる。

そういえば、前世の愛読書の中で、ティグレ殿下がシュロム陛下の書いた戦術書を読むシーンがあった。こういう内容だったら読みやすいと思うけど……まさかね。

これがシュロム陛下の書かれたもののはずがない。頭を過った考えを散らし、読み終えたら感想の手紙を書こうと思っていると、開いたままの談話室の扉からアグノスが駆け寄ってきた。

「とうさまー！」

「おかえり、アグノス。気持ちよかった？」

「うん！　おふろすっごくおおきかった！」

お風呂上がりで頬を火照らせたアグノスは、興奮を隠すことなく僕にお風呂の大きさを伝える。

これは、お風呂でもはしゃいでいたんだろうなぁ。

「マリーとモリーもありがとう」

「いえ。ディロス様もどうぞお入りください。ロンが用意をしていると思いますので」

二人を労うと、僕も入浴するように促される。

「わかった。引き続きアグノスのことをお願い。アグノス、いい子にね」

「はーい！」

元気に返事をしたアグノスのしっとりした頭を撫でて、僕はソファーから立ち上がり、脱衣所に向かう。脱衣所に到着すると、マリーの言っていたとおりロンが待っていた。

「お待ちしておりました」

僕を迎えたロンは一礼し、楽しげな笑みを浮かべる。

「ご入浴と夜伽のための洗浄の準備はできております」

ロンの言葉にさっと血の気が引く。意味はもちろん知っている。そして、それが側妃の役目だということも。

だけど、流されるままにここに来た僕にその覚悟はなかった。

「あ、あの……ロン……」

「本日、陛下がお渡りになるそうです。側妃として迎え入れる準備は完璧にしておかなければなりません」

なんとか回避できないかと思ったけど、ロンの笑みに威圧される。

「大丈夫です。ディロス様はなにもしなくて構いませんから。すべて私にお任せください」

その言葉にさらに血の気が引いた。このままだと、ロンにどこもかも綺麗にされてしまう。それが、男の側妃に付けられた従者の仕事なのかもしれないけど……それだけは避けたかった。

「ろ、ロン……自分でやりたいから、やり方だけ……教えてくれないかな……」

他人に全てを清められるというのは、今の僕的にも前世の僕的にも受け入れがたい。それなら自分でやった方がマシだった。

「左様ですか。では、お伝えいたしますね。もちろん、言っていただければお手伝いいたしますので」

引き下がってくれたロンに安堵しつつ、清め方を説明してもらう。なんで、脱衣所にもトイレがあるのかと思ったらそういうことだったんだね……

中を清めて、受け入れる準備を整えて……戻った脱衣所でロンの視線に耐えつつ、今度は体を清めるために浴室の扉を開けた。

浴室は、アグノスが言っていたとおり湯船も洗い場も広く、入浴を手伝う従者や侍女が入っても十分な広さがある。

「本当によろしいのですか？」

「大丈夫。自分で入れるから」

僕の世話をしようとするロンを脱衣所に押しとどめ、脱衣所と浴室の間の扉を閉めてホッと一息ついた直後、屈(かが)んで頭を抱えた。

あぁあああ！　どうしよう！　なんでこんなことになってるんだ!?　確かに、側妃だけど！　側妃だけどぉおおおっ！　一人になって、事態が呑み込めてきて、それでも頭を抱える。

僕達の身の安全のためにここに来たはずなのに、どうしてこんなことに!?　しかも、なんで受け入れちゃったんだ僕!?　ロンの圧がすごかったのもあるけどなんで!?

浴室に入ったものの、しばらくなにもできなかったのは言うまでもない。それでもなんとか入浴を済ませて、ロンが用意してくれた服を着る。

覚悟を決めたというか……こんな地味な男を抱くなんてありえないと思うことにしたというか……

胃を押さえるように鳩尾(みぞおち)に触れる。肌触りのいい夜着の感触で今の状況を思い知らされて、きゅっと口を結んだ。なにをしても夜伽(よとぎ)と結びついて辛い……

ちょっと、げっそりしながら談話室に戻ると、アグノスが本を持ち、ソファーに座っていた。

「とうさま！　ごほんよんでー！」

僕に気づいたアグノスが笑みを浮かべて本を掲げる。

「マリー達に読んでもらわなかったのかい？」

「うん！　とうさまとよみたかったから！」

アグノスの純真な笑みに、僕も笑って隣に座った。

「じゃあ、読んであげるね」

アグノスから本を受け取り、文字を読み上げていく。この本は、この国の何代か前の国王が他国の侵略を退けた話を子供向けに読みやすくしたもので、僕も幼い頃母上に読んでもらった記憶がある。

「こうして王様は国の平和を守ったのでした……」

短くまとめられた物語はあまり時間がかかることなく読み終わったが、それでもアグノスが眠くなるには十分な長さだった。本を閉じた僕の横には眠そうに寄りかかるアグノスがいる。その様子が微笑ましくて、笑みが浮かんだ。

「アグノス、そろそろ眠っておいで」

「うん……おやすみなさい、とうさま……」

「おやすみアグノス」

アグノスを抱き上げ、その額にキスを落とす。

「マリー、お願いできる？」

「かしこまりました」

マリーはアグノスを抱えて、アグノスの部屋へ向かう。

一方、アグノスと過ごすことによって心の平穏を取り戻していた僕は、刻々とシュロム陛下が訪れる時間が迫っていることに気づき、一気に落ち着かなくなった。

「ディロス様、お茶でも淹れましょうか？」

僕に衝撃の宣告をしてきたロンは真面目にしているのにどことなく笑っているように見えて、なんか……もう……落ち着かない。

「……お願いするよ」

「かしこまりました」

だからといって、ロンに当たるのは筋違いだ。ロンは、厨房に行き、僕は一人談話室に残される。

ああ、本当にどうしよう。いや、さすがに大丈夫……大丈夫だから……。でも、もし……いや、ないないないないない。

一人で残されたら残されたでいろいろ考えてしまう。考えすぎて燃え尽きそうなところでロンが戻ってきた。

ロンはティーカップとティーポット、そしてシロップとミルクの入った小さなポットをテーブルに置いた。

ティーカップに注がれる紅茶は濃く、そこにたっぷりのミルクとシロップが注がれる。

「どうぞ」

「ありがとう」

出来上がった紅茶に口をつける。紅茶の香りとミルクの甘さの中にほんのりアルコールを感じた。お酒を入れている様子はなかったけど……まあ、いいか。なにかあったら酔ってないとやっていられないし……

思考を放棄しているという自覚はありつつも、僕は温かいミルクティーを飲みながらシュロム陛下の訪れを待つ。

そして、ミルクティーを飲み終えた頃、エリーがシュロム陛下の訪問を告げた。

シュロム陛下が談話室に入ってくる。

「……ようこそおいでくださいました」

離宮の主として陛下を迎えるために立ち上がり、頭を下げる。

「ああ、夜分にすまないな」

陛下がエリーに下がるように言い、談話室には僕とシュロム陛下とロンの三人が残される。

「かけていい。少し話したくて寄ったんだ」

ソファーに座った陛下が僕に座るように促し、笑みを浮かべる。その穏やかな笑みに、これは夜伽を警戒しなくてもよさそうだと安堵した。

「昨日はすまなかった。お前に選択肢を与えることもせずにここに押し込めたことを悪く思っている」

「い、いえ……！　今日一日過ごしてわかりました。私とアグノスが穏やかに暮らすにはここしかないことを……」

実家である伯爵家で暮らすにしろ、あのまま王宮の一室で過ごすにしろ、今日見たようなアグノスの笑顔を安心して見守ることはできなかっただろう。

そもそも、アグノスはモデスティア伯爵家の血を引いていない。過ごさせてもらった二日間、父上も母上もアグノスを可愛がってくれたが……戸惑っていたのは間違いないし、使用人達の視線だって気になった。

それに、王宮と比べると警備だって劣る。リスティヒが行方を眩ませている今……実家に帰っても気が休まるとは思えなかった。

「……陛下。私の側妃入りを公にしたのは……モデスティア家をリスティヒ達の目から逸らすためですか？」

「そう思ってもらっても構わない。報復として狙われる可能性もあるが……それでも、お前達がいないのであれば優先度は下がるだろう」

なんとなく気づいていたことを問うと、肯定する言葉が返ってくる。

「ご配慮いただき感謝いたします」

「構わん。重要な証言者を守れなかったとなれば、王家として面目が立たないからな」

頭を下げた僕に、シュロム陛下は苦々しく笑いながら柔らかな視線を向けた。

「それより、ここは気に入ったか？」

「はい。庭もアグノスが駆け回れますし……本もたくさん用意していただいていてすごく嬉しいです」

「そうか……なら、用意した甲斐があったな」

僕の言葉に柔らかな笑みを浮かべるシュロム陛下。その笑みは、悪戯が成功した子供のようで、可愛く見えた。

って！　シュロム陛下になんてことを！　アグノスと色味が同じだからそう見えてしまうのかもしれない。

「ディロス？」

「っ！　も、申し訳ありません！　陛下もそのような顔をするのだなと思ったら驚いてしまって！」

不思議そうな顔をするシュロム陛下に気づき慌てて言葉を返すが、墓穴を掘った気がする。

「そんな顔？　ロン、どういう意味かわかるか？」

「悪ガキみたいな顔ってことですかね」

「そ、そこまで思っていません！」

ロンが明け透けに答えるので、思わず声を上げた。

「そこまでということは……少しは思ったということか？」

「っ！　あ、いえ……そんなわけではないのですが……」

慌てて言葉を継ぐと陛下が笑い、僕はなにも言えなくなる。

なんだか口が軽い気がする……さっきのミルクティーのせいだろうか？　アルコールはあまり飲まないから、アルコールだと思ったあたりで飲むのをやめた方がよかったかも……

「くっくっくっ……別にその程度で怒るほど狭量ではないから気にしなくていい。それに……形だけとはいえ側妃になったんだ。もう少し気軽に接してくれないか？　シュロムと呼んでも構わないぞ」

「え……わ、わかりました。シュロム……様」

さすがに呼び捨てにする度胸はなく、敬称を付ける。

「ふむ……陛下でないだけ良しとするか」

「すみません……」

「気にするな。徐々に慣れていけばいいからな」

申し訳なくて萎縮する僕にシュロム陛下……シュロム様が楽しげに笑った。昨日みたいな重要なことを話す時や夜会や謁見の時の王らしい姿とは違い、よく笑う人だ。作中では威厳ある王として書かれていたけど、こんな一面もあるのだなぁ……

「でも……よかった。そうですよね、形だけの側妃ですよね」

さっき、シュロム様から零れた言葉に安堵する。

「やはり側妃というのは抵抗があったのか？」

「いえ……その、側妃としての仕事があったらどうしようかと……今日も、渡りがあると……聞いていたので……」

真剣な顔をする陛下に、ポツリポツリと零すと、僕の言わんとすることを察したのか、バッ……！　と、ロンを見た。

「ロン！」

「いやー、せっかくの側妃様ですし、陛下も満更じゃなさそうだなぁって思ったんで、お膳立てしてあげようかなぁと」

声を荒らげるシュロム様にロンは楽しげな声で返す。ま、満更じゃないって!?　え、形だけじゃ

ないの⁉

「ディロスになにをした」

「ちょっと、洗浄のやり方を伝えただけで、それ以外はなにも？　あ……お風呂上がりの香油だけ……背中に塗らせていただきましたね」

「お前は……！　余計なことをするなと言っただろう！」

混乱する僕を余所に、シュロム様とロンは気安い応酬を繰り返す。やがてシュロム様が申し訳なさそうに僕に向き直った。

「すまなかった。お前に夜伽を強制するつもりはない。ただ、これからも時折でいいから話をさせてほしい」

「それは……もちろん構いません。シュロム様の慈悲でここにいさせていただいているのですから」

真剣なシュロム様の眼差しに戸惑いながらも承諾した。気になることはあるけど、不思議とシュロム様と話すのは楽しいと思い始めていたからだ。

「そうか」

僕の返答に安堵の表情を浮かべるシュロム様。年上で凛々しい顔立ちなのに、可愛く見えてダメだ。

これは気のせい。これは気のせい。そう心で唱えながら、口を開く。

「……シュロム様。あの、ロンと親しいようですが……ロンは普通の従者ではないのでしょうか……？」

「ん？　ああ……お前には話しておくか。ロンは、俺の側近の一人だ」

まさかの人選に目を見開く。側近ということは、高位の貴族なのだろうか。

「え……その、ロン様と呼んだ方がいいのでしょうか……？」

「いや、そしたら俺が身分を隠して側にいる意味ないでしょ、ディロス様」

からっと笑うロン……ロン様？　に困惑してシュロム様を見る。

「……ロンについては気にしなくていい。ただ、腕は立つから万が一、護衛騎士が側にいない時は頼るといい」

身分を隠して、腕が立つ？　まさか、暗部とか？　シュロム様とロンを交互に見ていたら、ロンが笑う。

「あはは、素直だなぁ。だけど、意外と察しはいいんだね。まあ、考えていることは正解だと言っておこうかな」

「ロン……」

あっさりと正体を明かすロンに、シュロム様がため息を吐く。

「改めまして、ローレンス・シュエットと申します」

「ろーれんす・しゅえっと……」

名前に覚えがある。もちろん、今の僕だけでなく、前世の僕でも。

シュエット家はメッザノッテ侯爵家に仕える準男爵家だ。でも、それは表向きの姿。本当のところは暗部として暗躍するメッザノッテ侯爵家の隠れ蓑（みの）であり、メッザノッテ侯爵家の者が身分を偽（いつわ）る際に使う家名なのだ。

ロンと名乗るローレンスという男は、今名乗った名前すらも偽名。本当の名はローラン・メッザノッテ。作中時のメッザノッテ家当主である。

作中では、シュロム様を守れなかったことを悔い、自身の主（あるじ）は生涯シュロム様だけと、メッザノッテ家当主を下り、単身その仇（かたき）を取ろうとした人なのだ。

だが、ティグレ殿下が第一部で無茶をし、命を落としそうになった時、颯爽（さっそう）と現れ、助けてくれる。その後は自分より無茶をしそうだからと仕方なくティグレ殿下の下につくのだ。

そして、第三部で再び無茶をしようとしたティグレ殿下を庇（かば）い、必ず戦乱を治めるようにと告げて命を落とした。

性格は、ひょうひょうとしていながらも決める時は決める。特に、真剣なシーンは随一のかっこよさと人気のキャラだった。

前世を思い出すときに見た悪夢の中でもそれらしき人がいた気がするが……容姿が違うのは変装だろう。しかし、前世で見たイラストから想像していた容姿とイメージが違う。若い。若すぎる。漫画風のイラストでも若かったけど、さらに若い！

たしか作中時の年齢は、シュロム様より上だった。でも今は僕と同年代くらいに見える。十歳以上年上のはずなのに……変装がすごいのか、それとも元から若いのか……謎だ。

「驚いた？」

「驚きました」

楽しげに笑うロン……ローラン様は、こうして見てみると、確かに作中の描写と雰囲気が似ているような気がした。

「ま、俺が誰であろうと気にせず昼間みたいに振る舞ってくれていいんで」

あっけらかんと笑うローラン様……ううん、ロン。正直、抱えた事実が重すぎるんだけど頑張ろう……

でも、これだけシュロム様と距離が近いのなら、なぜシュロム様の意図を読み違えたりなんか……いや、お膳立てって言っていたな……。それが事実かはわからないけど……悪ふざけって可能性もなくはない……。第二部以降にはそんな描写もあったし……

「面倒なやつですまん。だが、役に立つ男なのは確かだ。エリー達侍女に伝えにくいことは全部こいつに回してもらって構わん」

「さすがに夜の相手を用意するのは難しいけどね」

「ロン……」

前世なら男女共にセクハラと訴えられかねないことを言うロンを、シュロム様が静かに睨む。さっきまでとは違い、本気の怒気だ。

「はいはい、申し訳ありません。大人しくしておきます。陛下がまだ話したいみたいなんで、なにか飲み物でも持ってきますねー」

ロンが降参を表すように両手を上げてひらひらと振る。そして、扉の向こうへ消えていった。

「はぁ……すまなかった」

「いえ……大丈夫です」

疲れた顔をするシュロム様に苦笑いを浮かべる。一癖も二癖もある人だから大変なのだろう。

「そういえば……素での一人称は俺なんですね」

「ああ……まあな」

国王として喋っているところしか知らなかったから新鮮だ。

「政務に携わるようになった頃から普段は私に変えているんだ」

「私も、婿入りしてからは変えるように意識しました……公の場に出ることは少なかったですけどね」

当時のことを思い出して苦笑していると、シュロム様が口を開いた。

「互いに苦労するな」

「そんな！　シュロス様に比べたら私は全然……！」

「しているだろう？　婿入りした先で飾りとして扱われ、自我を殺して生きていたのだから」

その言葉で、前世を思い出すよりももっと前――アグノスと出会う前の僕のことを思い出す。

「見ていてくださったのですか？」

僕のような、些末な人間すら覚えていたということに驚く。

「グラオザーム侯爵は愚弟……いや、イリスィオと関係があったから一応調べておかなければならなかった。侯爵もあの筆頭執事も悪知恵は働いたようだな……」

僕の問いに、自分達の捜査の不十分さを歯がゆく思っているような表情をシュロム様が浮かべる。けして、シュロム様や調査した人の能力が低かったわけではなく、前世の僕からしたらご都合主義なシナリオの都合によりグラオザーム侯爵家の悪事が見つからなかったのだと思う。

この世界でも、僕というイレギュラーがあったからこそ、ご都合主義的な展開が覆ったのだろう。それこそ、僕のような存在こそがご都合主義だと言われそうだけど。

「イリスィオの死後もグラオザーム侯爵の行動は目立った。そして、正式な夜会に時折連れてこられるお前もな。結婚したばかりの時も委縮しているようだったが、月日が経つごとに飼いならされて毒にも薬にもならない人物になっていくように見えた」

正直、あの頃のことを考えると、なんとも言えない気持ちになる。あの頃は、本当にバリシアの付属品でしかなかったし……

「だが、告発に来た日。臆しながらも俺をまっすぐ見つめた瞳が気に入ったんだ。それに、血が繋がらない息子のために立ち向かうというのが……同じ父親として見過ごせなくてな」

シュロム様は、そう言って気恥ずかしそうに笑うが、僕は自分の頑張りが認められたような気がして、涙が零れた。

「ディロス？」

「……すみません。あの子の、アグノスの父と認めてもらえることが嬉しくて……」

流れる涙を拭って笑みを浮かべる。

血の繋がらない、バリシアの不義の証ともいえる子を自身の子供だと言って可愛がる姿は貴族としては異質だ。それは、今の僕からしても、前世の僕からしても同じだと思う。

僕は自分より弱い者を庇護することによって自分の存在意義を得ようとしているのかもしれない。僕がアグノスを思う感情は綺麗なものではないかもしれない。心のどこかでそう思っていた。だから、シュロム様の言葉が嬉しかった。

「……血の繋がりは確かに大きいものだろうが、アグノスを思うお前の心は俺が子供達を思う心と変わらないだろう。……まあ、俺もいい父親かと言われると自信はないが」

そう言って苦笑いを浮かべるシュロム様に僕は驚く。

「王としての仕事にかまけて、ろくに時間も取れない。王の仕事は国のためであり、ひいては子供達のためでもあるが、それでも思うところはあるんだ」

それは王としての責務と父親としての責務の比重に悩む男の悩みだったのだろう。

王として弱みを見せることは好ましくないはずなのに、それでも打ち明けてくれるシュロム様にこの方も悩みを持つ一人の父親なのだと思った。

「少しでも時間が取れればいいんだがな……」

「お食事などはご一緒になさらないんですか?」

「……王宮の私室で過ごすことが多くてな。食事もそこで済ませている」

「では、時間の取れる時に一緒にお食事を取るのはいかがでしょう? マナーも最低限のもので……談笑しながら食べるんです。私もアグノスとそうしていますが、子供の話を聞くだけでも成長を実感できますよ」

余計なお世話かと思ったが、それでもシュロム様の参考になればと思った。

毎日一緒にというのは難しいかもしれないが、週に一度でも顔を合わせる機会があればいいのではと思ってのことだった。

「……そうだな。宰相にも時間が取れるか相談してみよう」

「きっと殿下達もお喜びになると思います」

僕の提案が受け入れられるかはわからないが、作中でシュロム様を慕っていた殿下達を思い出すと、シュロム様と食事ができることをきっと喜ぶのではないかと思う。

シュロム様を僕の都合で歪んだ運命に巻き込んでしまったから、少しでも役に立てるといい。

その後、すぐにロンが飲み物を持ってきた。僕にはさっきと同じミルクティーを。シュロム陛下には、お酒とチェイサー用の水を。

僕とシュロム陛下は子供達の話をしながら、互いに杯を傾ける。初めて子供を抱き上げた時の話。父と呼んでもらえた時の話。そんな、なんの変哲もないようで特別な話は、止まることを知らずに次々と溢れ、僕らの間に親しみを湧かせた。

シュロム陛下と語れば語るほど、僕は、子供が育つ尊さを誰かと共有したかったのだと実感した。

「陛下。そろそろいい時間ですけど……お泊まりですか？」

「っ！」

「なっ！」

僕達の話が一区切りついたところで、静かに佇んでいたロンが平穏を乱す発言をする。

「ロン！　水を差すな！」

「いや、でもホントにいい時間ですよ？　このままここで過ごしたら護衛騎士達は同衾(どうきん)したと思うでしょうねぇ」

シュロム様の言葉もなんのその。楽しげに笑う顔に反省は見られない。

「はぁ……すまない。今日は帰る」

額に手を当ててため息を吐いたシュロム様が手を下ろして言った。

「いえ、遅くなると明日にも響きますし、大丈夫ですよ」

時間を忘れて話し込んでしまったが、時間を示す魔道具は深夜を越えた時刻を示している。忙しいシュロム様のことを考えると、もう十分遅い時間だろう。

「また夜に時間ができたら来る」

「はい、お待ちしています……っ！」

シュロム様を見送ろうと立ち上がると、体がふらっとよろける。

「っ、大丈夫か？」

まだ近くにいたシュロム様が咄嗟(とっさ)に支えてくれたから良かったものの、どうやらミルクティーに入ったアルコールで酔ったようだった。

「はい……たぶん、少し酔ったようです……」

「お前が飲んでいたのは茶では……っ、ロン！　またお前か！」

犯人を察したシュロム様がロンを見る。

「いやー、ほんのちょっと香りづけに紅茶のリキュールを入れただけですよー」

「本当にお前は！　……はぁ」

悪びれることなく笑うロンにシュロム様が声を荒らげるが、すぐに諦めてため息を吐く。

「重ね重ね悪い。詫びに部屋まで運ぼう」

そう言うやいなや、シュロム様が僕の体を横抱きにする。成人男性の僕をあっさりと抱えるシュロム様に慌てた。

「だ、大丈夫です！　シュロム様も飲んでいらっしゃいましたし、自分で帰れます！」

「あの程度では酔わないから問題ない」

なんとか降ろしてもらおうと思ったけど叶わず、僕はシュロム様に抱えられたまま、ロンが開けた扉をくぐる。

ど、どうしてこうなったの⁉　なんで⁉　内心パニックになるが、シュロム様の鍛え上げられた体にしっかりと抱えられ、大人しく運ばれた。

僕を抱えて歩いても揺るがない体幹とか、すっごく近くにあるシュロム様のお顔だとか、夜着越しに伝わる体温とか……あまりのことに思考が停止したのは言うまでもない。

でも、これって……、初夜に向かう花嫁のようでは？　と、頭を過った瞬間、青ざめるような、赤面するような感情が巻きおこり、ただただ混乱した。

「降ろすぞ」

ベッドまで運ばれ、壊れものを扱うようにそっと降ろされる。

「あ、ありがとうございます……」

「っ！　ああ……」

緊張しながら述べた僕に、シュロム様も戸惑ったように相槌を打つ。沈黙が部屋を静寂で包む。自分の鼓動だけが大きく聞こえる気がした。

「……ゆっくりと休め」

「……はい。シュロム様も」

先に言葉を発したのはシュロム様で、僕もそれに返す。互いに失敗したような微笑みを浮かべていた。

◆◇◆

薄暗い部屋で一人、ベッドに横たわる。一人で眠るのは、久しぶりだ。王宮ではアグノスと一緒だったし、見張りの護衛騎士もいたから。

静かで、誰もいなくて。だから、少し酔った頭でいろいろと考えてしまう。

シュロム様の優しい声や、抱き上げてくれたたくましい腕。そして、高鳴った僕の鼓動。

勘違い。勘違い……だと思う。話していて同じ父親として、好感を持ったのは確かだ。

でも、でも……本当に？　今……側妃として、シュロム様に求められたら断れる自信はある？

あの優しい声で、名前を呼ばれて……抱き寄せられて、頬を撫でられたら？　シュロム様に触れられる想像をしながら、自分の頬に手を滑らせ、指先で唇をなぞる。

ああ、ダメだ。ダメなのに……。心臓が奏でる鼓動が、高らかに響く。

あの端整で男らしい顔立ちのシュロム様が優しく微笑み、僕と視線を重ねる。求められて……唇が重なり……舌を……

シュロム様と唇を重ねる想像をしながら、唇を撫でる指先に舌を絡め、指を口の中に受け入れた。

「んっ……ふぅっ……」

舌を指先でくすぐり、上顎をなぞる。飲みきれなかった唾液が指から伝い、敷布を濡らす。

空いた手を夜着の中へ滑り込ませ、下着を押し上げるように緩く勃ち上がった陰茎に指を絡めた。

想像の中のシュロム様が口づけをしながら僕の陰茎をなぞるように弄ぶ。緩やかな快楽が背筋を走った。

「つあ……！　ぁ……！」

優しく穏やかな愛撫に、口づけを続けられなくなって……

「っ……！　ぁ、はっ……」

指で鈴口を擦り、くっと背中を丸め、白濁を放つ。

射精の余韻に微睡みながら、僕はシュロム様のために清めた場所を思い出した。恐る恐る清めたそこに、シュロム様が触れる。優しく、溶かすように。

想像のままに、唾液で濡れた指を……清めた後孔へあてる。清めた後、香油を塗り込んだそこはほんの少しほぐれ、僕自身の指を僅かな抵抗と共に受け入れた。

「っあ……はぁ……っ！」

細くも確かな異物感に喉を震わせる。だけど、想像上のシュロム様は、優しい声で僕を褒め、力をなくした陰茎を優しく擦（さす）った。

「あっ……はぁあっ……！」

達したばかりの陰茎からの快楽に声を上げながら、中に入れた指をゆっくりと動かす。

「あぁっ……！　あっ……！　あぁあっ……！」

褒める言葉に合わせて、陰茎を弄（もてあそ）ぶ手の動きは速くなり、中を弄（いじ）る指はかき回すように動く。

「っあ……！　あっ……！　あぁああっ！」

耳元で、達していいと言う声が聞こえた気がして——二度目の精を手の中に吐き出した。

「はぁ……ぁ……」

脱力した体。唯一力が入るのは指を締め付ける後孔だけ。

「ぁああ……」

たった一本。入り口に僅かに沈むそれだけなのに、そこから沸き上がる快楽に僕は喉を震わせたのだった。

SIDE　シュロム

ディロス達が離宮に移った。

今まで隠してきた存在を公にし、反乱を企てている者達への意識を離宮に向かせる。

このままでは、モデスティア伯爵家へも不届き者の手が迫るだろうと考えての判断だった。

この企みにどの程度効果があったかはわからないが、モデスティア伯爵家を襲うよりは、離宮を直接襲撃するべきだとやつらは考えるだろう。

暗部から、庭園ではしゃぐアグノスとそれを見て微笑むディロスの姿について報告があった。

やはり一室に閉じ込められるのは、辛かったのだろう。

駆け回るアグノスとそれを見守るディロス。

料理人の作った料理に舌鼓を打つ二人。

書斎の本を見て、子供のように目を輝かせたディロス。

そんな報告が届き、移動させて良かったと思った。

ディロス達の様子をその都度聞きながら、本日の仕事を終え、離宮に向かう。

夕方頃に、この書類の量ならディロスのところへ顔を出せるのではないか、昨日のことを謝ると共に、二人の様子を直接見ることができるのではないかと思ったのだ。

王宮からの道を護衛騎士に囲まれながら歩く。庭園から見えるいくつかの離宮の内、明かりがついているのは俺の離宮も含めて四つ。内二つの離宮は、息子達のものだが、夜が更けた今の時間は二人とも寝ているだろう。

ディロスの告発があり、騒がしくなってからはほとんど顔を見ていない。父親だというのに王としての責務に追われ、子供に構えないとは不甲斐ない話だ。王でなければ、ディロスのように子供と触れ合うことができたのだろうか。

いや、王太子妃として迎えた妻レーヌは、いずれ王になる者でなければ得られなかった女性だ。王族の血を数代前に持つ公爵家に生まれた、王妃となるべく育てられた彼女なのだから、王にならなければ嫁いでこなかっただろう。

俺の全ては、第一王子として生まれ、王位を継いだからこそ存在する。もしも、の空想など、夢物語にすらならなかった。

物思いにふけりながら、ディロスの離宮を訪ねると、ディロスは夜着に身を包み、談話室で待っていた。その表情は僅かに緊張しているような気がする。

少し話をしたかったと告げ、ディロスの正面にあるソファーに腰かける。そして、俺を迎えるためにソファーから立ち上がったディロスにも座るように促した。

昨日の謝罪から始まった会話は、意外にも広がりを見せた。俺がディロスを側妃として迎え、離宮に入れた理由を読み取り、モデスティア伯爵家を守るためでもあると理解したディロス。やはり、状況を読む力には長けているようで、入り婿としてグラオザーム侯爵家に飼われていたことを惜しいと感じた。

どうやら離宮も気に入ったようで、急いで準備した甲斐があったと嬉しく思う。特に、書斎は気に入ってくれたようだった。

できるなら今後もディロスの感想を手紙で受け取りたいが……いつかは気兼ねなく語り合えるようになりたかった。

試しに俺を呼ぶ際の敬称を外すように提案してみたものの、陛下から様に変わっただけだった。それでも、陛下よりは距離が近くなった気がするので、今のところはそれでいいかと折り合いをつけた。

それからは、ロン――ローランの余計な気遣いが発覚したり、正体を明かしたり、揶揄(からか)われたり、ディロスを泣かせてしまったり、子供との時間の取り方を提案されたりしたのだが……楽しい時間だったと思う。思うのだが……

最後にしでかすのがローランという男である。ディロスの紅茶に酒を盛っていたのだ。

それは、ディロスが俺を見送ろうと立ち上がった時、体がふらついて発覚したのだが……本当にあいつは余計なことを！

俺を見上げたディロスの顔が浮かぶ。僅かに赤らんだ頬、驚き見開いた目にうっすらと浮かんだ涙。華奢(きゃしゃ)なことも相まって、なぜだか心が跳ねた自分に気のせいだと言い聞かせながら、平静を装(よそお)って彼を抱き上げた。甘い香油の匂いがディロスの体から漂ってきて、僅かに酔っていた理性が揺れたから始末に負えない。

なんとか、理性を保ち、自身の離宮に戻ってようやく安堵できた。そして、ディロスの熱を忘れるべく眠りにつき……俺の下で乱れるディロスの夢を見た。

翌朝、ディロスへの罪悪感で頭を抱える。それと同時に、どうしようもない恋慕を自覚したのだった。

3　離宮での生活と嵐のような来訪者

部屋に差し込む朝日で目を覚ます。それと同時に飛び起きた。

「おはようございます、ディロス様」

「っ⁉　ろ、ロン⁉　いつからそこに⁉」

「昨日、ディロス様が寝つかれた時から寝ずの番をしてましたけど？」

やや軽い口調のロンの言葉に混乱する。

え、は？　見られた⁉　えっ、いや……待って⁉

「なにか夢でも見られましたか？」

「え……ぁ、夢……」

何事もなかったかのように笑うロンに、昨日のことを思い返す。

そうだ。シュロム様が帰った後、見送りに行ったロンが戻ってきて、寝ずの番をすると言っていたはずだ。

そのことを思い出して、取り乱していた心が落ち着いたが、それと同時にあまりにもリアルだった夢を思い出して、うずくまりたくなる。

あ、あんな……あんな夢を見るなんて！　シュロム様を想いながら自らを慰（なぐさ）める夢を見たことに罪悪感を覚えた。

シュロム様は、健全な思いで僕に親しみを持ってくださったのに！　自分の浅ましさに頭を抱え、抱かれる夢が嫌でなかったことにのたうち回りたくなった。

どうして！　なんで！　嫌じゃないんだ！　ロンに夜伽の準備をと言われた時には、あんなに血の気が引いた癖に！

ロンが！　ロンが！　あんなこと言ったり、お酒なんか紅茶に入れるから！　ベッドの上で、ロンに意識を向けないようにしつつ両手で顔を覆う。

う、う……だめだ。自分がわからない。僕、前世も今も女性が好きだったはずなのに……。理解できない感情がぐるぐると僕の中を駆け巡る。

どうして……どうして、こんなことに。シュロム様にどんな顔をして会ったらいいんだ……

昨日の夢のことを思い出して、鼓動が速くなる。たった、あれだけのことで……あんな夢を見るなんて……。僕はどれだけチョロいんだ！

ああ、だめだ。顔を上げられそうもない。ロンがどんな顔で僕を見ているかも恐ろしくて見ることができない。

もう、もう……ホント、どうしよう……

しばらく、顔を覆って俯いていると、部屋の扉が叩かれた。

「いかがしますか？」

「……開けていいよ」

ロンが尋ねてきたので、観念して許可を出した。まだ、うずくまっていたいけども……そういうわけにはいかないしね。

「とうさまー！」

扉が開く音がして、アグノスの声と駆けてくる足音が聞こえてきた。

「……おはよう、アグノス」

顔を覆（おお）っていた手を下ろして、アグノスに笑いかける。

「うん！　おはよう、とうさま！」

ベッドによじ上ってきたアグノスが僕に抱きつき、輝くような笑顔で見上げた。その笑顔で、昨日のことを悩んでいても仕方がないと思考が切り替わる。

「早起きだね、アグノス。もう着替えてるなんてえらいえらい」

「えへへへへぇ～」

抱き締めて、柔らかな金髪を撫でると、アグノスは嬉しそうに笑う。満足して離れたアグノスを見ると、見覚えのない服を着ている。どうやら新しくあつらえたもののようで、王宮に滞在していた時に着ていた自前の服より質が良く、デザインも流行（はや）りのものに見えた。

前世的に言えば、ファンタジー系や西洋モノの良家のお坊っちゃんが着てるような服だ。

フリルがふんだんについた白いシャツに、太ももの見える黒い短パン。白い靴下をソックスガーターで留めて、黒いローファーっぽい革靴を履いている。

今までもこれと近い格好だったけど、フリルは少なめだったし、質もデザインも上位貴族としてはちょっと劣るし、地味かな？　って感じだったんだよね。

今の格好は、アグノスの愛らしさを存分に引き出していてすごく似合っている。まるで天使が現れたかのような可愛さだ。もちろん、元々天使だったけど！

「すごく似合ってるし可愛いよ、アグノス」

「きゃぁあああ～っ！」

ぎゅっと抱き締めて頬擦りすると、アグノスが高い声を上げてお返しとばかりに頬擦りを返してくれる。二人でうりうりうりうりと、頬っぺたを擦り付けながら互いに満足するまで笑い合った。

「さ、父様は着替えるからモリーと一緒に談話室で待っててくれる？」

「うん！」

「ふふっ……モリー、お願いね」

「かしこまりました」

仲良くモリーと手を繋いで部屋を出ていくアグノスが、僕を振り返り何度も手を振るのを微笑ましく見送り、僕はベッドから降りた。

「お着替えはこちらに」

「……ありがとう」

いつ見ても楽しそうな笑みを浮かべているロンに礼を告げる。仕事はちゃんとしてくれるんだけどね、仕事は。

着替えを受け取り、夜着を脱いで袖を通す。僕に用意された服も、アグノスのものと同じく、フリルのついたシャツと細身のピシッとした黒いズボン。

なんというか……貴族男性の私服としては適切なんだけど、前世の僕的にはちょっと落ち着かない。

侯爵家ではシンプルな使用人みたいなシャツを着ていたから尚更だ。

実を言うと、保護されてから着ているガウンみたいな夜着も、僕みたいなのが着ていいんだろうかと思ったりもする。専用のズボンもあるし、ガウンも丈は合っているけど、慣れないものは慣れないのだ。用意してもらっているから文句言わずに着るけどさ。

「こちらを」

シャツとズボンに着替えて、鏡でおかしくないか見ていたら、ロンがスカーフとそれを留めるブローチを差し出した。……もっとフリフリになるのか、僕。

「ありがとう」

スカーフを受け取って、ブローチで留める。改めて鏡を見ると、この国ではやや小柄で地味な色合いの、平凡で童顔な男がお洒落服(しゃれふく)に着られていた。

「お似合いですよ」

「お世辞はいいよ。あんまり装飾が多いものが似合わないのは知ってるから」

家族の中でも小さい方で、僕より小柄なのは母上しかいなかった。父上は身長が高くてロマンスグレーの似合う人だし、兄上達は父上の身長と母上似の容姿で、長兄が金髪美形、次兄が黒髪の美形なのだ。そんな中に、小さくて地味な僕。ちょっとコンプレックスだったんだよな。

バリシアだって、身長が高かったからヒールを履いたら同じくらいになっちゃって……。やめとこ、考えるの。悲しくなってきた。

「いえいえ、お世辞などではなく……ディロス様に似合う服をご指示なさった陛下が思い描かれたとおりの美しさですよ」

へらっと笑ったロンに僕の動きが止まる。シュロム様の……指示？

僕の頭に浮かぶのは、前世で言われていた、男が服を贈るのは脱がせたいからだってやつだ。この世界にそういう俗説はないが、それでも婚約者に社交界で着るドレスを贈る習慣はある。

だから、その……自分が側妃であることを実感すると同時に、昨日の夢が頭を過(よぎ)って、思わず顔を覆(おお)ってその場にしゃがみこんだ。

「どうなさいました、ディロス様」

ロンは動じることなく、楽しそうに声をかけてくる。ホント、ホント……君ってばもう！

「……ごめん、ロン。一人にして……」

「……かしこまりました。入り口の方で控えておりますね」

思わず出てって！　と、叫びたくなったが、下手に騒いでアグノス達が来るよりはと、口をつぐんだ。

それからしばらくしてなんとか平常心を取り戻し、談話室にアグノスを迎えに行く。

「アグノス、お待たせ。朝ご飯を食べに行こうか」

「はーい！」

手を伸ばして抱っこをねだってきたアグノスを抱えて食堂へ向かう。

「あさごはん、なにかなー？」

「なんだろうねー」

昨日の食事が美味しかったからか、ワクワクしているアグノスを微笑ましく思いながら、子供用の椅子に座らせて、僕は隣に腰かける。

それからすぐに運ばれてきた朝食は、サンドイッチとフルーツジュース。

デザートはなかったが、甘くて美味しいフルーツジュースをアグノスが気に入り、二杯目のおかわりまで完飲していた。

「とうさま、おいしかったね！」

「そうだね」

「あしたもジュースあるかなぁー」

「あるといいねー」

ご機嫌でニコニコなアグノスの口の周りにほんのり残るフルーツジュースの跡を、笑いながらナプキンで拭う。

外見は、繊細な西洋人形みたいなのに、環境が変わっても、すぐに馴染(なじ)んでくれてたくましい。よく遊び、よく食べる。きっとすくすくと成長するだろう。

作中のアグノスは美少年だったが、あれは十六歳頃の姿だったから、その年齢を越えれば、シュロム様くらい大きくなるかもしれない。

僕より大きいアグノス……。今の小さい姿も可愛らしいけど、かっこよく育ったアグノスも見たい。まあ、僕より大きくなってもアグノスは可愛いだろうけどね。

「とうさま、おにわいきたい！」

「いいよ。でも、食べたばかりだから走っちゃ駄目だからね」

「えーーーーー！」

食べたばかりだというのに元気なアグノスを宥めて、抱き上げる。こうして、抱っこできるのもいつまでか……。そんなことを思うと少し寂しくなった。

朝食の後、庭で過ごし、ほどよく時間が経った頃。駆け出したくて堪らないアグノスに許可を出す。そこからは昨日と一緒だ。

正午になったら昼食を食べ、アグノスがお昼寝している間に書斎で本を読む。アグノスが起きてきたらおやつを食べ、庭で遊ばせた後、夕食。そして、入浴を済ませたら、読み聞かせだ。

「……こうして、王子は争いを治め、次期国王として、父である国王に認められたのでした」

本を読み終えると、膝の上ではすやすやと眠るアグノス。

今日は耐えきれなかったかと笑いながら、本をサイドテーブルに置き、近くに控えていたマリーを呼び寄せた。

「おやすみアグノス。良い夢を」

アグノスの額にキスを落とし、マリーに任せる。

アグノスを抱えるマリーを見送って、僕は自分が読んでいた本の続きを読むべく、サイドテーブルの本の一つを手に取った。

今日はシュロム様が訪れるという知らせがないから心は穏やかだ。昨日と、夢のことがあったから、今日顔を合わせたら正気でいられなかったかもしれない。

一日過ごした今でも夢の内容を思い出すと顔に熱が集まるのに……シュロム様本人と会ったりしたら……

閉じたままの本の表紙で顔を隠す。表紙に額をつけたくなるが、顔の脂がついたらまずいので堪えた。

ああ、だめだ。想像しただけで申し訳なさすぎるし、恥ずかしすぎる。穏やかだった心が波うち、頭の中を掻き乱す。一方で、朝よりも落ち着いて考えている自分もいた。

シュロム様のことを考えるだけでドキドキする。それは、まるで前世のドラマで見た恋する乙女のような感情だ。

あり得ないと思う。でも、今のこの感情は、勘違いかもしれないけど嘘じゃない。だからこそ僕を悩ませるのだ。

本当にどうしよう……。落ち着くことのない鼓動を治めようと、顔を隠していた本を下ろし、開く。

でも、この手書きの文字がシュロム様のものかもしれないと思うと途端に読めなくなるのだった。

◆◇◆

僕達が離宮に移って一週間が経った。

ここで過ごす毎日は穏やかで、侯爵家で過ごしていた日々や王宮で気を張りながら過ごしていた頃に比べるとすごく過ごしやすい。離宮の皆とも打ち解け、素で話すことも増えてきた。

庭で遊ぶアグノスを眺め、一緒に美味しい食事やおやつに舌鼓を打ち、夜は書庫の本を読み、読み終えたら感想を紙に書く。リスティヒが逃走中だから僕達の身が危険に晒されているのは変わらないけど、それでも守られ、平穏を享受する日々は、僕の心に穏やかさを与えてくれた。

だけど、そうしている間も、僕が側妃であることを疎む人はいるのだと思う。きっと、リスティヒやその協力者以外にも、男の側妃を受け入れられない人はいるだろう。そう思うとなおさら、外から隔離されたこの場所は居心地が良かった。

「とうさまー！」

アグノスが僕を呼び、幸せそうに笑うことが許されている。そのことが僕にとっても幸せだった。

そんな安寧を僕達にくれたシュロム様は、初日以降訪れない。

あんな夢を見て、三日くらいはなにをしても思い出して落ち着かなくなったけど、さすがに一週間が経つと、仕事が忙しいのだろうかとか、体調は大丈夫なのかとか心配になる。それに、殿下達と食事ができたのかも、提案した手前、気になっている。

ロンやエリーに聞いたら、少しはシュロム様の近況を教えてくれるかもしれないけど……形だけの側妃の僕が尋ねるのは気が引ける。

そんな感じで四日目からは、今日もシュロム様はお元気なのだろうかと思いながら、庭で遊ぶアグノスを眺めて過ごしていた。

「あーーーー！」

そんな中、アグノスとは違う幼い子供の声が聞こえた。僕だけでなく、エリー達侍女やミゲル様達護衛騎士の皆も驚いたように目を見開く。

「だれだお前達！　ここは、おれたちかぞくのりきゅうだぞ！」

僕とアグノスを指差す幼子は、金色の髪と赤い瞳を持っている。その容姿は、アグノスに似ているが、より活発そうで、ほんの少し歳上に見えた。

そして、その外見に一致する子供は……このあたりには一人しかいない。

「ここに入ってはなりません！」

「うわっ⁉　こら！　はなせっ！」

門を守る護衛騎士を潜り抜けてきたらしい幼子が、追いかけてきた護衛騎士に捕獲され抱き上げられる。

じたばたと暴れ抵抗する姿に、作中無茶をしてあのロンすら怒らせた描写が浮かぶ。

「ティグレ様！　暴れないで、ください！」

護衛騎士を手こずらせる幼子の名前は、ティグレ。僕の愛読していた『シィーズ国戦記』の主人公であり、この国の第二王子だ。

「はなせ、はなせーーーーー！　おれは、こいつらにはなしがあるんだーーーーー！」

ティグレ殿下、御歳六歳。アグノスの二つ上の、現在やんちゃ盛りの彼が護衛騎士の腕の中でびちびちと跳ね回る様子は、陸に打ち上げられた魚のようだ。

「ですから！　駄目なんです！」

「なぜだ！　ここはおれたちのりきゅうだぞ！　まえは入ってもよかったじゃないか！」

「今は！　駄目なんです！」

ぎゃーすかと喚くティグレ殿下に、護衛騎士は悲痛な声を上げている。大変そうだ。

「と、とうさま……」

そんな状況にアグノスは戸惑い、僕の腰に縋りついてくる。

同じ年頃の子供を見たことがないことと、ティグレ殿下の激しさに驚いているんだろう。

「はなせーーーーーっ！」

「あぁあああーーー！」

縋りつくアグノスの頭を撫でていると、護衛騎士の腕から抜け出したティグレ殿下が僕達のところへ弾丸のように駆けてきた。

「なぁ！　お前達はなんでここにいるんだ！　だれなんだ！」

ティグレ殿下は、僕のすぐ側で立ち止まって、びしっと人差し指でこちらを指し、勢いよく捲し立てる。

助けを求めようと周りを見たけど、暴走するティグレ殿下を止められそうな人はいない。エリーは屋内で仕事をしているし、側にいるロンは楽しそうに見ている。ああ……僕がなんとかしないといけないのか……

「……はじめまして、ティグレ殿下。このような姿で申し訳ありません。私は、ディロス。この子は、アグノスと申します」

椅子に座っている僕に、アグノスが前からひしっとしがみついていて立てない。仕方なく座ったまま挨拶をする。無礼だと思うけど、仕方がない。動かそうにもアグノスは動かないし。

「ディロスとアグノスだな！　おれは、ティグレだ！」

僕の挨拶に、ティグレ殿下が胸を張り、えへんと挨拶を返す。こういう仕草は可愛らしいのだが、アグノスの二倍以上元気だから乳母の人は大変だろう。

「それで、なんでお前達はここにいるんだ？」

挨拶したことで少し落ち着いたのか、ティグレ殿下が首をかしげながら僕を見つめる。さて……なんと言ったものか……。内心頭を抱えていると、救世主が現れた。

「騒がしいと思ったらティグレ様！　なぜここにいらっしゃるのです！　メリーはどうしました！」

騒ぎを聞きつけ、エリーが出てきた。

「いっ……！　え、エリー……！　なんでここに……」

エリーの剣幕を見てじりじりと後退りするティグレ殿下。どうやらこれまで何度も叱られたことがあるようだ。

「今はここの管理を任されているのです！　それより、またメリーと護衛騎士を振り切ってきましたね！」

「ち、ちがうぞ！　ふりきってなんかないぞ！」

違うと言いながらも明らかに焦るティグレ殿下に、エリーの眉がさらにつり上がる。

「嘘をつかないでくださいませ！　今日という今日は怒りました！　もう、シュロム様へ言いつけさせていただきます！」

「なっ！　だ、だめだ！　やだ！　ちちうえには言うな！」

「いけません！　さすがに言いつけさせていただきます！」

先程の様子とはうってかわって泣きそうな顔をしている。なんだか、可哀想な気がしてきたな……

「エリー、それぐらいにしてあげて」

「しかし……」

「いいから」

僕の言葉に反論しようとするエリーを制止して、ティグレ殿下にゆっくり話す。

「ティグレ殿下、ここに勝手に入ることや乳母(うば)や護衛を振り切って一人で行動するのが、悪いことなのはわかりましたね？」

「うん……」

僕の言葉にティグレ殿下が頷く。

「でも、私達のことが気になるのはわかります。だから、今度はちゃんとシュロム陛下の許可を取って、乳母（うば）と護衛騎士を連れてきてください」

「でも……ダメって、言われるだろうし……」

「私からもお伝えしておきますから……ね？　今日は、乳母（うば）も心配していますから、お迎えが来たら帰りましょうね」

「……わかった」

　なんとか説得できたことにホッとしつつ、周りに声をかける。

「ティグレ殿下の乳母（うば）と護衛騎士に連絡を。それまではこちらで過ごしていただきましょう。新しいお茶とお菓子をお願いします」

　僕の言葉に、周りの人々が動き出す。ふと視線を動かすと、ぽかんとしながらこちらを見るティグレ殿下と目が合った。

「いい、のか……？」

「ええ、でも迎えが来るまでですからね？」

「っ！　ああ！」

　赤い目を輝かせるティグレ殿下に苦笑しながら、僕から離れないアグノスを抱き抱え、ティグレ殿下を席へ促（うなが）す。

　席に着くことを許されたティグレ殿下は、嬉々として座り、用意されたお茶とお菓子を食べながら、最近あったことを話し始めた。

「さいきんな！　ちちうえやあにうえと、いっしょにちょうしょくを食べるようになったんだ！」

僕の知りたかったことがティグレ殿下の口から零れた。どうやら、シュロム様はお二人と食事を取るようになったようだ。

「あにうえとも、りきゅうがわかれてからは、あんまりいっしょに食べられなくてな！　だけど、朝だけはまいにちいっしょに食べてくれることになったんだ！」

ティグレ殿下は元気に話すが、嬉しそうな顔を見ると、寂しかったのだと思う。生まれた時に母を失い、乳母に愛情を注がれて育ったとしても、やはり一人では寂しいだろう。

「それはよかったですね」

「ああ！」

活発な子供らしい笑みを浮かべるティグレ殿下は、やんちゃながらも根は素直そうだ。

いや、でも『シィーズ国戦記』の作中でも、まっすぐな方だったし、作中の軍人や読者からも愛された人だから、今の性格もらしいといえば、らしいのだ。

軍神と言われながらも、民に優しく、兄上であるイデアル殿下の治世を支えようと奮闘する主人公。多少やんちゃでも、性格がひねくれているわけがなかった。

「ティグレ様、メリーが迎えに参りましたよ」

「……もうか？」

エリーがティグレ殿下に声をかける。門の方に視線を向けると、エリーやモリー達姉妹と雰囲気の似ている女性と護衛騎士達が立っていた。

「ティグレ殿下、今日はここまでにしましょう」

「……わかっている」

渋い顔をするティグレ殿下に笑いかけ、視線を合わせる。

「また、訪ねていただける時を楽しみにしています。その時は、お話だけでなくアグノスとも遊んでいただけますか？」

「……！　わかった！」

僕の言葉にティグレ殿下は、アグノスと同じ赤い瞳を輝かせて頷く。

シュロム様がティグレ殿下の訪問を許してくださるかはわからないが、できることなら、アグノスとティグレ殿下が仲良くなってくれると嬉しいと思った。

「またな！　ディロス！　アグノス！」

乳母（うば）に手を引かれ、ティグレ殿下は帰っていった。愛読書の中では、アグノスの首を取ることになるが、前世の僕にとっては主人公として憧れた方でもある。悪夢を見た後も、嫌いになることはできず、今日対面しても、子供らしい可愛い方だという感想しかわかなかった。……乳母（うば）や護衛騎士を振り回しているのは愛嬌（あいきょう）ということにしておこう。

「とうさま、てぃぐれでんか、またくるの？」

僕を見上げるアグノスは、まだティグレ殿下の勢いに慣れていないようだったが、苦手というわけでもなさそうだ。

「シュロム様から、いいよって言ってもらえたらね。アグノスはまた来てほしい？」

「わかんない」

アグノスは首をかしげるばかり。まあ、今日はティグレ殿下が喋(しゃべ)り倒しただけだからなぁ。

「次は、一緒に遊べるといいね」

「……うん」

同年代の子供と遊んだことがないから想像できないのだろう、アグノスが曖昧(あいまい)に頷く。また、訪問してくれるかはわからないから、これくらいの感覚でいいのかもしれない。期待しすぎると来れなかった時が可哀想だしね。

アグノスを抱えたままお茶の続きをして一息つく。しかし、まあ……可愛かったけどそれはそれとして、嵐のようというか……怪獣だったな、ティグレ殿下。


ティグレ殿下の突撃を受けた数時間後、夕食前にロンが告げた。

「陛下より伝言です。本日、王子殿下達との食事の後、こちらにお越しになるそうです」

「そう……わかった。ありがとう」

昼間のティグレ殿下のことがあったから、そのことについてだろうとあたりをつけて頷いた。久しぶりにお会いできると思いながら、夢のことを思い出してそわそわしてしまう。

「とうさま、どうしたの？」

「あ、いや……夕食なにかなって……」

僕の様子に気がついたアグノスが不思議そうに見上げるのを、ごまかす。

「っ！　きょうもたのしみだね！」

「そうだね」

満面の笑みを浮かべるアグノスに申し訳なくなり、曖昧に笑みを浮かべて抱き締めた。父親なんだから、浮ついた気持ちは抑えよう。この騒動に決着がついたら、側妃でいられなくなる可能性もあるし……。最初に感じた父親同士の親しみ程度で留めておいた方が健全なはずだ。

そんなことを思いながら夕食を取り、アグノスがマリー達とお風呂に行くのを見送って、談話室の時間を示す魔道具を見上げる。夕食の後と言っていたから、そろそろだと思うんだけど……

さっき、父親としての親しみで留めておくと決めたというのに、どうしても落ち着きがなくなる。おかしいところはないよな？　髪とか、服とか……。そわそわと過ごす僕に、壁際に控えるエリーの微笑ましい視線が飛んでくる。な、なんかアグノスを見る時と同じような視線なんだけど、そんなに落ち着きないのかな、僕。

SIDE　シュロム

執務中、暗部の一人からティグレがディロスの離宮に忍び……忍び？　込んだと報告を受けて頭を抱えた。

「あいつは……！」

怒りのような、呆れのような感情が湧き上がったが、ティグレなら遅かれ早かれやっただろうと気づき、対策をしなかった己が悪いと結論づけた。

長子のイデアルは、レーヌに似て大人しい性格なのに、あいつは誰に似たのか……。俺か……。

それでもまだ俺の方が大人しかったと言い訳しつつ、暗部に詳細を聞く。

そして、なぜだかディロスを気に入ったらしいティグレに再度頭を抱えた。そこは、アグノスではないのか！　年頃も近いし、血縁上は従兄弟だ。興味を持つのはそっちだろうと。

だが、考えてみると、生まれた時から乳母や侍女、護衛騎士に囲まれてきたから大人の方が親しみやすいのかもしれない。

あとは……ディロスが自分の血を引かないアグノスを溺愛するほど優しいというのもあるのだろう。ティグレの乳母はエリーの娘のメリーで、無条件に甘やかすタイプではないしな。ため息を吐きながら今後について考える。

暗部からの報告のとおり、ティグレはディロスのところに行きたがるだろうし、ディロス自身も俺の許可があれば受け入れるだろう。

イデアルが自分の離宮に移り、一人残されたティグレが不憫でもある。

ティグレの意思を確認し、ディロスが承諾したら許可を出してもいいのかもしれない。

「今日の夕食は離宮で取る……イデアルとティグレの離宮へも知らせを」

側にいた従者に伝え、子供達と夕食を取るべく、書類に視線を向けた。どれも重要なものではあるが、その中でも優先順位はある。ひとまず今日中に終わらせなければならないものだけでもと処理していく。そして、夕食の時間より早く仕事を終え、足早に子供達のもとへ向かった。

「お疲れさまです、父上」

「ちちうえ！　今日は、ゆうしょくもいっしょに食べられるのですね！」

俺を待っていたのであろう二人が駆けてくる。

イデアルは落ち着いているがどこか嬉しそうだし、ティグレは隠すことなく喜んでいる。微笑ましい光景だが、まずは注意からだろう。

「話したいことがあってな……ティグレ、今日散歩中にメリーと護衛騎士から逃げたそうだな」

「っ!?」

ティグレの体がびくりと震えた。どうやら、悪いことをした自覚はあるようだ。

イデアルはまたやったのか……と、言わんばかりの表情をしている。

「報告を受けているから正直に話した方がいいぞ」

「……はい。いつもは、きしのいなかったりきゅうに、きしがいたのを見つけて……」

「メリー達を振り切って、そこに侵入したと」

途中で、話せなくなったティグレの代わりに続けると、ティグレはこくりと頷く。

「メリー達は、お前を守るためについている。それは、決してやってはならないことだ」

落ち着いて言い聞かせる。今まで、エリーやメリー達に任せていたが、こうして注意するのも父親としての役目だろう。

俺の言葉に、ティグレは落ち込み、イデアルは驚いている。イデアルの反応を見るだけでも、俺が父親としてなにもしていなかったのがわかるな。

「……はい」

「次からは、しないように。お前になにかあったら、お前についている者達は、命を失いかねないのだからな」

「っ……！」

まだ幼いから言うべきか迷ったが、王族としてわかっていなければならないことだ。自分の命を誰かが守っていることを。そして、その命を背負っていることを。

「理解したのなら、これ以上は言わない。イデアルも、それだけは覚えていろ」

「……はい」

神妙な顔で頷いたイデアルに笑いかけ、二人の頭を撫でる。

「さあ、夕食にしよう。今日、お前達になにがあったのか聞かせてくれ」

二人が俺を見上げた。

「イデアルはなにを勉強したのか。ティグレは忍び込んだ離宮でなにがあったのかをな」

「はい」

「はい！」

顔を輝かせる二人を見て、ディロスの言葉どおり共に食事をすることはいいことなのだと改めて実感する。

二人を連れて夕食の席につき、イデアルから今日の話を聞き、ティグレからも同じように話を聞く。

「それで、ディロスは、ちちうえに、きょかをとったらあしたも来ていいっていってくれたんです！」

目を輝かせて話すティグレに、本当にディロスを気に入ったことがわかる。しかし、報告では明日も来ていいとは言わなかったはずだ。子供特有の早合点なのかもしれないが、それだけ期待しているということなのだろう。

「それで……ちちうえ。あしたも、ディロスのところにいっていいですか？」

先ほどの興奮していた様子とは打って変わって、自信なさげに聞いてくるティグレに苦い笑みを浮かべる。

乳母（うば）達は、やんちゃすぎて困ると言っているが、俺の前ではしおらしいのだから愛おしい。乳母（うば）達の言うことも聞いてほしいのは確かだがな。

「そうだな……一度、俺からもディロスに確認してみよう。それまでは、大人しく待てるな？」

「……わかりました」

あからさまに落ち込むティグレは笑みを誘うな。

「今日、食事が終わったら聞く予定だ。明日の朝には、お前に報告できるだろう」

「ほんとうですか！　やった！」

嬉しそうに笑うティグレを微笑ましく思っていると、黙って話を聞いていたイデアルが口を開く。

「父上……その者達は、なぜここにいるのですか？」

するとティグレもそういえば、という表情を浮かべて俺を見る。

「お前は気づいているのだろう、イデアル」

そう答えると、ティグレはそうなの？　と、俺とイデアルを交互に見ていた。

「離宮に入れるのは、王族と準王族にあたる側妃のみ……側妃が男性であることは、まだ理解できますが……子供を連れている側妃など、前代未聞です」

賢い子ゆえ、ディロス達の異質さに気づいているのだ。

「そうだな。だが、それには理由がある。俺は二人を離宮に入れたことは正しいと考えている」

「っ！」

イデアルは言葉を詰まらせ、ティグレは首を傾げる。

「ちちうえ、そくひとはなんですか？」

「王妃以外の王の伴侶のことだ。つまり、俺の新しい妻だな」

「……ディロスは、ちちうえのつま」

これを受け入れられないなら、ディロスのところに行きたいと言わなくなるだろう。

「……じゃあ、ディロスとアグノスもかぞくということですか！」

しばらく悩んでいたティグレだが、はっとしたように顔を輝かせ、正解でしょう！　と、言わんばかりに俺を見つめる。

あまりにも素直な思考が微笑ましいが、心配でもあった。現にイデアルは頭を抱えている。

「まあ、そういうことになるな」

「っ！　じゃあ、あぐのすはおとうとになるのですか!?」

「義理にはなるがな」

「ぎり……？」

義理という言葉を理解できず首を傾げていたティグレだが、やがて受け入れたようだ。

「でも、おとうとなのですよね？　じゃあ、いっぱいあそんであげます！　あにうえが、あそんでくれたみたいに！」

なぜなら自分は兄だからと胸を張るティグレ。今のところディロスとアグノスと、ティグレの関係について心配する必要はなさそうだな。

興奮するティグレを先にメリーと帰して、イデアルと談話室で話すことにした。ティグレの前では、押し黙っていたイデアルだが……ディロス達について思うことがあるような顔をしていたからだ。

「それで……なにが聞きたい？」

テーブル越しに向かい合って座ると、鋭い視線が俺を見つめる。

「……なぜ、男の……子供を持った男などを側妃として迎えたのですか。王家の血が流れていない子供を、離宮に入れるなど……！」

ティグレのような素直すぎる子供も悩ましいが、イデアルのように敏い子供もまた難しいものだな。

「あの二人については、もう少し落ち着いてから話そうと思っていたんだが……最近、俺が忙しくしていたのは知っているな？」

「……反乱の企図や、一部の貴族の不正があったと」

俺の言葉にイデアルが真剣な表情で頷く。教師陣や学友から話を聞いているのだろうが、先日社交界への顔見せを終えたばかりだというのに事の重大さをよく理解しているようだ。

「その告発を行ったのがディロスだ。巧妙に隠蔽されていたため、証拠が見つからず、自分が虚偽の告発をしたと罰せられる可能性があったにもかかわらずな」

「っ！」

イデアルが目を見開く。賢く大人びたイデアルが年相応に見えた。

「あいつは反乱を企てていたグラオザーム侯爵家の入り婿であるにもかかわらず、国のために告発したのだ。忠臣だと思わないか？」

「……はい」

「あいつのおかげで、反乱に加担しようとした貴族や不正を行った貴族を捕らえることができた。それに報いなければ良き王とはいえんだろう？」

返事を誘うように尋ねると、イデアルは険しい表情で口を開いた。

「ですが……！　それでも側妃にする利点はありません……！」

「そうだな。それだけでは叙爵が妥当だろう。だがな、それではあいつの身を守ることはできない。この度の反乱の芽は軍にも及んでいた。叙爵したばかりの新興貴族が未だに国に潜む謀反人達から身を守ることができるとは思えん。国を思う忠臣をみすみす見殺しにする王は、愚かだとは思わんか」

「それは……そうですが……」

肩を落とすイデアルに、大人げないと思いながらも言葉を続ける。

「それに……あいつを側妃に迎えたのはそれだけではない。あの子供は王家の血を引いているのだ」

「っ⁉　まさか……！」

「俺ではないぞ」

青ざめたイデアルの言葉を遮る(さえぎ)ように否定する。俺が子供を作ったのは、亡きレーヌだけ。我が子はイデアルとティグレしかいない。それだけは誤解されたくなかった。

「なら……誰の……」

イデアルは、アグノスの父親が俺ではないと聞いて僅かに表情を緩ませる。

「イリスィオ……俺の弟だ。お前はまだ幼かったから覚えていないか？」

「叔父上というと……五年前に亡くなった？」

面影を思い出そうとするイデアルの言葉に頷く。

「そうだ。あいつは長い間グラオザームの女侯爵と関係があった。正式な婚姻ではないが……反乱の旗頭(はたがしら)として掲げるには十分だろう？」

「……そうですね」

「ディロスは、血の繋がらないその息子を実の子供のように愛している。だから私欲にまみれた大人達に利用されるのが許せないのだ」

貴族らしからぬ考えだが、そのおかげで反乱の芽を潰せたのだからありがたかった。

「ですが……信じられません。父上に近づくために利用したのではないのですか？」

「あいつを側妃にしたのは俺の独断だ。ディロス自身は、断ろうとした」

疑うイデアルに告げると、返す言葉がなくなったのか口をつぐんだ。

「まだ、幼いお前が理解するのは難しいかもしれないが……父親というのは子供のために、理解を越えた働きをする。それだけは知っていてくれ」

「……はい」

「ディロスが気になるなら、お前も会いに行ってもいい。エリーがいるからエリーに会いに行くという理由でもいいだろう」

立ち上がり、イデアルの頭を撫でる。

「考えることもあるだろうが……お前の部屋まで送ろう」

「……ありがとうございます」

難しい顔をしながらも立ち上がったイデアルの肩を抱き、部屋に送り届ける。

「ゆっくりと休め」

「はい……おやすみなさい」

「ああ、おやすみ」

その足でディロスのもとへ行く。護衛騎士達と共に歩く夜の庭園は一週間前と同じく静寂に包まれており、俺達の足音だけが響く。

ここ一週間は忙しかったうえに昼間のティグレのこと、先ほどのイデアルのことと考えることが多く落ち着かなかった。久しぶりにこうして静かに歩いていると心が落ち着く。

いや、落ち着けなければならない。あの日以降、ディロスと会うのは初めてだ。あの夜、俺の下で乱れるディロスの夢を見て、恋慕を自覚し、しかしその想いを忘れるように仕事をしてきた。

本当は次の訪問はもう少し後にするつもりだったのだが……

ディロスの離宮が近づくにつれて鼓動が速くなった。落ち着け。落ち着け。

自分に言い聞かせるように心の中で唱える。門をくぐり、玄関の扉をくぐり、護衛騎士長だけを連れて、迎えに来たローランの後に続く。

「一週間ぶりですね。陛下」

「……そうだな」

楽しげに笑うローランをいまいましく思いながら、談話室にたどり着いた。

「シュロム陛下が到着なさいました」

ローランが開けた扉から、談話室に入る。中では、俺が似合うと思って用意させた服を纏(まと)ったディロスが待っていた。

◆◇◆

「シュロム陛下が到着なさいました」

シュロム様を迎えるため、ソファーから立ち上がると談話室の扉が開く。

「ようこそお越しくださいました、シュロム様」

「久しぶりだな、ディロス。今日はティグレが迷惑をかけたようで悪かった」

なんとか平静を装って迎えた僕に、シュロム様が柔らかく笑みを浮かべた後、困ったように言う。

「いえ、突然のことだったので驚きましたが、素直で元気な方で可愛らしかったですよ」

「そう言ってくれると助かる。どうにも……元気が有り余っているようでな」

ため息を吐いたシュロム様がソファーに座り、僕も同じように向かいのソファーに腰を掛ける。

「報告を受けて、急遽一緒に夕食をとることにしたんだが……お前の話ばかりでな。相当気に入られたようだぞ」

「それは……申し訳ありません」

楽しげに笑うシュロム様。そんなに懐かれるようなことはしてないと思うんだけど……なにがティグレ殿下の琴線に触れたのだろうか。

「謝らなくていい。こちらもあいつの性格を知りつつ、抑えきれなかった責任があるしな。ティグレ達には落ち着いてから話そうと思っていたんだが……今日のことで話すことにした」

「そうですか。では、こちらに来るのは抵抗があるでしょうね」

幼いから全て理解できているかはわからないが、それでも男の側妃には違和感を持っただろうから……

「あー……そのことなんだが……」

ティグレ殿下に会えなくなるのは残念だな、と思った僕に、シュロム様が言いづらそうに口を開く。

「イデアルの方はそのような感じだが……ティグレは、お前達のことを新しい家族だと判断したようでな……明日もここに来たいと言っていた」

意外すぎるティグレ殿下の反応に、僕は目を見開き、シュロム様は額に手を当てる。

「それは……とても、素直というか……」

単純……とはさすがに口に出せなかった。

「……いいところではあると思うのだがな」

言葉を濁しながらため息を吐くシュロム様。そう、いいところではあるのだ。いいところでは。

王族であるがゆえに欠点になる可能性を考えなければ。

僕は彼が作中で部下から慕われていることを知っているが、今の性格しか知らないシュロム様は心配で仕方ないだろう。

「それで……こちらに来る許可は出されたんですか？」

「今日、お前と話してから決めることにした。明日の朝食の席で伝えるつもりだが……お前はどうしたい？」

「私としては……来ていただくことに問題はありません。ですが、警備の問題などの心配はありま す……匿(かくま)ってもらっている身分ですし……ティグレ殿下に万が一があってはなりませんから」

正直に答える。僕自身に問題はなくとも、ティグレ殿下は第二王子であり、王位継承権も持っている。万が一があったらと思うと、それが気がかりだった。

「警備に関しては、俺が決める問題だからお前は気にしなくてもいい。お前が幼子二人の面倒をみて負担にならないのなら、許可を出そうと思う」

「よろしいのですか？」

「十までは、友人もつけられん。イデアルに学友ができて羨ましそうにしているのは聞いていたしな……アグノスが遊び相手になってくれたら歳上の自覚が出るだろう」

思いもよらない承諾にホッとする自分がいた。昼間交わした約束を違えずにすんで安堵した。

「そういうことでしたら、お任せください。親子共々良き遊び相手になれるよう務めさせていただきます」

「そこまで気を張らなくていい。お前は側妃で、アグノスは血縁上は従兄弟だ。身内が遊びに来た程度に扱わないと振り回されるぞ」

気を引き締めて答えた僕にシュロム様が苦笑いを返す。……確かにあのパワーには、それくらいがちょうどいいのかもしれない。

そんなことをシュロム様と話していたら扉が叩かれた。エリーが、少しだけ扉を開けて確認する。

「アグノス様が寝る前に挨拶をなさりたいそうです」

シュロム様に視線を向けると、頷いてくれた。

「いいよ。入れてあげて」

許可を出すと、エリーが開けた扉からアグノスが駆けてきた。

「とうさまー」

「お帰りアグノス。お風呂気持ち良かった？」

「うん！」

抱きついてきたアグノスを抱き止めて、まだ僅かに湿っている髪を撫でる。

「それよりアグノス。シュロム様がいらしているから挨拶できるかな？」

「はーい！　おうさま、こんばんは！」

アグノスに挨拶を促すと、とびっきりの笑顔で挨拶をした。

「ああ、今日も元気そうだな、アグノス」

「はい！」

シュロム様が笑い、アグノスも笑顔で返す。

「アグノス、今日俺の子供が来たようだが、どうだった？」

「おうさまの……こども？」

「お昼にティグレ殿下が来ただろう？　シュロム様はティグレ殿下のお父様だよ」

首を傾げていたアグノスに説明すると、そうなの!?　って感じで目を大きく見開いた。

考えてみると、僕以外に父親とか親子とか見たことがないから、二人の外見が似ていても理解できなかったのかも。

アグノスはお二人と外見が似ているし……僕のことを実の父親だと思っているから、父親というものは似ていないものだと思っていたのかもしれない。

僕と父上も、父上が白髪交じりのロマンスグレーになっちゃったから、色味が全然違うしね。

「てぃぐれさま、おうさまのこどもなの？」

「そうだよ」

「じゃあ、あぐのすは？　あぐのすもおうさまのこども？」

アグノスの純粋な質問に部屋の空気が固まる。本人は、自分とシュロム様やティグレ殿下が似ているからそう思ったんだろうけど……

「とうさま？」

「アグノスは父様の子供だよ」

首を傾げるアグノスをぎゅっと抱き締める。

今はまだ不思議に思うくらいだけど、いつか理解する時が来るだろう。いや、将来傷つかぬように今のうちから言い聞かせておくのが正しいのかもしれない。でも、僕はまだアグノスに真実を告げる勇気はなかった。

「……今日はこれぐらいで帰ろう」

シュロム様がソファーから立ち上がる。

「え、ぁ……」

「気にするな。今日は、ティグレのことを話しに来たようなものだからな」

謝って引き止めるべきか考えた僕に、シュロム様が優しく微笑む。

「アグノス、今日はディロスと一緒に寝てくれるか？」

「うん！」

「だそうだ。今日は共に過ごせ」

そう言ってシュロム様は、アグノスの頭を撫でて談話室を後にした。その背中を引き止めたくもあり、気遣いがありがたくもあった。

「ディロス様、ご入浴の準備ができておりますが、どうなさいますか？」

なにも言えずにシュロム様を見送った僕にエリーが声をかけてきた。

「今日は……いいかな。着替えるから夜着だけお願い」

「かしこまりました」

気分的にアグノスから離れたくない。明日の朝、水浴びでもすればいいと、アグノスを抱き上げて自室へ向かった。

「とうさま……？」

マリーが開けた扉をくぐり、ベッドに座るとアグノスが不安げな声を上げる。不安にさせるなんて駄目な父親だと思いながら、小さな頭に頬を寄せた。

「ごめんね、アグノス。もうちょっと、抱っこさせて」

「……いいよー」

アグノスはそう言って、僕の背中に手を伸ばし、ゆっくりと撫でてくれる。

「とうさま、いいこいいこ」

普段僕がアグノスにするのと同じように撫でてくれる。一生懸命、上の方を撫でようとしているから、本当は頭を撫でたいのだろう。それが可愛くて思わず笑みが浮かんだ。

「……ありがとう、アグノス。すごく元気が出たよ」

しばらくアグノスに撫でてもらった後、お礼を言って抱き締める力を緩めた。

「ほんとう？」

「ホントホント。アグノスのおかげ」

「えへへー」

柔らかく笑うアグノスに額をくっつけて、僕も笑う。

「着替えるから、ちょっと待っててくれる？」

「うん！」

アグノスをベッドに下ろし、立ち上がると、ロンが着替えを差し出した。

「着替えはこちらに」

「ありがとう、ロン」

ロンから夜着を受け取り、着替える。

「お待たせアグノス。それじゃあ寝ようか」

「はーい！」

夜着を纏い、ベッドで待つアグノスのもとに戻ると、アグノスは眠る前だというのに元気な返事をした。今日は本を読んでないから、まだ眠くないんだろう。

「アグノス、今日は本じゃないけど、父様がお話を聞かせてあげよう」

「なになに？　どんなおはなし？」

アグノスと一緒にベッドに横になり、前世の童話をこの世界風にアレンジして話した。そしてアグノスが眠る頃、僕も自然と眠りに落ちたのだった。

4　もう一人の王子

隣で身じろぐ気配がして目が覚める。薄暗い中、目の前に小さな金髪の頭が見えた。ああ……昨日はアグノスと眠ったんだっけ。ぼんやりとしたまま小さな体を抱き締めて、その温もりを確かめる。それと同時に昨日のことを思い出して後悔した。

……昨日は、シュロム様に大変失礼なことをしてしまった。本当はもっと話したかった。貴重な時間を僕のために使ってくださっていたのだから。

ティグレ様のことは、ロンやエリー、他の従者達に頼めばいいはずなのに、わざわざこちらに来てくださった。それに……甘えている。この環境にも、シュロム様の優しさにも。

浅ましい――そう思うほど、僕はあの方を想ってしまう。そもそも僕のような者がこのように優遇されていいはずがない。でも、それが許される間は……あの方の、シュロム様の側にいたかった。

ぼんやりと、シュロム様のことを考えながら時折アグノスを撫でる。

まだおやすみになっているのか、それともすでにお支度を始めておられるのか……なんて、ずっとシュロム様のことを考えてしまう。一度自覚した恋心は、つかの間の逢瀬では満足できないらしい。

あの時、引き止めていれば……シュロム様は、側にいてくださっただろうか。あの日、抱えてくれたあの腕で……アグノスを抱き締めていた僕を抱き締めてくれただろうか。

あの方がなにより守るべきは国で、それと同じくらい守るべきは次代を背負う殿下方なのはわかっている。

身の丈に合わない願いだ。それでも……国や殿下方の次、いや臣下の次でも構わないから……シュロム様の意識の片隅にいたかった。

そんなことをベッドの上でぐるぐると考えているうちに徐々に部屋が明るくなり、僕の腕の中で寝ていたアグノスが目を覚ます。

「んー ん、んー？　……とうさま？　とうさまだぁ～」

朝一番に僕に気づいたアグノスが嬉しそうに抱きついてくる。ここに来てからは一人で寝ていたから、寂しかったのかもしれない。王宮の部屋では、ずっと一緒に寝ていたしね。

「おはよう、アグノス」

「おはよう、とうさま」

甘えてくるアグノスと朝のふれあいを楽しむ。その後、アグノスは、モリーに任せ、身支度を整えた。

「今日は、起きていらしたのになかなか出てこられませんでしたね」

「気づいてたの？」

わざわざかしこまった言い方をするロンに驚きながら、服に袖を通す。でも、確かに彼なら起きている僕の気配くらいわかるだろう。

「それはもちろん。これでも一流ですので」

なんのとは言わないあたり、僕をからかってるよなぁ。

「なにか悩み事があるのであればお聞きしますよ」

へらりと笑う顔に眉を寄せる。

「……引っ掻き回すの、楽しい？」

「そりゃあもう」

満面の笑みだ。いつもの作った顔ではないやつ。……心から楽しんでいるな。

「ロンは、シュロム様に幸せになってほしくないの？」

「なってほしいから、ちょっかい出してるんだよ」

かしこまった口調をやめてロンが笑う。

「あの人、あれですごく不器用だからね。この国をたった一人で背負っている。共に立ってくれるはずだったお妃様を失ってるんだ。ほんの少しでも、心を休められる止まり木があった方がいいだろう？」

いつもとは違う……穏やかな、凪いだ海のような笑みを見て言葉に詰まる。

「だからって……僕は」

「まー、そのあたりはお二人の問題なんで、俺は楽しくちょっかい出させてもらうだけなんですけどね」

「いや、そこは見守るだけにしてよ……」

思わずツッコミを入れた僕に、ロンはいつものように楽しげに笑う。

「二人が素直になりゃ、見守りますよ」

意味ありげな笑みになにも言えなくなって、着替えを終えたのだった。

それから朝食を終え、庭で遊ぶアグノスを眺めていると、ふとロンの言葉を思い出した。

二人が素直に？　二人が？　って……いやいや。まさか……。でも、前も満更ではないとか……。

いやいや、ないないない……

考えを散らすように首を横に振って、意識をアグノスに戻す。これからティグレ殿下が遊びにいらっしゃるのだ。僕の恋心より優先するべきはそっちだろう。

朝食の後前触れがあり、午前中にティグレ殿下が遊びに来るそうなのだ。そのため、僕らはティグレ殿下を待ちながら庭で過ごしているというわけだ。

これから改めまして……になるわけだが、僕としては二人が仲良くなれるかドキドキして仕方がない。……たぶん、アグノスより緊張してるよね、僕。

「ディロス！　アグノス！　あそびに来たぞ！」

アグノスが何度か芝生を転がった頃、待ち人であるティグレ殿下が元気よく訪れた。

今日は、ちゃんとエリーの娘で、ティグレ殿下の乳母（うば）であるメリーと、自身の護衛騎士を引き連れての登場だ。注意されたことをちゃんと守れるのは偉い！　って、親目線になってしまう……

ちょっと図々しいかもと内心苦笑しながら、ティグレ殿下をお迎えする。

「ようこそティグレ殿下。アグノスー！　ティグレ殿下に挨拶してー」

「はーい！」

芝生に転がって休憩していたアグノスを呼ぶと、とことこと駆けてきて、僕の隣に立つ。芝生が髪についているのはご愛嬌かな？　親としては可愛いんだけどね。

「こんにちは！　てぃぐれさま！」

遊んでいてテンションが上がっているのか、今日は警戒することなく挨拶できた。

「よー、アグノス！　げんきそうだな！」

シュロム様の真似でもしているのか、寛大な態度で笑みを浮かべるティグレ殿下。こうしてみると、結構シュロム様に似ているかもしれない。意外と懐の広いところとか、優しいところとか。

「ディロス！　アグノスと遊んでやっていいか！」

「ええ、でもまだティグレ殿下より幼いので優しくしてあげてくださいね」

「おう！　おれは、アグノスのあにうえ……あにうえ？　ん－……にいさま！　にいさまだからな！　ちゃんと、てかげんしてやる！」

言葉は荒くとも、屈託のない笑顔だった。家族だと思っているとは聞いていたが、ここまで気に入っておられるとは思わなかったのだ。

「にいさま？　てぃぐれさまは、にいさまなの？」

「そうだぞ！　おれは、アグノスのにいさまで！　あにうえはあにうえだからな！　あにうえは、いそがしいから、ここにこられるかわからないけど、いつかあえたらしょうかいしてやるぞ！」

「うん！」

子供達で勝手に話が進む。止めようにも二人揃って嬉しそうだから声をかけ損ねてしまった。展開が速いなぁ……

アグノスとティグレ殿下は楽しげに駆け出す。どうやら、ティグレ殿下が逃げて、アグノスが追いかけるらしい。

逃げるティグレ殿下は時折後ろを振り返っては、アグノスがついてきているか確認している。そして、アグノスの走る速度が遅くなってくると立ち止まって、振り返り、腕を広げた。

「きゃぁああっ！」

「あははは、つかまったつかまった！」

二人して芝生に転がる様子は、容姿が近いこともあって本当に兄弟のようだ。

「……ティグレ殿下はどなたかとああやって遊んでいらしたんですか？」

ティグレ殿下の乳母(うば)であるメリーに尋ねる。

「お兄様であるイデアル様がご一緒だった頃は、お二人であのように遊んでいらっしゃいました」

イデアル殿下にああやって愛されたから、作中のティグレ殿下は、国のため、兄のため、最後まで戦い抜けたのだな、と思った。

◆◇◆

ティグレ殿下が遊びに来るようになって、二週間近く経った。ほぼ毎日……それこそ雨が降らない日は毎日来ている。

最初は午前中に来て、お昼までの数時間を過ごすだけだったのに、三日目にお昼もここで食べると言い出し、翌日にはおやつもここで食べると言い、最近では夕食前までここで過ごしていく。

さすがにここで過ごしすぎなのでは？　ティグレ殿下の教育や護衛計画との兼ね合いは大丈夫だろうか？　と、心配になって、昨日久しぶりにいらしたシュロム様に伺うと、一緒に食事をする度に、楽しそうに話しているからいいと仰られた。

シュロム様のお許しが出ているのなら、いいのだが……ティグレ殿下に料理とおやつを食べていただく機会をティグレ殿下の料理人から奪ってしまったのは申し訳ないと思う。

僕達があちらに行くことも考えたんだけど……形だけの側妃なのにそんなことをするのは恐れ多いんだよね……

「とうさまー！」

「ディロスー！」

物思いに耽って(ふけ)いたら、庭で駆けていた二人が走ってきた。

「二人とも休憩？」

「きゅうけー！」

「きゅうけいだ！」

抱きついてきたアグノスを受け止めて尋ねると、仲のいい返事がきた。初めて会った時は、ティグレ殿下の勢いに戸惑っていたアグノスは、ティグレ殿下を兄様と呼んで懐いている。

そして、ティグレ殿下も最初のころの暴走は鳴りを潜め、良い兄貴分としてアグノスの面倒を一生懸命見てくれていた。

「そう。じゃあ、お茶とおやつを持ってきてもらおうね」

そんな二人に、僕も親として柔らかく声をかける。誠に、誠に、恐れ多いことだが、ティグレ殿下直々にアグノスに対するのと同じように話してほしいと言われたからだ。

最初は、側妃が王位継承権を持つ殿下に気安く、自分の子供のように話しかけるわけにはいかない……！　と、思っていた。

でも、かしこまった言葉を使う度に拗ねた顔をするティグレ殿下に申し訳なくなったことと、昨日シュロム様から好きにすればいいと言っていただいたので、アグノスと同じように話すことにしたのだ。

なので、今日来た時、いらっしゃいと声をかけたらテンションがすごかった。遠慮なく脚に抱きつき、敬称もいらないと言われたのには戸惑ったが……期待するような目で見上げるので抗えなかった。

「アグノス、ティグレ。おやつを食べたら本を読んであげようか」

「ほんと！」

「いいのか！」

クッキーを行儀よく、それでももしゃもしゃと頬張っていた二人が顔を輝かせる。そんな二人の顔はそっくりで、あまりの可愛さに笑ってしまった。

そんな穏やかな生活は、ゆっくりと……しかし確実に進み、季節は真夏に差しかかっていた。

アグノスとティグレは、本当に仲良くなり、最近ではティグレがアグノスに読み聞かせをすると言って、文字の勉強にも励んでいるらしい。さらには、ディロスにも読んでやるからな！　と、宣言してくれた。

ティグレとは毎日のように会っているが、もう一人の王子殿下であるイデアル殿下にはまだお会いしたことがない。週に一度ほどいらっしゃるシュロム様も、難しい時期だから仕方がないと仰っていた。

ティグレの話では、今はシュロム様やティグレとの食事の席以外は勉強に励んでおられるらしい。

僕が気にしても仕方のないことかもしれないが、異物のはずの僕やアグノスがこのように馴染んでいることがイデアル殿下の負担になっているのではないかと思うと気が重かった。

そんな毎日を過ごしながらも、時は過ぎていく。

「アグノスー！」

「にいさまー！」

良く晴れた夏の日。大きなつばのある帽子を揺らしながら、アグノスとティグレは昼前の強い日差しの下を駆け回る。そんな二人を僕は庭に張った天蓋の下、ピクニックでもしているかのように敷布の上に座って眺めていた。

最初はエリーに苦言を呈されたが、アグノスやティグレが芝生に転がっているのだから、僕だって敷布の上に座ってもいいだろう？　と言うと、しぶしぶ頷いてくれた。

太陽の下は暑くても、天蓋の下は柔らかい風が心地よい。庭園に引かれている水路の水が、王都の背後を守る高い霊山から運ばれているからだろう。

水路の水は、その後地下水道に運ばれ、川に合流すると聞いた。警備上の問題はないのかと、シュロム様に聞いたところ、嵐の時以外は常に護衛騎士が地下水道の警備にあたっているらしい。

前世の本や映画、ゲームの中では、下水はお決まりの侵入経路だったから、不安もあるが……嵐の日の水路の危険性もニュースなどで見ていたから納得するしかない。

リスティヒ達の情報は全くないらしく、時折シュロム様も愚痴を零される。

僕がリスティヒの詳しい情報を持っていたら、力になれただろうに……。僕が知る知識は今から十二年後のこと。それすらも、もう変わってしまったと思う。

なら、今の僕にできることはなんだろう？　シュロム様のためにできること。アグノスの、ティグレの、子供達のためにできることを日々考えていた。

「あにうえ！」

思考の海に沈んでいた僕の耳にティグレの大きな声が届き、意識が浮上する。ティグレを見ると、アグノスから離れて駆け出したところだった。

その先の門の手前にイデアル殿下の姿があった。まさか、ここにいらっしゃるとは思わなかった。

「あにうえも、あそびにきてくれたんですか!?」

ティグレは大好きなイデアル殿下が訪れたことを喜んでいるが、イデアル殿下の表情は思い詰めているように見えた。

「にいさま？」

ティグレ達を見つめていると、アグノスもそちらに駆けていった。まずい。そう思うより先に……イデアル殿下が声を上げた。

「ティグレは！　お前の、お前などの兄ではない！」

その叫びに、アグノスもティグレも、僕達大人すら動きを止める。

「父上の血も！　母上の血も！　どちらも引いていないお前が！　私達家族の間に入ろうとするな！」

悲痛な――未だ幼い子供の叫びが響く。賢い、敏いと言われてもまだ十になったばかりの子供。僕が危惧していたとおり、家族の中に当たり前のように入り込んだ異物を拒絶する思いがあったようだった。

「っ、う……うわぁあああっ！」

「あにうえ……どうして、なんでそんなこと、言うんだ……」

怒鳴られたアグノスが泣き、ティグレも信じられないというように声を震わせる。

「どうして、なんでぇええええっ！」

アグノスにつられるようにティグレも声を上げて泣き、イデアル殿下がたじろぐ。

「な、泣くな！　私が、私が悪いみたいじゃないか……！」

戸惑い、徐々に小さくなる声。自分より小さな子供に怒鳴ったことを悪いと思いながらも、それでも自分は間違っていないと言いたげだった。

「私は……私、は……」

泣きわめく二人を前にして、イデアル殿下も涙を拭う。ほんの僅かな一時。大人達が動けなかった一瞬で、幼い子供達が泣いていた。

「……三人を連れてくる。テーブルとベンチを用意しておいて」

敷布から立ち上がり、子供達へ駆け寄る。

「アグノス、ティグレ」

「とぉおおさまあああっ！」

「でぃろすーーーーっ！」

泣き叫んでいた二人を呼ぶと、二人とも僕の脚に縋りついてきた。頭に乗るつば広の帽子越しに二人を撫で、イデアル殿下に呼びかけた。

「イデアル殿下」

「っ……う……！」

静かに涙を拭っていた肩がびくりと震えた。

「あなたの考えは、間違っておりません」

イデアル殿下の目が、信じられないと言わんばかりに揺れる。

「……少し、お話をしましょう。お茶でも飲みながら」

幼い殿下の心をこれ以上傷つけないためにゆっくりと話し、柔らかく笑った。

アグノスを抱き上げて、ティグレと手を繋ぐ。本当は二人とも抱えてあげたいけど……四歳児と六歳児を同時に運ぶことは、僕にはできなかった。

「イデアル殿下もこちらへ」

そして、イデアル殿下に声をかける。こちらもまだ泣いているから支えて差し上げたいが、すでに両手が埋まっているので促すことしかできなかった。

「っ……！　く……っ！」

それでも、イデアル殿下は僕の後をゆっくりとついてくる。どうしたらいいのかわからない、迷子になった子供のような足取りで。

「ティグレ、ベンチに座れる？」

敷布が片付けられ、テーブルとベンチが用意された天蓋の下に戻る。

「うう……う……ひっく……」

まだ、泣きじゃくりながらも僕の言葉に従いティグレがベンチに座った。その後、イデアル殿下にも僕達の正面にあるベンチをすすめた。

「イデアル殿下もどうぞ、おかけになってください」

「っ……」

涙を拭いながらイデアル殿下がベンチに腰かける。それを確認して、僕もティグレの隣に座ると、先に座っていたティグレが抱きついてきた。右腕に抱えたアグノス、左側にしがみつくティグレ。

今の僕……重装備だ。

ほんのちょっとだけ現実逃避した後、正面に座るイデアル殿下を見つめる。シュロム様やティグレとは違って、柔らかい印象の顔立ちと、肩で切り揃えられた髪とで、中性的な雰囲気の方だ。おそらく性格もお二人とは反対なのだろう。

「ごめん、人数分の濡れタオルをお願い」

顔を手でぐしぐしと拭うアグノスやティグレはもちろん、イデアル殿下の目元もだいぶ赤くなっている。腫れる前に少しでも対処しようと、モリーに頼んだ。

「マリー、これを」

「はい」

モリーを待つ間にアグノスとティグレの帽子を外し、マリーに渡す。

「こちらに」

「ありがとう」

アグノス達の髪の乱れを直している間にモリーが濡れタオルを届けてくれた。その内の二つを受け取り、一つはイデアル殿下に渡してもらう。

「ティグレ、これで顔を拭いて。強く擦っちゃ駄目だよ。アグノス、顔を上げて。そう、うん……いい子だね」

ティグレにタオルを渡し、僕はアグノスの顔を拭く。まだぐずっているが、泣きわめかなくなったので落ち着いてきたのだろう。

正面では、イデアル殿下が丁寧に目元をタオルで拭っている。ティグレはわしゃわしゃと拭いているから、本当に性格の違う兄弟だ。

「落ち着きましたか？」

ぐずりながらも眠りそうになってきたアグノスをあやし、鼻をすりながらもクッキーを頬張り出したティグレを撫でながら、アイスティーを両手で持つイデアル殿下に声をかける。

「……はい」

まだ目元は赤いが、喋(しゃべ)れるくらいには回復してきたようだ。しかし、なにを話そうか。すごく落ち込んでいるし、反省してる様子もある。

僕から声をかけるのは控えた方がいいのか……それとも声をかけたほうがいいのか……。でも、叱られると思っている時の沈黙ってすごく辛いんだよなぁ……

「イデアル殿下」

イデアル殿下の体が強張(こわば)る。

「今日は、なにをなさっていたのですか？」

「えっ……えっと、その……午前中は、この国の、歴史を学んだ……」

今の流れとは関係のない問いだったが、イデアル殿下は目を瞬(また)かせながら答えてくれた。

「そうですか。どのあたりをなさったんです？」

「今は、三百年前の……飢饉(ききん)のことを、学んでいる」

「ああ、あのあたりですか。ということは、飢饉(ききん)による戦争や日照りに強い作物の勉強をしておられるのですね」

「そ、そうだ……当時の、国王が……三つ隣の国から、旱魃(かんばつ)に強い、芋を……外交官に、頼んで……仕入れたことを、教えてもらった」

泣きやんだばかりだからか途切れ途切れだったが、イデアル殿下は一生懸命答えてくれる。

そんな感じで、イデアル殿下が学んでいるであろうところを質問しているうちに、アグノスが眠り、ティグレもうとうとし始めた。

「っと……イデアル殿下。少々失礼いたしますね。マリー、アグノスをお願い」

「はい、おまかせください」

アグノスをマリーに任せて、ティグレにも声をかける。

「ティグレ、アグノスと一緒に眠ってくれる？　一人だと起きた時寂しいだろうから」

「ん……でぃろす、は？」

「僕は、もう少しイデアル殿下とお話ししてるよ」

「んー……」

やや離れるのを嫌がったけれど、抱き締めて背中をぽんぽんと叩くと、体から力が抜け、穏やかな寝息が聞こえてきた。

「メリー。アグノスの部屋で一緒に寝かせてあげて」

「ありがとうございます。かしこまりました」

ティグレもメリーに預けて、その場には僕とイデアル殿下、そして、モリーとイデアル殿下の侍女だけになった。

「……謝罪、しろとは……言わないのか」

小さい子供達がいなくなり、イデアル殿下が僅かな沈黙の間を縫って言葉を紡ぐ。その声は、小さい。先ほど学んだことを話していた時よりもさらに、なんとか絞り出したような声だった。

「私に謝っていただくことではありませんから」

俯きながらもこちらの様子を窺うイデアル殿下に柔らかく伝える。

「先ほども言いましたが、イデアル殿下の考えは間違っておりません」

これは、慰めなどではなく僕の本心。アグノス達に声を荒らげたのは、イデアル殿下の非だが、きっかけになった思いは当然のことだ。

「シュロム陛下から、ご家族での食事の席でも、こちらの話が増えてきたとお聞きしました」

イデアル殿下は、僕からシュロム様の話を聞きたくないかもしれない。それでも、殿下の意識をこちらに向けるには必要な話だった。

「シュロム陛下とティグレ殿下が、イデアル殿下がご存じでない話を楽しそうになされるのは……とても寂しかったのではないかと私は思うのです」

イデアル殿下がはっとしたように顔を上げる。その目には、また涙が滲み始めていた。

「どうして……どうして、あなたが……気づくんだっ……！」

なんで、どうして……と、涙を拭うイデアル殿下の姿は痛々しい。敏いから、賢いからこそ、大人の望むいい子として振る舞ってしまうのかもしれない。

なにより……幼い頃に母親を失っている。母親が亡くなるきっかけとなったティグレ殿下を恨むことなく愛し、第一王子として……継承順位第一位であり、次の王になる者として、人一倍早く大人になろうとしたのだろう。

その軋(きし)みが、僕達親子のせいで……大きくなり……今、イデアル殿下の心は悲鳴をあげていた。

「それは……私もそうだったからでしょうか」

立ち上がりイデアル殿下の隣にひざまずく。

「自分の心を押し込め……辛さもなにも感じなくなった時がありました。だから、イデアル殿下の辛さも僅かながらわかるつもりです」

自分がここにいるのに、誰にも気づかれないように感じるのは辛い。僕の侯爵家での日々と、イデアル殿下の疎外感を比べることはできないが……それでも幼い殿下にとっては辛かったのだと思う。

「っ……、う……うう……」

先ほど以上に泣き始めた殿下の肩にそっと触れると、まるで助けを求めるように僕に縋(すが)りついてくる。その体は、華奢(きゃしゃ)で僕よりずっとずっと幼かった。

泣いて泣いて、泣き疲れた頃。イデアル殿下はポツリポツリと言葉を零し始める。

「あなたが……母上の、場所を……奪うのが、怖かった……」

僕に縋(すが)りついたイデアル殿下は、今はもう僕と同じように芝生に降りた状態のまま、話を続けた。

「母上の、話は……しないのに……あなたの、話だけ……父上も、ティグレも……」

その言葉を聞いて、僕は頭を抱えたくなった。これは、病(や)む。

「母上のことは……あんまり、覚えていない、けど……それでも、私の母上は、母上だけだ……」

「そうですね。イデアル殿下とティグレ殿下のお母様はレーヌ妃殿下だけです。それは誰であっても代わりになることはありません」

イデアル殿下の言葉に同意すると、じわじわと肩に涙が染み込んでいくのがわかる。

「他に、話したいことはありませんか？　シュロム陛下にも、乳母にも話せないことを。そうすれば、もっと心が楽になるはずですよ」

イデアル殿下の背中を撫で、促すと、イデアル殿下は途切れ途切れに心に抱えていたものを吐き出していく。

それは、その日一日にあったことを聞いてほしい、教師からの問いに正解できたら褒めてほしい――そんな些細なことばかりだったが、そんな些細なことを今まで我慢し続けていたことを表していた。

「……頑張りましたね。一生懸命、皆の期待に応えるために」

僕なんかの言葉でイデアル殿下の心を埋められるとは思わないが、それでも慰めになるように。

「っ、ふっ……う、うう……」

僕の背中に回る手に力が入り、殿下の零す声が大きくなっていく。

……これは、シュロム様に相談しなければならない問題だろうなぁ。

今の僕に、イデアル殿下がどういった環境に置かれているかはわからないが、相当ストレスを溜め込んでいるようだ。

今日、エリーやロンがいたら話を聞けただろうけど……タイミング悪くエリーは自宅へ下がっていて、ロンはシュロム様の大事な用事で離れている。

とりあえず、ロン以外の暗部から報告がいっていると思うけど……他の従者経由で僕の言葉も伝えてもらうとして……

頭の中で、今後のことを纏めていると体にかかる体重が急に重くなった。イデアル殿下の体から力が抜け、耳の横ではすすり泣くような寝息が聞こえる。それなのに僕のシャツを掴む手の力は緩まない。……どうしよう。さすがに十歳をベッドまで運ぶ自信はないぞ、僕……

どうしようかと悩んでいるうちに、さらにイデアル殿下の体重がかかってきて、限界がくる。

「ご、ごめん。誰か助けて……」

助けを求めると、モリーと護衛騎士長の二人が慌てて駆けてきた。

「大丈夫ですかぁ⁉」

「今、お助けいたします」

「結構しっかり握ってますよ、これ⁉」

モリーが僕を支え、テオドーロ様とミゲル様がイデアル殿下を引きはがそうとするが、泣き疲れて寝た子供の意地というか……なんというか……。僕の服を握った手が、離れることはなかった。

「これは、力ずくで離すと指を痛めそうですね」

予想以上の抵抗にミゲル様が首を横に振る。……どうしよう。起きる気配もないんだよね……

「できれば、談話室まで運びたいんだけど……」

しがみつかれたまま困っていると、護衛騎士長の二人が予想外の行動に出る。

「ディロス様。こちらに座っていただけますか？」

そう言ってミゲル様が指さしたのは、イデアル殿下の座っていたベンチ。そこなら、なんとか動けそうだったので、イデアル殿下の体をテオドーロ様に支えてもらいながらベンチに座った。その後、テオドーロ様がイデアル殿下を抱えるようにして僕の隣に座らせる。ここからどうするつもりだろう……？

「では、動かないでくださいね。――テオドーロ」

「えっ……えっ？」

テオドーロ様が頷いて、二人は僕とイデアル殿下が乗ったベンチを持ち上げる。

「ひっ⁉」

不安定になり思わず、イデアル殿下を抱き締める。イデアル殿下を運ぶ方法としては、一番いいかもしれないけど、これは怖いっ！　二人が僕らを落とすことはないだろうけど、それはそれ、これはこれなのだ。

この世界でのちょっとした絶叫系を体験しつつ談話室に運ばれ、イデアル殿下をテオドーロ様に支えてもらいながら、ソファーに移る。……気が気じゃなかった。

ベンチが片付けられるのを見送り、ソファーの背にもたれかかると、ミゲル様とテオドーロ様が頭を下げた。

「申し訳ありません。抱き上げて運ぶこともできたのですが……側妃であるディロス様を抱き上げることはできず」

「罰は受けますので」

「ううん！　気にしなくていいよ⁉　ちょっとビックリしたけど、運んでくれてありがとう」

僕らのためにやってくれたことだから罰なんてとんでもない。慌てて二人にお礼を言った。

「寛大なお言葉、いたみいります」

「うん、もう大丈夫だから持ち場に戻っていいよ」

「かしこまりました」

僕の言葉に二人は一礼して、持ち場に戻る。テオドーロ様は、談話室の入り口へ。ミゲル様はおそらくアグノスの部屋へ。

しかし……ちょっと、思ったより大変だったかも。僕によりかかったまま眠るイデアル殿下を見る。

相変わらず服は掴んだままだし、あんな不安定な運ばれ方をしたのに熟睡中……

「懐かれましたね、ディロス様！」

少しは心を許してもらえたのかな？　とか思っていたら、モリーにそんなことを言われた。

「ただ、縋る相手が欲しかっただけだと思うんだけどね」

「そんなことないですって！　ディロス様が側妃でなければ、イデアル様の初恋だって奪えちゃったかもしれませんよ！」

なんて言って、モリーがころころと笑う。なんだか、最近モリーはロンに似てきた気がする。ロンよりはずっと可愛いものだけどね……

「そんなことあるわけないよ。それより、お茶を淹れてもらってもいい？」

「はーい！　かしこまりましたー！」

呆れつつ頼むと、モリーは元気よく厨房に行き、それほど時間をかけずに戻ってきた。この騒ぎで昼食を食べ損ねていたからかちょっとした軽食もついているのが助かる。ただ、昼食を準備してくれただろうに、食べられずにいるのは申し訳なく思った。

「ふぅ……」

モリーの淹れてくれたお茶を飲んで一息つく。その後、シュロム様への伝言を頼んだり、ティグレやイデアル殿下の離宮に向けて、昼食以降……お昼のお茶もここで過ごすことを伝えてもらう。

子供達が寝ても忙しい、と思いつつも嫌ではない。

アグノスやティグレは可愛いし、イデアル殿下が抱えているものを少しでも軽くできればシュロム様の役にも立てるだろう。

もちろん、イデアル殿下のことをシュロム様への想いに利用するつもりはないのだけど。

僕にできるのは、溜め込んだものを吐き出させてあげることだけ。そこからはシュロム様に頑張ってもらわないと。

そんなことを思いながら、目の前で眠るイデアル殿下を見つめる。幼いながらも必死に大人になろうとしている殿下。

家族を思いながらも、国を良くすることが家族のためになると考え、自分の時間を惜しまずに費やし、国を治めるシュロム様。

容姿も性格も似ていない二人だけど、優秀でありながらどこか不器用な生き方はやはり親子というべきなのだろうか……すごく似ている気がした。

そのままの状態で本を読んでいると、イデアル殿下が身じろぐ。見ていると、イデアル殿下はぼんやりと目を開け、正面の壁を眺めた。

「っ……、？　……ここ、は？」

見慣れぬ壁に不思議そうにゆるりとあたりを見回し、まだ覚め切っていない目が僕を捉える。それと同時に自分が寄りかかっていたのが僕だと気づき困惑した。

「……っ!?　え、あ……っ」

「慌てて動くと危ないですよ」

「っ……ああ」

慌てて距離を取ろうとするイデアル殿下を制すると、動きを止め、その後ゆっくりと座り直した。

「おはようございます。不安定な体勢をさせてしまって申し訳ありません」

「あ、いや……私こそ……すまなかった」

僕の言葉に、イデアル殿下は視線を彷徨(さまよ)わせながら謝罪する。

「眠ってしまったことに対しての謝罪でしたら必要ありませんよ。それより、体は痛くありませんか？　それと、気持ちも少しは紛れたでしょうか？」

「……ああ、大丈夫だ。気分もすっきりしている」

殿下はそう告げ、沈黙する。僕はモリーに新しい紅茶と、イデアル殿下のためのアイスティーを頼む。あれだけ泣いたのだ。喉が渇いていることだろう。

沈黙が続く中、僕の前に紅茶が、イデアル殿下の前にアイスティーが届いた。アイスティーを少しずつ飲む殿下を見守り、僕も紅茶を飲んだ。

「……あなたは、なにも言わないのだな」

「なにも、というと？」

穏やかな口調になるよう意識して尋ねる。

「……第一王子なのだから、弱音を吐いてはいけないとか……常に完璧にいるようにだとか……」

「……私は言いませんね。完璧な人などいないのですから」

「でも、乳母は……王とはそういうものだと……」

確かに、乳母の言葉は王位を継ぐであろうイデアル殿下に向けるには正しいのかもしれない。

「確かに、王とはそういうものに見えるでしょう。ですが、王という存在もまた一人の人間です」

この世界では王権が強いから、書物には正しき王の姿や、勇ましい英雄としての王子の姿などが残されていることが多い。

でも、前世で読んだ本ではそうではなかった。偉大なる王から王位を継いで暗君と呼ばれた者、戦いに明け暮れその地を統べたものの死後、国が崩壊したこともある。王だって人間だ。神の加護を受けていると言われるこの国の王族だって。

「一人で立てる人もいるでしょう。しかし、その人だって最初から一人で立っていたわけではありません。幼い頃、両親から愛情を受けられたから。両親がおらずとも支えてくれる人がいたから。

王であるなら臣下に支えられているからこそ……そう見えるのです」

「でも……父上は……」

視線を彷徨わせる殿下に微笑む。

「シュロム陛下は、様々な人に支えられていますよ。宰相や他の臣下の皆様。そして、イデアル殿下やティグレ殿下にも」

自分と弟の名前が挙げられ、イデアル殿下は信じられないというように目を見開く。

「シュロム陛下が王として国を良くしようとするのは、次代を継ぐお二人の未来を思って。そのために身を粉にして働いているのだと私は思います」

シュロム様がお二人を語る時の顔は穏やかで、慈しみに溢れている。不器用ながらもお二人を思うシュロム様のことを、イデアル殿下にも知ってほしかった。

「あの……」

「とうさまぁあああ！」

「ディロスー！　アグノス起きたら泣いたー！」

イデアル殿下が口を開こうとした時、廊下から泣き叫ぶアグノスの声とティグレの声が聞こえてくる。

「……申し訳ありません、二人を呼びますね。モリー」

殿下に一言かけ、モリーに扉を開けるように頼む。扉を開け、モリーがアグノスとティグレの名前を呼ぶと、僕を呼ぶ声が近づいてきた。

「とうさまああっ！」

扉の前にたどり着いたアグノスが僕を見てさらに叫ぶ。ティグレが困り果てたような表情でアグノスの手を引いていた。

「二人ともおいで。走っちゃ駄目だよ」

今にも走り出しそうな二人にそう言ったが、泣いて興奮しているアグノスと困り果てたティグレには意味をなさず、ぽてぽてと二人そろって走ってくる。

「とうさまっ！」

「ディロス！」

手を広げる前に二人はソファーによじ上り、僕にしがみついてくる。アグノスは僕の右側で、ティグレが僕の膝に半分乗ってる感じ。左側にイデアル殿下がいるから意図的に右側に寄ってる感じかな？　眠ったことで忘れているかと思ったけど……。それほど怖かったのかなぁ……。でも、まだ二人とも小さいしね……仕方ないか。

「イデアル殿下。申し訳ありませんが、また近いうちにお話ししましょうか」

まだ話したいようだが、さすがにこの状態の二人を抱えて話すのは難しいだろう。だがイデアル殿下から出たのは予想もしない言葉だった。

「……いやだ。帰りたくない……」

二人を抱きとめる僕の袖をイデアル様が掴み、俯き（うつむ）ながら小さな声で呟く。それはまるで幼いアグノスやティグレが言うような我儘（わがまま）。でも、今までいい子で過ごしてきたイデアル殿下にとって、精一杯の我儘なのだろう。

「……わかりました。それじゃあ、今日はこちらでお泊まりしましょう。もちろんティグレ様も」

僕の言葉に、ティグレとイデアル殿下が顔を上げ、目を見開く。二つ並んだ驚いた表情はそっくりで可愛らしい。

「シュロム陛下に知らせを。お二人のお世話係の方々にもお願いします。それと、ポールに今日の夕食を四人分用意するように伝えて」

僕についていたモリーと、子供達についていたマリーとメリー、そしてイデアル殿下の侍女にも指示を出す。

「ディロス！　きょうとまっていいのか！」

「うん。でも、客室はないから……アグノスの部屋で一緒に寝ると面白いんじゃない？」

「うん！」

お泊まりという言葉で思考が切り替わったのか、頬に涙が伝った跡をつけたまま笑みを浮かべるティグレの頭を撫でる。ちょっと、単純だと思うけど、こういうところに救われる人も多いだろう。

はしゃぐティグレを撫でながら、左隣であまりの急展開に呆然としているイデアル殿下に笑いかける。

「たまには、こういうのもいいでしょう？　少しだけ息抜きしましょうか」

目を見開いたままイデアル殿下は頷き、僕の肩に顔を埋めた。じわりと湿るシャツに、また泣かせてしまった……と思いながら、ぐずるアグノス、はしゃぐティグレ、静かに泣くイデアル殿下をまとめて宥める。なんか、今日はずっと重装備が続くなぁ、僕。

徐々にイデアル殿下が、そしてアグノスも落ち着いてくる。ティグレは、イデアル殿下が泣いていることに気づいてからは戸惑って大人しくしていた。完璧だと思っていたお兄ちゃんが泣いていたらそうなるよねぇ……

ティグレに対して、面白いやら可愛いやら複雑な感情を持ちつつ微笑ましく思っていたら、泣きやんだイデアル殿下がアグノスとティグレに向かって口を開いた。

「さっきは、怒鳴って……悪かった」

アグノスとティグレはキョトンと目を瞬かせ首を傾げる。

「あにうえ……もう、おこってない？」

「うん、怒ってないよ」

ティグレが恐る恐る尋ね、イデアル殿下が表情を曇らせて頷く。おそらくティグレを怖がらせたことに落ち込んでいるのだろう。

そんなイデアル殿下を見て、アグノスとティグレが顔を見合わせていた。これが全部僕の上と左右で行われているのだから微笑ましいというかなんというか。

「まずは、自己紹介からしようか」

互いの様子を窺っている三人を促した。まずは、初対面のやり直しをさせるのがいいと思ったからだ。

「アグノス。この方はティグレのお兄様のイデアル様だよ。さっきは、ご挨拶できなかったけど、できるかな？」

「……あぐのすです」

促すと、アグノスはやや警戒心の残る声でポツリと挨拶する。

「……ありがとう、アグノス。私は、イデアルだ」

「……いであるさま」

まだ硬い二人だったが、それでも及第点といったところだろう。アグノスが拗ねたままだったら挨拶すらできなかった可能性もあるのだから。

「アグノス。挨拶できて偉いね。イデアル殿下もありがとうございます」

「ん……」

「感謝されるほどのことでは……」

僕の言葉にアグノスが頷き、イデアル殿下が首を横に振る。対照的な反応だと思いながら、くっついている三人に言葉をかける。

「さ、泣いてお腹が空いただろう？　おやつにしよう。マリー、モリー。ここに運んでもらってもいい？」

「かしこまりました」

「ほら、皆もちゃんと座って」

二人におやつを運ぶように頼み、膠着状態の子供達を促すがこれがまた動かない。……どうするかなぁ。どうやったらこの状態を変えられるかと悩んで、ふと頭に過った考えを行動に移す。

「もう、仕方ないなぁ」

くっつく三人を両腕で抱き寄せる。イデアル殿下には失礼かな？　とも思ったけれど、三人とも可愛いのだから仕方がない。

「きゃぁっ！」

「あはははっ！」

「あ、そのっ！　ディロス……様っ！」

喜ぶアグノス、笑うティグレ、困惑しつつも照れるイデアル殿下。三者三様の反応に僕も笑ってしまう。

「さ、アグノスも少しは機嫌が直ったかな？」

「んふっ、ふふっ」

アグノスの額にキスを落とすと、くふくふと声を出して笑っている。これでとりあえずは大丈夫そうだ。

「さ、ティグレもアグノスの隣に座って」

「おう！」

ティグレにキスを落とすのは、自分の子供扱いしすぎていると思うし、イデアル殿下の前なので互いの額をくっつけるだけに留める。それでも、ティグレは嬉しかったのか、にっかりと笑い、僕の膝から降りてアグノスの右隣に移動した。

「お待たせいたしました」

そんなことをしているうちにマリー達がおやつを運んできてくれる。ソファーの前のテーブルに並ぶと、幼い二人が我先にと手を伸ばし始めた。

「イデアル殿下もどうぞ」

「……ありがとうございます」

イデアル殿下にも促すと、小さく頷き、僕から離れた。こっちはまだ落ち込んでいるけど、時間がどうにかしてくれるのを待つしかないかな。

子供達の様子を窺いながら僕もおやつに手を伸ばす。うん、今日のクッキーも美味しい。テーブルに並んでいるのは、クッキーやケーキ、カットフルーツの他に、一口サイズのサンドイッチやスコーンなどだ。今日は、皆大号泣で昼食を食べ損ねたから、ポールが気を遣ってくれたのだろう。本当にありがたいことだ。

「……美味しいですね」

静かにサンドイッチを食べていたイデアル殿下がポツリと呟く。その言葉に、サンドイッチを口いっぱい頬張るティグレが目を輝かせた。

「そうなんです！　ディロスの料理人のりょうりはおいしいんです！　あっ！　もちろん、おれの料理人のりょうりもおいしいし、ちちうえのところの料理人のもおいしいけど！」

ちょっとこじれていたイデアル殿下と共通の話題を見つけたといった様子でティグレが喋る。どうやら、さっき大人しかったのはなにを話していいかわからなかったのもあるようだ。

「……そうだね。父上のところも美味しい」

同意するのがシュロム様の離宮の料理だけで、自分の離宮の話をしないあたり、自分の離宮があまり好きでないというのがわかる。

「ですよね！」

でも、ティグレは、イデアル殿下も自分と同じ意見だということが嬉しいらしくて満面の笑みだ。その笑みを見て、イデアル殿下の表情も柔らかくなる。

「あにうえ！　おれは、これ！　このサンドイッチがすきなんです！」

そう言って、ティグレはハムがたっぷりのサンドイッチを指さす。

「アグノスは、そっちのたまごがたっぷりのがすきで！　ディロスは、そっちのやさいのいっぱいはいったのがすきなんです！」

続けて他の二種類を指さすティグレ。大好きなイデアル殿下にいっぱいいろんなことを話したいって様子が見て取れた。

「あにうえはどれがすきですか！」

「私か？　私は……」

イデアル殿下が色とりどりの小さなサンドイッチを見つめる。

「……卵が美味しかったな」

「たまごもおいしいですもんね！」

ポツリと零れたイデアル殿下の言葉にティグレはちょっと残念そうだったけど、卵も美味しいから仕方ないと納得している。そして、その言葉に反応したのはアグノスもだった。

「……いであるさま、も……たまご、すき？」

同じものが好きということで興味を持ったのか、僕の体に隠れながら恐る恐る尋ねるアグノスに、イデアル殿下は笑みを浮かべて答える。

「ああ、美味しかったからね」

「くふっ、ふふっ……」

穏やかな返答で先ほどの怒っていたイデアル殿下の姿が塗り替えられたのか、アグノスが嬉しそうに笑う。……とりあえずはこれで一安心かな。

「あにうえ！　これもおいしいですよ！」

「それじゃあ、食べてみようかな」

ティグレは美味しいものを共有したいのか、あれやこれやとイデアル殿下に自分の好きなものをすすめていき、イデアル殿下もそれを受け入れる。

そんな中、二人の様子を見ていたアグノスが口を開いた。

「それ、も……おいしいよ……！　あにっ……う、ぅ……」

兄上兄上と呼ぶティグレに釣られたのか、イデアル殿下を兄上と呼びかけて、言葉を詰まらせる。たぶん、怒鳴られた時の恐怖を思い出したのだろう。

「……兄上でいいよ」

「う……？」

「アグノスの、呼びたいように呼んで」

ちょっとだけ泣きそうになっていたアグノスに、イデアル殿下は手を伸ばしてその頭を撫でる。

「あに、うえ……？」

「なんだい、アグノス」

恐る恐る様子を窺いながら兄上と呼ぶアグノスに、イデアル殿下は申し訳なさそうに微笑んだ。

はしゃぐティグレによりお茶会は穏やかに進んだ。その後は庭に出て遊び回るアグノスとティグレを、イデアル殿下と一緒に見守る。

「どうして、あの子に兄と呼ぶことを許してくださったんですか？」

「……まだ、あなた達に思うことはありますが……それでも、まだなにも知らない二人の好意を無下にするのは可哀想だと思って……」

「そうですか……お心遣いありがとうございます」

まだ複雑そうな表情をしていたものの、それでも庭で駆け回る二人を眺めるイデアル殿下の表情はすごく柔らかいものだった。

「あにうえもいっしょにあそびましょう！」

「あにうえー！」

二人が声を上げてイデアル殿下を誘う。

「……うん。遊ぼうか」

二人に呼ばれ少し考えていたイデアル殿下だったけど、笑みを浮かべてベンチから立ち上がる。

「イデアル殿下」

「はい？」

「兄として、二人をお願いしますね」

「っ！　はい！」

僕の言葉に頷いたイデアル殿下が二人のもとへ駆けていく。そうして、夕方までたくさん遊んだ三人。夕食になる頃には、アグノスもティグレと一緒に、イデアル殿下の後ろを追いかけて歩くようになっていた。

夕食を食べた後、離宮から各々の着替えが届いたので、子供達を入浴させてもらう。浴室ではティグレがはしゃぎ暴れたそうだが、浴室でのことを話すイデアル殿下の顔は明るかった。

「イデアル殿下、二人に読み聞かせる本を一緒に選んでくれませんか？」

お風呂上がりの子供達が談話室で寛いでいるところで、僕は尋ねる。

「わかりました。ディロス様」

僕のお願いに殿下が頷き、笑みを浮かべる。

立場はイデアル殿下の方が上なのだから、呼び捨てで構わないと告げたのだが、あなたは尊敬に値する人物だからと敬称と敬語を外すことはなかった。

特別なことはしていないと思うのだけど……慕ってもらえるのは喜ばしいことだった。

アグノスとティグレを先にアグノスの部屋に送り、イデアル殿下と書庫に向かう。書庫の扉を開けると、びっちりと本棚に収まった本達が僕達を迎えた。この光景はいつ見ても圧巻である。

その中からアグノスやティグレが好みそうなものをイデアル殿下に選んでもらおうと思っていた

のだが……

「どれがいいと思いますか？」

イデアル殿下に声をかけると、どうしたのだろうか、書庫に入ったイデアル殿下は呆然と本棚を見ている。

「本が多くて驚きましたか？」

「……いえ。……父上の、書斎に……あった私物の本ばかりで……父上が書かれたものも……」

イデアル殿下から零れた言葉に、僕は持っていた本を落とす。拾わなきゃ、貴重な本を落とすなんてことを……と思うより先に、僕の口が動いた。

「それは……どういうことですか……？　シュロム陛下が用意してくださったとは聞いていますが……本当に？」

混乱する僕にイデアル殿下は一つの本を手に取り、見せた。

「ほら、これ。父上の字です。若い時に、趣味で翻訳したとか……少し恥ずかしそうだったからよく覚えています」

そう言って差し出したのは、僕が初日に目を通した手書きの歴史書だった。

「これが……？」

確認するとイデアル殿下が頷く。

「間違いありません。それに……父上と食事するようになった最初の頃、書斎に行ったら歴史書が全てなくなってたんです」

嘘を吐くような子じゃないから疑ってはいないが、ここにあるほとんどがシュロム様の私物だなんて信じられなかった。

上の者が下の者に価値のあるものを——私物を渡す。それは、前世でお殿様の刀が臣下に下げ渡された時と同じように、褒奨であったり、相手を特別に気に入っていることを表す。

戦乱の多い世界だから、価値が高いのは前世と同じく武具だが……それでも、この量の本を形だけの側妃に贈るなど……考えられることではなかった。

「ディ、ディロス様っ⁉」

あまりのことに膝をつき顔を覆った僕に、イデアル殿下が慌てて駆け寄る。

「す、すみません……ここの本が、陛下のものとは……思わなくて……」

なんとなく想像したことはあったけど、あの翻訳者が本当にシュロム様だったなんて……。なら、今まで送った感想も全てシュロム様のもとに……？

この離宮で暮らし始めてからも、彼の翻訳した本を読み終える度に感想をしたためた手紙を送っていた。返事が来ることはなかったけど……それでも彼との交友は続いていると思っていたのだ。

シュロム様がなぜ、自身の正体を明かさなかったかはわからない。だけど、シュロム様と彼が同じ人物だということを知り、僕は思考の海に溺れそうになった。

優しいシュロム様と丁寧に文字を綴る彼の姿が重なる。

恋心を自覚したシュロム様と、書き記された文字に好意を、同族意識を持っていた彼の姿が重なったことに。そして、シュロム様が自身で書き記した本を僕に贈ったという事実に。僕の心は早鐘を打つ。

うぬぼれてもいいのか。それとも、ただの善意なのか。わからない。わからないけど……ものすごく嬉しい……

「ディロス様」

イデアル殿下に呼ばれて、ハッとする。自分の感情と思考に振り回され、身動きが取れなくなった僕の代わりに、イデアル殿下はアグノス達のために本を選んでくれ、僕が落とした本まで片付けてくれた。

「ティグレ達が待ってますよ」

「ぁ……そ、そうだね……」

そう言って、僕の手を引いて歩いてくれたのだから本当にしっかりした子だ。僕が甘やかしたいはずなのに、面倒を見てもらうなんて情けない……

「とうさま！　あにうえ！」

「あにうえも、ディロスもおそい！」

部屋に入ると、アグノスはティグレと一緒に大きなベッドに転がっていた。大人が三人寝ても余裕そうなベッドだから、アグノスとティグレは端から端までごろごろしている。

最初は、大人しくしていたものの待ちくたびれたのだろう。シーツがしわしわになっていた。

「ご、ごめんね。すぐに読むから許して」

書庫の本の真実に打ちのめされていたなんて言えないから、遅くなった理由には触れず、イデアル殿下から選んだ本をもらう。

「イデアル殿下もどうぞベッドに横になってください」

「わかりました」

子供達が全員ベッドに寝たのを確認して、本を開いた。

イデアル殿下が選んでくれた本は、この国に神が加護を与えた時の話。今まで何度かアグノスに読み聞かせたことのあるものだった。


神話と呼べるほど遠い遥か昔。

シィーズと呼ばれるこの国に、一人の若者が生まれた。

その者は、人の身には過ぎた大きな魔力を抱えていた。

あまりの魔力に痛みに苦しみ、悶え、堪えかねた若者が神に祈り、自身の魔力を捧げると、神はその願いを聞き届けた。

そして、捧げられた魔力から一本の剣を作り、若者に与え、こう告げた。

『己に残された魔力とその剣で戦乱の世を治めよ。それがそなたの願いの対価である』と。

こうして若者は、神の加護を受け、輝く金色の髪と深紅のような赤い瞳を得た。

若者は、人としては多い魔力と体に収まりきらなかった魔力から作り出された剣を持ち、戦乱の世を駆け抜け、戦火が広がる大陸を治めたのであった。

これがこの国の始まりの物語。なんとも、ファンタジー戦記らしい言い伝えだと思う。作中でもちらりと語られたが、これが真実であったのかはわからない。だけど、一部の人間に魔力があったり、動力が魔石であったりするから、始まりの物語が真実だったらロマンがあるよね、って思う。神話をもとにしているのか、実際国宝の剣もあったりするし……

前世とは違う理の中で生きているけれど、最近まで実感はなかった。僕には魔力がないし、魔道具とかも生活で使われるものは電化製品と変わらなかったし、社交界とは縁のない生活をしてきたからね。だから、リスティヒがくれた姿を変える魔道具にすごく驚いた。

この世界は前世とは違うのだと改めて実感し、本を閉じる。視線をベッドに向けるとアグノスとティグレは眠り、イデアル殿下も眠そうに瞬きしていた。

「おやすみなさい、イデアル殿下」

「……はい」

癖の少ない柔らかな金髪を撫でると、小さい返事の後、瞼が落ちていく。いい夢を見てくれたらいいと思いながら、僕はアグノスの部屋を後にした。

「ディロス様、この後はどうなさいますか?」

僕についていたモリーが尋ねる。

「お風呂に入って、本でも読もうかな。僕が入浴している間に着替えだけ脱衣所に用意してほしい」

「かしこまりました」

普段はロンが脱衣所までついてきてくれるけど、今日はいないし、着替えだけ頼む。世話をされるのに慣れてきたとはいえ、若い女の子にお風呂の面倒まで見てもらうのは正直抵抗があるからね。

「ふぅ……」

脱衣所で服を脱ぎ、体を清めて湯船につかると、自然とため息が出てくる。……今日はちょっと大変だったかも。

今日一日のことを考えて、苦笑し、それでもイデアル殿下と少し打ち解けられたことを喜ばしく思う。アグノスも無事に懐いてくれたしね。

そんなことを思いながら一日の疲れを癒し、廊下に出た僕のもとにモリーが急ぎ足でやってくる。

「ディロス様！　陛下がお渡りになりました！」

その言葉に驚き、目を見開く。先触れもなくいらっしゃるのは、離宮に移ってからは初めてだ。

「急だね。今はどこに？」

「談話室でお待ちです！」

急いで談話室に向かうと、ソファーに座るシュロム様とその後ろに控えるロンがいた。

「お待たせして申し訳ありません、シュロム様。ロンもおかえり」

「気にするな、急に訪ねた俺が悪い」

「ただいまー。止めたんだけどね。昼間のことを聞いたら、訪ねるって聞かなくて」

僕の言葉に首を横に振るシュロム様と、肩を竦めるロン。どうやら、昼間のイデアル殿下のことで訪れたようだった。

「昼間はイデアルがすまなかった。まさかこんなことになるとは……」

向かいのソファーに座った僕に、シュロム様が謝罪する。久しぶりにシュロム様の申し訳なさそうな声を聞くなぁ、と微笑ましく思ってしまった。

「気にしていませんよ。アグノス達には謝ってくれましたし……それにイデアル殿下は大人しい子のようですから、溜め込んだものをうまく吐き出せないのは仕方がないことかと」

フォローのつもりで言ったのだが、シュロム様はわかりやすいくらいに肩を落とした。

「……そうなる前に俺が気づくべきだったんだがな」

ため息を吐きながら、シュロム様は握りかけた拳を眉間にあてる。

「乳母が厳しい方のようですので……限界まで取り繕ってしまったのかもしれませんね。今日はお会いできなかったのですが……どのような方なのですか？」

イデアル殿下の離宮にも知らせを出したが、乳母がこちらを訪ねることはなかった。

「レーヌの家の縁者だ。レーヌの輿入れと共に来たんだが……レーヌ亡き後、すでにイデアルは乳ばなれをしていたから帰すつもりだったんだ……だが、母を亡くした後に乳母まで失うことになるのかと言われてな……。しかし、それは間違いだったようだ」

「住まいを分ける前は、エリーがいたからまだ大人しかったんですけどねぇ」

乳母を残したことを後悔するシュロム様と、腕を組みながら渋い顔をするロン。

「陛下ー、イデアル様が離宮に帰るのを嫌がるくらいなんだから、帰しちゃいましょうよ、あの女」

「そうするか」

しばらく悩んでいた二人だが、ロンの言葉をきっかけにイデアル殿下の乳母の処遇があっさりと決まる。

「あ、あの……私も離した方がいいと思いますが、そんなにあっさり決めていいんですか？」

「別になにも持たせずに放り出すわけではない。長らく仕えてくれたのだから報奨は出す」

僕の問いに答えてくれたけれど、それ以上興味はないと言わんばかりだ。ここに来てから優しい姿しか見ていなかったけど、イデアル殿下の乳母に対しての判断は国王らしい厳しさがあった。

「それより、イデアルはどうしている？」

「昼間は荒れてましたが、夕方からは大分落ち着いて、アグノスが兄上と慕うくらい仲良くなりましたよ」

イデアル殿下をちょろちょろと追いかけ回すアグノスとティグレを思い出しながら答えると、シュロム様は安堵したように表情を緩めた。

「そうか」

「今も、アグノスの部屋で仲良く寝ています。せっかくだから見にいらっしゃいますか？」

提案すると、シュロム様の動きがピタリと止まる。

「シュロム様？」

「……いや、イデアルとティグレの寝顔を見たことがなかったことに気がついてな……」

口を手で覆うシュロム様に、ロンがため息を吐いた。

「仕事ばっかりしてるから……」

「そういうお前はどうなんだ」

「ありますよ。夜間襲撃に対する訓練の一環で」

睨みつけるシュロム様に、ロンがへらりと答える。それはそれでどうなんだ。いや、というか……

「ロン、子供いるの!?」

「いやー、最近筋のいい子を養子に迎えましてねぇ」

あははーと、笑うロン。最近って、ほとんどここにいるのに、いつの間に!?

「それより、殿下方を見に行くんでしょう?」

詳しく答えるつもりのないらしいロンに急かされ、僕とシュロム様は子供達が眠るアグノスの部屋へ向かった。

シュロム様と連れだって訪れたアグノスの部屋では、僕が読み聞かせをした時と同じく、三人並んで仲良く寝ている。

左端にいるティグレは毛布から足がはみ出し、真ん中のアグノスは横向きに丸まり、右端のイデアル殿下は寝乱れることなく綺麗に寝ている。それぞれの性格が表れていて笑ってしまった。

「ふふっ……おかしいですね」

「ああ……」

ベッドの横に立ち、声をかける。シュロム陛下は子供達の寝顔をまっすぐに見つめていた。

「シュロム様？」

「……なぜ、このように愛おしいと思えるのに……愛されぬ子供がいるのだろうな」

ぽろりと零れた言葉に目を見開く。

「……俺の父は、先王は……まあ、悪名高い男だっただろう。妻も子も愛さず、国すら自身を満たす道具でしかなかった」

ポツリポツリと呟く言葉は、止まることなく続く。

「数多い妻も肉欲を満たすためだけに迎えたのだ。ほとんどの妃は、子を孕まぬように強い堕胎薬を使われて体を壊し、亡くなった者も多い。生まれたのは王妃腹の俺と、母上と同じく公爵家出身だった側妃から生まれたイリスィオだけだった」

子供達が寝ていて良かった。こんな話は聞かせられないし、今のシュロム様の顔を見せたくない。まるで一人取り残された子供のような表情だ。偉大な王であっても幼い頃に与えられた痛みが心の奥底に残っているのだろう。

「母上はなにも言わなかったが……心労からか俺の成人前に命を落とした。その時父のようにはならぬと決めた。レーヌ以外の妃を取らなかったのもそのためだ」

悲しげに笑うシュロム様の心境は計り知れない。

「それは今までもこれからも変わらないと思っていた。いたんだがな……」

シュロム様の笑みが柔らかいものに変わる。赤い、深紅の瞳が僕をまっすぐ見つめていて、その視線に心臓が高鳴る。しかし、そんな僕の耳に幼い声が届く。

「とー、しゃま……？」

寝ぼけたような幼い子供の声に、僕は勢いをつけてシュロム様から離れた。

「っ!?　……あ、アグノス。どうしたんだい？」

「……んー、おといれ……」

目をくしくしと擦りながら、イデアル殿下を踏まないように四つん這いで跨いできたアグノスを抱き上げる。

「はいはい、今つれてくからね。シュロム様、すみません。連れていってきます」

「ああ、いっておいで」

落ち込んだ様子のシュロム様に申し訳なく思いながらも僕はアグノスとトイレに向かう。

扉の横には、にこやかな笑みを浮かべるマリーとメリーと、声を上げずに大笑いしているロンがいた。

「手、洗おうね」

「んー……」

トイレまで連れていって用を足させたアグノスに手を洗わせてから、部屋に戻るべく廊下を進む。

アグノスの声が聞こえたからそっちを優先しちゃったけど……シュロム様、怒ってないかな……。な、なんかすっごい真剣な目をしていらしたし……。でも、子供のしたことだから……というか、マリー達に見られていたのも恥ずかしすぎる……。ロンは、ロンだし……。ああ、帰りづらい。

そんなことを思っても、アグノスの部屋とトイレの距離なんてたかが知れている。

部屋の前で警護していたテオドーロ様に扉を開けてもらうと、相変わらずにこやかなメリーとマリーの親子。大笑いしすぎて屈(かが)んでいるロン。そんなロンを睨んでいるシュロム様、と混沌を極めていた。

「すみません……。戻りました」

「ああ、おかえり」

シュロム様は今まで険しい顔つきでロンを睨んでいたとは思えないほどの笑みで僕を迎えてくれる。嬉しいような……恥ずかしいような……

「ぐっ……」

思わず、照れ笑いをしたらシュロム様が潰れたカエルのような声を出した。なぜ……？

「……おーしゃま」

寝ぼけていたアグノスがようやくシュロム様を認識したようで首を傾げている。

「どうした、アグノス」

シュロム様がアグノスに声をかける。

「おーしゃまもいっしょにねるの……？」

眠気を堪えきれないアグノスがしぱしぱと目を瞬(またた)かせながらシュロム様に問う。

「いや、俺は夜着がないから……」

「ありますよ。ひー、笑った笑った」

シュロム様の言葉をロンがさえぎる。

「……どういうことだ？」

「側妃様の離宮なんだから陛下の夜着も初日から用意してあるに決まってるじゃないですかー。マリー、お願い」

「はい、ただちに」

理解できない、という表情のシュロム様に、ロンが当たり前のように答える。……そうだね。用意しててもおかしくないよね。でも、今は知りたくなかったなぁ……

寝ぼけてぼんやりしているアグノスの頭に額をくっつけて顔を隠す。初日から夜着が用意してあったということは、ロンのあの悪ふざけはわりと本気だったということだもんね……。それに気づいたシュロム様も言葉を失っている。

複雑な雰囲気の中、マリーが持ってきた夜着に着替えたシュロム様とベッドに入る。もちろん健全な意味でだ。

真ん中にいたアグノスが僕から離れなくなったので、僕が落ちそうなティグレの隣に、シュロム様がイデアル殿下の隣に横になる。

僕にがっしりとしがみついたアグノスは、寝ぼけていたのもあり、横になったらすぐに寝ついた。

「ディロス」

「はい」

穏やかに眠るイデアル殿下の頭を撫でながらシュロム様が僕を呼ぶ。

「しばらく、子供達を――イデアルとティグレをここで見てくれないか」

「……構いませんが、どうして」

「二人ともお前に懐いているようだし、こちらの方がイデアルも穏やかに過ごせるだろう。その間にイデアルの離宮の人員を整理する。あそこは乳母以外にもレーヌの代からついているものが多いからな。イデアルに合わないようなら帰した方がいい。それとティグレの離宮は、元々王太子妃用のものでな。もう、あそこも片付けていいだろう。二人の離宮は改めて用意させる。それまでの期間だ」

どうやら、シュロム様の中でいろいろなことにけりがついたようだ。シュロム様がいいというのであれば、僕は受け入れるだけだった。

「わかりました。お二人にはしばらくこちらで過ごしてもらいましょう」

「助かる」

そう言ってシュロム様は僕に笑いかけた。

「明日の朝は、皆で食事を取ってもいいですね」

「そうだな。なんなら、夕食も共に取っても構わないぞ」

「きっと子供達も喜びますよ」

何気ない、家族であれば当たり前の言葉を交わす。

寝る前の穏やかな一時。まさか、シュロム様とこんな風に話せる日が来るとは思わなかった。

そんなことを考えつつ、僕はシュロム様より先に眠りについたのだった。

SIDE　シュロム

目を覚ますと、視界に入る枕に並んだ四つの頭。……そういえば、昨日はディロスの離宮に泊まったのだったか。

こうして、穏やかに眠っている四人を眺めると、幸福というのはこういうものなのだろうと思う。このような気持ちを感じるようになったのもディロスのおかげだ。

父親として不甲斐ないと思っていたが、イデアルもティグレも俺のことを慕ってくれていると知った。そうでなければ、大人しいイデアルが癇癪を起こしたり、やんちゃなティグレが俺の前では大人しくしているわけがなかったのだから。

それを気づかせ、導いてくれたディロスに感謝しながら四人を眺めていると、イデアルが身じろぎをする。

「ん……っ、……？　……っ⁉　父う、っ⁉」

「他の皆が目を覚ます」

隣にいるのが俺だと気づいたイデアルが驚いて声を上げそうになるのを手で制し囁くと、目を見開きながらもイデアルは静かに頷いた。

「ここではなく……外で話そうか」

談話室でもいいと思ったが、早朝の散歩というのもいいだろう。

「……はい」

小さく頷いたイデアルを連れ寝台から降りる。夜着だけで外に出るのは侍女達に止められたため、俺もイデアルも長い上着を一枚羽織り、付き人としてロンと護衛騎士数人を連れて庭へ出た。

夏とはいえ早朝の庭は涼しく、侍女達が夜着だけで外に出るのを許さなかったのは、体裁だけが理由ではなかったのだと気づく。こういうところは、俺達自身より侍女達の方が詳しい。

外へ出て、庭園を歩く。先王時代の離宮を一部取り壊して作ったものだが、場所場所で趣が違うため散歩するにはちょうどいい。

忌々しい思い出もあるものの、この庭園をイデアルと共に歩くのは悪くなかった。

しばらく歩いていたら、イデアルの方から話しかけてきた。

「……父上。父上は、なにも仰らないのですね」

「昨日のことか？」

「……はい」

イデアルは俯き頷いた。

「ディロスにも、アグノス達にも謝ったのだろう？　だったら、俺が言うことはない」

そう告げ、イデアルの頭を撫でる。

「それよりも、俺の方こそお前に謝らなければならない。お前が苦しんでいるのに気づかずすまなかった」

「そんな……！　父上が謝罪なさるなんて……！　私が、私が勝手に……」

俯いていた顔を上げ、イデアルは言葉を紡ごうとした。しかし、その目には涙が滲み、口がだんだん震えていく。

「それでも、俺はお前の父親なのだから気づくべきだった。気づかなかったのは俺の驕りと怠慢だ。お前は悪くない」

「っ、……ぅ……」

イデアルの目から大粒の涙が零れたのを見て、その体を抱き上げる。俺の背中にしがみつく力は強く、体重も記憶にあるものよりずっと重い。それほど、俺はイデアルと触れ合わなかったのだ。

◆◇◆

朝目覚めると、シュロム様とイデアル殿下がいらっしゃらなかった。……どこに行ったんだろう？

「おはようございます、ディロス様」

「うん、おはようマリー」

体を起こすと、マリーに声をかけられる。

「シュロム様とイデアル殿下は？」

「お二人で、散歩に行かれました」

「そう……」

今は二人で話す時間が必要だろうと思いながら起き上がると、マリーがガウンを渡してくれた。

「二人のためにお茶と軽食の準備をしてほしい」

「かしこまりました」

朝食にはまだ時間があるが、早朝とはいえ夏場の散歩は喉も渇くし、お腹も空くだろう。

夜着にガウンのまま談話室で二人を待っていたら、マリーが紅茶を持ってきてくれた。それを飲みながらゆっくり過ごすうちに、二人が戻ってきた。

「おかえりなさい、二人とも」

二人を迎えると、顔の雰囲気が少し違う父子(おやこ)が同じような笑みを浮かべる。

「ああ、起きていたのか。おはよう」

「おはようございます、ディロス様」

「ふふっ、おはようございます」

イデアル殿下の目元がほんの少し赤いことに気づきながらも、それには触れずに座るよう促(うなが)す。

「軽食とお茶を用意してもらってますから、朝食までの繋ぎに召し上がってください」

「助かる」

「ありがとうございます」

準備させていた軽食とお茶が談話室に運ばれ、穏やかな時間を過ごす。

二人が軽い腹ごしらえをした後、僕は自室で、シュロム様とイデアル殿下は空き部屋で着替える。

その後、三人で食堂でのんびりと過ごしていたら、アグノスとティグレが侍女達に連れられてやってきた。

「とうさまー！」

「ちちうえ！　あにうえ！」

手を繋いでいた二人は互いの手を離し、アグノスは僕のもとへ、ティグレはシュロム様のもとへ駆けていく。

「おはようアグノス、ティグレ」

「おはよう、朝から元気だな」

「おはよう、二人とも」

三人それぞれに言葉をかける。椅子から降りて、アグノスを抱き上げると、アグノスは嬉しそうに笑った。

「おはよーございます！」

「おはようございます！」

テーブルの反対側では、シュロム様がティグレを抱き上げている。今日も二人は元気いっぱいだ。

二人はしばらく、僕とシュロム様の膝に座っていたけど、朝食がテーブルに並ぶと各々自分の席に着く。

「かぞくみんなで、しょくじができるのすごくうれしいです！」

シュロム様も含め五人で食卓を囲むのは初めてだったけど、ティグレはとても嬉しそうだった。

楽しげに話すティグレに、僕達が穏やかに相槌を打つという賑やかで楽しい食事だった。

食事を終え、団欒している途中、シュロム様がイデアル殿下とティグレを見ながら口を開いた。

「ああ、そうだ。イデアル、ティグレ。お前達に話しておきたいことがある」

穏やかに笑っていた二人は、シュロム様の言葉に首を傾げる。

「各々の離宮には俺から話しておくから、しばらくここで世話になるといい」

「いいのですか!? やった！ アグノス！ きょうからまいにちいっしょだぞ！」

「きゃぁああっ！」

ティグレが喜び、アグノスに笑いかける。アグノスも、完全には理解できていないようだが、ティグレに釣られるようにはしゃいでいた。

「その……父上、いいのでしょうか……？」

ティグレとは対照的にイデアル殿下は素直に喜ぶことができないようで、不安げにシュロム様に視線を向ける。

「ああ、構わない。一度、離宮の体制を見直す。王宮から離れる者もいるだろう。イデアル、お前が残したいと思う者がいるのなら、早めに挙げておくように」

「……わかりました」

神妙な顔で頷いたイデアル殿下に、シュロム様は柔らかく笑みを浮かべた。

「さて……俺はそろそろ行くことにしよう。夕食までに戻れそうだったら使いを出す」

「ゆうしょくもいっしょにたべられるのですか!?」

「仕事が終わればな」

目を輝かせるティグレにシュロム様が苦笑し、立ち上がる。

「お見送りさせてください」

「っ！　みおくる！　みおくりますちちうえ！」

僕も立ち上がると、ティグレも急いで立ち上がり、イデアル殿下もハッとしたように続いた。

「ゆっくりしていて構わないんだがな」

そう言うシュロム様だったが、その顔には嬉しそうな笑みが浮かんでいる。

玄関に向かうシュロム様を四人で追いかけ、使用人や護衛も含めて皆で見送る。休息をとっていたはずのロンもちゃっかりいるあたり、ロンはロンだと思う。

「それでは、いってらっしゃいませ」

「ああ、いってくる」

離宮の主として言葉を送ると、シュロム様は柔らかい笑みを浮かべ、マントを翻して出ていったのだった。

5　書庫の真実と重なる想い

シュロム様が初めてこの離宮に泊まって二週間が経った。子供達は思うままに過ごし、アグノスと遊ぶティグレを、僕とイデアル殿下……イデアルは眺めたりして穏やかに過ごしている。

こちらで一週間ほど過ごした頃、イデアルに、

「できれば、私もティグレと同じように接していただきたいです……」

と言われたので、素で話すことにした。恐れ多いとは思うものの、本人が望んでいるのなら受け入れるのも大人の役割だと思ったのだ。

そのおかげか、イデアルは以前より甘えるようになったと思う。シュロム様とは別に、甘えられる大人がもう一人できたからか表情も随分と柔らかくなった。そんなイデアルをシュロム様も使用人達も穏やかに受け入れていた。

「ディロス！　きょうはちちうえはもどってくるとおもうか？」

庭で遊ぶアグノスとティグレを眺めながら、勉強するイデアルの隣に座っていると、休憩しに来たティグレが僕に問いかける。

「どうだろうね。今朝こちらから行かれたし……もしかしたら、お戻りになるのは明日かもしれないね」

シュロム様はあの日以降、ほぼ毎日こちらに子供達の様子を見に来るようになった。

その際、アグノスにも良くしてくれるからか、それとも兄と慕う二人がシュロム様を「父上」と呼ぶからかわからないけど……今では、アグノスがシュロム様を時折「ちちうえ」と呼ぶほどに懐いてしまった。

僕が父親なのにという思いと申し訳ないという思いもあるのだけど……シュロム様は「構わない」と許してくれ、アグノスも王家の子として受け入れてもらえた気がして嬉しかった。

「そっかー……」

そんなことを考えていると僕の答えを聞いたティグレがしょんぼりとしていた。

だけど、すぐに切り替えたのか、飲み物を飲み終わるとまた庭へ駆けていく。そして、アグノスと数人の護衛騎士や侍女、従者を巻き込んだ追いかけっこが始まった。それを見て羨ましそうにしているイデアルを促す。

「イデアルも行っておいで」

「ですが……」

「頑張るのもいいけど、シュロム様からもしばらくは休むように言われているんだから気にしないで」

「では、少しだけ……」

最初は、我慢しようとしていたものの、再度促すと読んでいた本を閉じて駆けていく。その姿は子供らしく輝いていた。

次期国王となる第一王子の教育としては甘いと言われるかもしれないけど、あれだけ真面目な子なのだから息抜きだって必要だ。原作ではどうだったかわからないけど……今のこの光景が悪いことだとは思わない。

子供達が楽しそうに遊び回る姿を見て、ふと、この光景をシュロム様と一緒に見られる日が来てほしいという考えが過る。

今は忙しくて、難しいかもしれないけど……シュロム様は毎日休みなく働いてくださっている。全てが終わって、休みが取れる日が来たのなら……こうやって遊び回る子供達を二人で見たいと思った。

そんなことを考えながら子供達を見守っているうちに、時は過ぎて夜になる。今日はシュロム様は戻られず、四人で夕食を取り、子供達を先に寝かしつけた。

シュロム様が泊まられる時は、五人で寝ることもあるし、僕とアグノスの二人、シュロム様とイデアル、ティグレの三人に分かれることもあった。しかし、僕とシュロム様とでゆっくり話すという時間はなかなか取れない。

ゆっくり二人で話したいと思うものの、それを僕から言うのは気恥ずかしく……そして、形だけの側妃がそれを望むのはおこがましいと思ってしまうのだ。

あの日、アグノスが起きて途切れたシュロム様の言葉の続きを聞きたいと思う。でも……でもなぁ……あの続きが怖いと思うのも事実なのだ。

単に友情的なものだったたり、子供達のために他の女性を妃として迎えると言われたらたぶん……

いや、絶対に落ち込むだろう。

頭に浮かぶ考えのせいで、書庫で過ごしているのに読んでいる本のページも進まない。居心地のいい書庫のはずなのに、ここにある全ての本がシュロム様の蔵書で、さらに一部はシュロム様が翻訳なさり、纏められたものだというのもその原因だと思う。

そこかしこにシュロム様を感じるといえばいいだろうか……。落ち着かないなら自室で読めばいいと言われるかもしれないけど、それも違うのだ。

ここの本が全て僕に贈られたもの……僕のために贈られたものだと思うと、ものすごく嬉しい。それこそ、自分は特別なのではないかと思ってしまう。

翻訳するのも、内容を纏めるのも、途方もない労力にもかかわらず、僕に与えてくださったのだ。友情的なものだとしても、シュロム様の中で結構な位置にいるのではないかと自惚れたくなる。

そんなことを考えながら、シュロム様が翻訳された本を抱えていたら、ふいに書庫の扉が叩かれて背筋が伸びる。

「っ!?」

視線をそちらへ向けると、ロンが扉を開けて向こうにいる人物と話していた。そしてこちらを振り返り、にやっと笑う。

「陛下が前触れもなく来ちゃったみたいですけど……お会いします？」

シュロム様相手に、なんて言いぐさなんだと苦笑する。

「うん、通してもらえるかな」

「はいはーい。良かったですねぇ、シュロム様ー」

ロンが茶化すようにシュロム様を招く。

「……お前というやつは」

ロンの言葉に呆れたように額を押さえながら入ってきたシュロム様の姿を見て、笑ってしまう。無礼だと思うけど、微笑ましかったのだ。

「夜分遅くにすまないな、ディロス。お前も自分の時間を楽しんでいただろうに」

「いえ……お忙しい中、会いに来てくださって嬉しいです」

ソファーに座ったシュロム様が笑みを浮かべ、僕も笑い返す。それだけだったのに、すごく嬉しかった。

「今日はなにをしていたんだ？」

「子供達は元気に遊んでいましたよ。最近は、護衛騎士や侍女達にも余裕ができたようで、数人まざって遊んでくれるので、三人で遊ぶより幅が広がってすごく賑やかです」

ティグレやイデアルの離宮に配置されていた人達がここに集められたから人員に余裕があるのだ。イデアルの乳母(うば)や、乳母(うば)に影響を受けた侍女などは、実家に帰されたため、総数は減ったのだけどね。それでも、子供達の様子を見ていると今回の改変は良かったのだと思う。

「そうか。子供がのびのび遊べるのはいいことだな」

柔らかい笑みを浮かべるシュロム様もおそらくそう感じているだろう。その笑みは、子供達への愛しさが溢(あふ)れていた。

それからも子供達の話題で話が弾んだ。途中、エリーが持ってきたお茶で喉を潤す。だけど、なぜだろう。子供達の話をしていた時は、シュロム様と向かい合っても平気だったのに、一度話が途切れると、僕を見つめる柔らかい視線に落ち着かなくなる。

「そういえば……この書庫は気に入ってもらえたか？」

「っ!? あ、はぃっ！」

柔らかく問われた言葉に、背筋を伸ばして答えた。

「ははっ、そうか。なら用意した甲斐があったな」

シュロム様は僕を見つめ、微笑む。落ち着かなかった鼓動がさらに高まったような気がした。

「今はなにを読んでいるんだ？」

「えっと……西方諸国の本を……訳されたものを読んでから、原典を辞書を引きつつ読み比べようと思いまして……」

「訳されたものだけではなく、原典も読むとは勤勉だな」

「いえ、そんなことは……」

たどたどしく返す僕にシュロム様は嬉しそうに笑う。シュロム様が彼なら、僕がそうやって読んでいることを知っているだろう。僕は翻訳と原典、二つ分の感想を送っているのだから。

この笑みが彼としてのものなのか気になる……

「あの、シュロム様……」

「なんだ？」

「その……これらの本の翻訳者が……シュロム様だっていうのは、本当なのでしょうか？」

確かめたい。確かめたくない。そんな相反する二つの気持ちを抱えながら尋ねた。

「あー……なんだ、気づいていたのか」

ぎこちない雰囲気になり、シュロム様が視線を逸らす。

「イデアル殿下が……こちらに来た時に、ここにある蔵書をシュロム様の書斎で見かけたと仰っていて……これらの本の字はシュロム様のものだと」

「なるほど……それは気づかれても仕方ないな」

予想もしていなかったところからバレてしまったとシュロム様は悪戯が失敗したように笑った。

「それで……なぜ、このような贈り物をくださったのでしょうか……書き起こした労力もですが……他国の歴史や戦術など、値段のつけられないものですのに」

「迷惑だったか？」

「いえ！　そんなことは……王宮でエリーが借りてきてくれた時から、こんな素晴らしいものを読めるなんてと思っていました……ですが、その価値を知ると……」

「気後れすると？」

「はい……申し訳ありません」

苦笑するシュロム様に肩を落として謝る。この書庫にある本が読めるのは嬉しい。でも、恐れ多いのも確かなのだ。

「気にすることはないのだがな……お前が本を読む度に書いてくれた感想は、何度も読み返すほど嬉しかった。それこそ……恋文を待つというのは、このような気分なのかと思うほどにな」

「っ⁉　こ、恋文って……⁉」

思わぬ単語に顔が熱くなる。恋文……恋文って⁉

「わ、私はただ……！　どの翻訳も素晴らしくてっ！　それを伝えられたらとっ！」

「わかっている。だが、俺がそう思うくらいはいいだろう？」

焦る僕とは対照的に、余裕の笑みを浮かべるシュロム様。

「それに……俺は、これらの本の価値を正しく理解するお前に、好意で贈ったのだが……お前はどう捉える？」

「え、あっ……」

その言葉に戸惑う。これら全てが僕に向けられた好意だと思うと、頭がパンクしそうだ。だ、だって……全部シュロム様が自分のために書かれたものだろうけど……その価値を理解する僕に好意で贈ったって……そんなの、一種のラブレターでしょ⁉

シュロム様の私物というだけでも、恐れ多いのに……恋文、ラブレター……。だ、駄目だ……。考えが纏（まと）まらないっ！

頭がぐるぐると回ってしまう。すると、シュロム様は立ち上がり、僕の足元にひざまずく。

「シュロム様⁉」

突然の行動に驚いていると、僕の右手をシュロム様が手に取り、真剣な表情で僕を見つめた。

「最初は、不思議な男だと思っていた」

赤い……深紅の瞳にまっすぐに見つめられ、目が離せなくなる。

「血の繋がらぬ子のために命をかける父親……思えば、あの告発の場から……俺はお前から目が離せなくなったのだろう」

僕の右手の指をシュロム様の指がなぞる。柔らかく、僕の肌を撫でるような触り方に思わず手を引こうとしたら、逃がさないとばかりに指を搦め捕られた。

「子を思うお前に父親として好意を持った。それは友情のようなものだっただろう……だがな、お前が俺と同じく歴史を好み、戦記を読み、戦術すら俺と同じように語れると知って、別の好意が生まれた」

柔らかく微笑むシュロム様にくぎづけになり、顔に熱がのぼる。友情……友情としての好意だから……！　勘違い、勘違いしちゃ駄目だ！

そう自分に言い聞かせていると、シュロム様は続ける。

「先ほども言ったように、お前の感想は嬉しかった。子を慈しみ、撫でるお前の手が……俺のために筆を取っていることが……大人げないが……な」

気恥ずかしそうにシュロム様が笑い、僕の手を握った。

「お前を取り巻く全てが片付いたら……側妃という立場から解放するべきなのはわかっている……わかっているが……俺は、全てが終わった後も、お前と共にいたいと思っている」

「っ！」

真剣な深紅の瞳にまっすぐに見つめられ、息を呑む。

僕は、自惚れてもいいのだろうか……？

「……それは、どういう意味で……しょうか？」

「むろん、側妃として……伴侶として共にいてほしい。お前のことを、愛おしいと思っている」

嘘とは思えない真剣な瞳。信じてもいいのだろうか……？　でも、僕ごときが……彼の、シュロム様の伴侶に……？

「……お前が、応えられぬと言うのなら無理強いはしないさ。忘れてくれて構わない。俺もこの想いには封をしよう」

ただただ優しく微笑んで告げる言葉。ここで応えなければ……彼は、本当にその想いを閉ざしてしまうのだろう。

「私は……私はっ！　あなたの側に、いられたらいいと……！　願っていました！　あなたの側で……子供達の成長を眺めて、共に……好きなことについて語って……過ごせたらと……」

僕の吐き出すような言葉に、シュロム様が目を見開く。

「でも……私は、男で……貴族が……認める妃にはなれない……あなたを公式に支えられる存在にだってなれないんです……」

言葉を零す度に、涙が溢れてくる。シュロム様のことは好きだ。その隣で過ごせるのなら幸せだとも思う。

だけど、僕は貴族が、周りが望むような妃にはなれない。男である限り、表舞台で彼を支えることはできないのだ。

「……そうだな。お前を、側妃とし続ける限り、お前には苦労させることになるだろう」

僕の頬を伝う涙をシュロム様が指で拭う。

「だが、それを悔しいと思うほど俺を好いてくれるのなら……どうか、応えてくれないか」

僕の涙を拭うシュロム様が、握ったままの僕の手に口づけを落とす。

「俺は、お前と共に残りの人生を歩みたい。苦難が降りかかることもあるだろう。だが、二人なら乗り越えられると信じている」

告白を通り越した、プロポーズのような台詞（せりふ）に、言葉に詰まる。

「僕で、本当に……いいんですか？」

「お前だからいいんだ」

シュロム様が立ち上がり、僕の手を引き、抱き締める。

抱き締められた腕の中……その胸の奥で速い鼓動を奏でる心臓に、シュロム様が緊張していたのがわかり……僕だけではなかったのだと嬉しく思った。

「ディロス」

胸の鼓動とは対照的に落ち着いた声が僕を呼ぶ。

「……はい」

視線を上げると、赤い瞳を収めた目元が愛おしげに緩む。

「口づけてもいいか？」

「……」

恥ずかしくて無言で頷くと、シュロム様の薄い唇が柔らかく僕の唇に触れた。

「っ……ぁ……」

軽く触れるだけなのが残念だと思った。

「そんな顔をされると抑えがきかなくなりそうだ」

「あっ……ぇ……」

シュロム様と視線が交わる。欲望を孕んだ深紅の瞳に、シュロム様も男なのだと気づき、焦る。

というか、そんな顔ってどんな顔っ⁉

「シュロ……シュロム様っ⁉」

「ははは、慌てる姿も愛らしいな」

「ッ⁉」

雄っぽさが溢れた表情が和らぎ、もう一度抱き締められる。だけど、さっきの表情を見た僕の心臓は、とてつもなく忙しかった。

「なに、想いを遂げたばかりだ。急ぐつもりはないさ」

子供をあやすように僕の額に口づけを落とし、シュロム様が離れていく。それを寂しいと思うあたり、重症だと思った。

「今日はこれで帰るとしよう」

「えっ……泊まっていかれないんですか？」

思わず引き止める。

「子供達は寝ているしな。今更共に寝ようとして起こすのは忍びない……それとも、二人で眠りたかったか？」

「想いが通じ合って随分と大胆になりましたねぇ、ディロス様」

「っ――!?」

悪戯（いたずら）っぽく笑ったシュロム様の言葉に、ロンの茶化すような台詞（せりふ）が重なる。そうだ……！　ロンがいたんだ！

ロンに今までのことを見られていたと気づいて、恥ずかしさのあまり顔を隠してしゃがんでしまう。ああ、どうして忘れていたのか！

「……ロン」

「いやー、シュロム様おめでとうございますー！　あからさまに両想いなのに二人揃ってジレジレしてて見てて楽しかったんですけど、もどかしくてもどかしくて」

「ロン！」

止まらないロンに、シュロム様が声を上げる。だけど、ロンが止まるわけがなかった。

「この部屋で百面相するディロス様も、もらった感想に浮かれるシュロム様も見てて楽しかっ……」

「「ロン！」」

ぺらぺらと話すロンに、僕とシュロム様の声が重なる。なにもかも漏らされるわけにはいかない。……でも、浮かれるシュロム様がどんな様子だったかは気になるからいつか尋ねてみよう。

「はいはい。黙ります黙ります。で、今日はお二人でおやすみに……」

「さすがに、本気で怒るぞ」

「やべっ……申し訳ございません」

地を這うようなシュロム様の声にロンは笑みを引きつらせ、従順な使用人の顔を作って謝罪する。

本気で焦ったロンの顔は珍しく、ちょっとだけ気持ちがスッキリした。揶揄いすぎるから罰が当たったんだ。まあ、それを表に出すことはしないけどね。

「はぁ……二人で過ごすのも悪くはないが……な」

首を横に振ったシュロム様がこちらに向き直り、僕の頬に手を当てる。優しい笑みに……引き止めたいと思うのは、想いが叶ったゆえか……

「……」

だけど、これ以上引き止めるのは、恥ずかしくて、シュロム様のマントの裾を僅かに摘まむ。

「……」

互いに沈黙が続く。俯く僕にシュロム様の視線が刺さるのを感じた。だ、駄目だったかな？　それとも、こ、子供っぽかった？

「シュロム……さ、まっ……!?」

ぎゅっと抱き寄せられて、掴んでいたマントを放してしまう。突然のことに戸惑っていたら、そのまま横抱きにされた。

「シュロム様っ!?」

「ロン、扉を開けろ」

「はいはーい」

ロンが開けた書庫の扉を抜け、僕の自室へ進む。

「っ！」

進むのが速いからちょっと怖くて、背中にぎゅうっと抱きついているうちに、今度は僕の部屋の扉が護衛騎士の手で開けられる。

「っ……あの、シュロム様……？」

ベッドに優しく寝かされる。そして、シュロム様がベッドに腕をついて覆いかぶさってきた。

薄暗い中でも赤く輝く瞳。撫でつけられた髪が僅かに乱れていて、シュロム様にも余裕がないことが見てとれた。

「シュロム様っ……今日は……」

「わかっている。だが……あれほど愛らしい姿を見て、我慢できるほど枯れてもいなくてな」

シュロム様の手が、僕の頬を撫でる。

「少しばかり、欲張ってもいいだろう？」

柔らかく細められた赤い目が僕を見つめ、僕は肉食動物に狙われた獲物のような気分になる。なのに……このまま食べられてもいいと思ってしまった。

「っ……」

こくりと頷くと、頬を撫でていた手が僕の顎を軽く上げ、シュロム様の唇が重なる。

「んっ……ふっ……ぁ……」

先ほどとは違い、深く重なる唇。唇を割り、入り込んできた舌が口内を蹂躙し、初めてのディープキスに戸惑う僕に未知の快楽を与えていく。

「んぁ……っ、ん……」

顎に添えられていたシュロム様の手が離れ、僕の手と重なる。その手に縋るように指を絡めると、応えるかのように僕の手を握りこんだ。

「っあ……はっ……あぁ……」

長い口づけから解放され、息を切らしながら空気を求める。

「ここまで愛らしいと続きをしたくなるが……ここまでにしようか」

僕の唇を指で撫でた後、シュロム様は頬に軽く口づけを落とし、ベッドから降りる。

「ロン、夜着を」

「あ、泊まられるんですね」

「今のディロスを放っておくなどできんからな」

二人の会話をぼんやりと聞いているうちに、着替えたシュロム様がベッドに戻ってきて僕の隣に横たわった。

「……いてくださるんですか？」

「ああ、だがあまり煽ってくれるなよ？」

おずおずと尋ねた僕に笑みを浮かべ、シュロム様は僕を抱き寄せた。僕を焦らしているのはシュロム様だと思うんだけど……。でも、ふと思う。僕に性的な魅力があるのだろうか……と。

「シュロム様……」

「なんだ」

「その……僕を抱きたい、と……思いますか？」

ぽつぽつと零した言葉に、シュロム様が固まるのがわかる。……や、やっぱり聞かなければよかったかも？

「……愚問だな」

「っ⁉」

ぐっと腰を抱き寄せられたかと思うと、次の瞬間、下腹部に熱い塊が当たる。それがなにか……同じものを持つ男として察することはできた。

「だから煽るなと言っただろう？　まあ、だからといって無理矢理手を出すつもりはない。お前が俺を求めてくれる日まで待つつもりだ」

「その……はい……」

感じる熱とは裏腹に、シュロム様の言葉は落ち着いていて、僕を思う優しさだけが伝わる。

なんと答えるべきか悩んで、ただ頷く。ここで、明日にでも！　というのは急ぎすぎだし、僕自身の覚悟も決まってない……

「ははっ、あまり深く考えるな。こうやって、想いを交わしたお前と触れ合うだけでも満たされるのだから」

「……それは、僕もです」

シュロム様の柔らかい声に甘えるように背中に腕を回した。

「こうやって、あなたに触れてみたかった……」

「これからは好きに触れていい。お前だけの特権だ」

僕の言葉にシュロム様が嬉しそうに笑みを浮かべる。

「それと口調も素のままで構わない。イデアル達には、そうしているだろう？」

「いいのですか？」

「なんだ。俺だけ仲間はずれにするのか？」

どこか子供のように笑うシュロム様に言葉を詰まらせながらも頷いた。

「頑張……ります」

「くくっ……先は長そうだ」

敬語で話してしまう僕にシュロム様は苦笑しながら、僕の額に口づけを落とす。

「そろそろ寝よう。おやすみディロス」

「はい……おやすみなさい、シュロム様」

視線を上げると、シュロム様の優しい笑みが僕を見下ろしていた。僕も笑い返しながら甘えるようにその胸に頬を寄せた。

シュロム様の僅かに速い鼓動を感じる。そして、伝わる温もりが心地いい。シュロム様を存分に感じながら、そして自分自身の鼓動もいつもより速いのを自覚しつつ僕は眠りへと落ちていった。

SIDE　シュロム

目の前で寝息を立てるディロスを見下ろす。抱き締めた体は相変わらず華奢（きゃしゃ）で繊細なガラス細工のようだ。

想いに応えてもらえるとは思ってもいなかった。ディロスがあまりにも愛らしく、自分にとって子供達とは違う存在なのだと実感する。

しかし……ここまで穏やかに寝入るとは……気を許してくれたと喜べばいいのか……それとも、それとも男として見られていない……いや、それはないか。

起きていた時のディロスの様子を思い出して、笑みが浮かぶ。初々（ういうい）しくて可愛らしかった。深く口づけた時も、たどたどしくて慣れていないようだったし……それがまた愛らしくて……

そこまで考えて、思考があまり好ましくない方に傾いていることに気づき、考えを散らす。肉欲はない方だと思っていたのだが……ディロスに言ったとおり、俺も男だったということなのだろうな。そう思い、ため息を吐いたところで扉の近くにいるローランと視線がぶつかる。

ローランは、揶揄（からか）うようにニヤリと笑う。こいつは完全に楽しんでいるな。人の恋路を娯楽にするなと言いたいが……そんなことを言っても喜ぶだけだ。

今一度、咎（とが）めるように睨（ね）めつけるが、特に変わりがないので諦めてディロスを抱き込み瞼（まぶた）を閉じた。

腕の中にディロスがいることは幸せだが……心がはやってなかなか寝つけない。

どうにか寝ようと腕の中の温もりに集中したのだが……眠れたのが夜が更けてからだったのは我ながら情けないと思った。

◆◇◆

初めて二人で眠った翌日。朝を迎えて、目を覚ました直後に煌びやかな顔と目があって、思わずきゅっと目を瞑った。

「なにを可愛いことをしているんだ？」

落ち着いた低く甘い声が耳をくすぐり、少しかさついた指先が僕の頬にかかる髪を耳にかける。

「……だ、だって……こんな、近くにシュロム様がいるのは、初めてで……」

昨日は、気持ちが高ぶっていたから気にならなかったけれど、一夜明けたら、こんなに近くにいるなんて心が破裂しそう……

「心臓が持ちそうにありません……」

「ほう……？」

たどたどしく零す。目を瞑ったままだからどういう表情をしているのかわからないけど、シュロム様の楽しげな呟きが聞こえた。

「なるほどなぁ……」

僕の頬を撫でていた指先が僕の顎にかかり、クッと顔を上げられる。そして、僕の唇に柔らかいものが触れた。

「っ!?　なっ……!?」

「目を閉じてるんだから、こういう悪戯をされても構わないということじゃないのか？」

驚いて目を開けた僕に、シュロム様が笑いかける。

「そっ、そんなわけっ……！」

「嫌だったか？」

おそらく僕の顔は真っ赤になっているであろう。シュロム様は柔らかい笑みを浮かべて首を傾げる。

「……嫌、じゃ……ないですけど……」

「そうか」

僕はシュロム様から視線をそらし、シーツに目を落とす。シュロム様は柔らかく、そして嬉しそうな声で話しながら僕の髪を優しく弄る。

「時に……お前から目覚めの口づけが欲しいと言ったら、応えてくれるか？」

「うぇっ!?　……え、っと……」

慌てて視線を彷徨わせる。応えてくれるかと言われたら、応えたい……。けど、元日本人としては、ちょっと恥ずかしいというか……。でも、でもなぁ……シュロム様が望むのなら……頑張ってみるのも……

「その……目を、瞑(つぶ)ってくださいますか……？」

「それでお前の口づけを受けられるのなら」

　意を決してお願いすると、シュロム様は笑って応えてくれる。……目を瞑(つぶ)っても、煌(きら)びやかな男前なんだよなぁ。

　この顔に自ら口づけるというのはプレッシャーなのだが、自分から条件を出したのだから、やり遂げなければと思い、軽く唇を重ねる。

「っ……！」

　チョンと触れるだけの口づけをしてパッと距離を取ると、シュロム様が声を上げて笑う。

「ははは、なにをしても可愛らしいな」

「うわっ!?」

　火照(ほて)る顔をもてあましながら楽しげなシュロム様を見ていると、突然抱き寄せられて耳元で囁かれた。

「今度、また二人で過ごす時に期待しよう」

　低い声で甘く囁く言葉に、ゾクリと甘い痺れが背筋を走る。それなのにシュロム様は余裕の笑みで僕の額に口づけを落とし、体を起こした。

「そろそろ、子供達が起きる時間だ。三人が起きる前に支度をしよう」

「……はい」

顔が真っ赤だろう僕はなんとか返事を絞り出し、起き上がる。シュロム様は、自身の着替えなどを用意している部屋……僕の知らぬ間に用意されていたこの離宮での自室へ行き、僕はロンに着替えを手伝ってもらう。

「想いを交わして、初めて過ごした夜はいかがでしたー？」

シャツに袖を通していると、ロンがニマニマという表現の似合う笑みを浮かべる。

「っ⁉」

「どちらも初々しくて微笑ましかったですねぇ」

「ま、前……素直になったら、揶揄わないって言ったよね⁉」

「言いましたっけ？」

「言った！」

へらへらと笑うロンを睨みつけても、暖簾に腕押しといった感じだ。

「いやー、確かに言った気もしますけど、あんなもの見せられたら楽しむしかないじゃないですかー。俺としては、あのシュロム様があんなことまでしたのにディロス様が耐えたのが面白くて面白くて。あのまま抱かれたとしてもまんざらじゃなかったんじゃないですかー？」

顔に熱がのぼる。

「き、きのうは！　なにも準備してなかったし……！」

「でも、もう少し進んでもいいと思ったり……」

「ローンー！」

それ以上やめて！　という含みを持たせて声を上げると、ロンはけらけらと笑いながら口をつぐむ。全く反省してないので僕とシュロム様はこれからも揶揄われ続けるのだろう。

仕方のない人だな……と思いながらもそれで済ませてしまえるのは愛嬌ゆえか。これで、暗部だっていうんだから不思議な人だよね。……愛読書では飄々とした人でかっこよかったんだけどなぁ。

なんだかんだ言っていても憎めないロンにため息を吐きつつ、着替えを終えるのだった。

◆◇◆

シュロム様と想いを交わして、十日ほどが経った。あの心臓に負担がかかった朝以降は、以前のような関係に落ち着き、想いを交わしたのは幻だったのか？　と、思う時もあるけど……ふと、目が合った瞬間、愛おしい者を見るように柔らかい眼差しをしていて、現実だったことを思い知る、そんな日々だ。

子供達が起きている間はいつもどおり穏やかに過ごしているけれど、もし二人になったらどうなるのだろう、と考えてしまうあたり、この恋心は重症である。

ただ、二人になるのは難しい。シュロム様は忙しいし、想いを交わした少し後あたりから、イデアルが落ち着いてきたのもあって、週に一度ほどレーヌ妃を偲んで、シュロム様の離宮でシュロム様達親子だけで夕食を取られることになった。そのままティグレとイデアルがシュロム様の離宮にお泊まりになることも増えるだろう。

そのことに異論はない。僕がレーヌ妃の代わりになれるなど自惚れるつもりはないからだ。それに、僕のことが好きだからといってレーヌ妃のことをないがしろにするシュロム様は、なんだか嫌なので、これが最良の関係だと思う。

……まあ、あの日以降接触がないというのは少し寂しいんだけど。

「おやおや、なんだか欲求不満ですか？」

「っ⁉」

子供達が寝静まった後、書庫で本を読みながら過ごしていたら、ロンにそんなことを言われてソファーから体が浮きかける。

「なっ！　なぁっ⁉」

顔に熱が集まる。反論しようとするが言葉が出てこない僕に、ロンは面白そうにケラケラと笑った。

「ホント、素直ですよねぇディロス様。お顔が百面相してましたよー」

「っ⁉　ウソっ⁉」

「いや、そんなことでウソついたりしませんってー」

物思いにふけっている間、考えが表情に出ていたらしい。うわぁ……恥ずかしすぎる。

「で、なにを考えてあんなに百面相をしてたんですか？」

本につかないように気をつけながら顔を隠した僕に、ロンが弾んだ声で聞いてくる。本当に……

本当に……君ってやつはぁ！

「……シュロム様と触れ合えないのが、寂しいと思って」

ロンに思うことはあるけれど、相談できそうな人は彼しかいない。エリーやモリー達も周りにいるけど、なんとなく女性には相談しにくいのだ。他に男というと、従者や護衛騎士の皆がいるけど……やっぱり相談するのは恥ずかしい。

ロンは信頼も信用もできるし、話しやすい。一方で、揶揄われるリスクがあるからちょっとためらう。でも、ロンほど心を許せる人はいない。性格に難はあるものの、仕事も信頼も信用もできる男ってズルイ。

「ああー、なるほど……シュロム様とあの日以降二人っきりになれてませんもんねー」

本から顔を上げて相談すると、ロンは確かにと頷く。

「……シュロム様は、こう……僕に触れたいとかないのかな……」

「ないわけないじゃないですか。意外とむっつりですよ、あの人。というか、あれだけ構われてるのにそんなこと考えてるんだってビックリしました」

笑いながらも呆れたように肩を竦めるロンに、思わずムッとする。

「だって、仕方ないじゃないか……見てはくれるけど、触れてはくれないんだから」

「そういう時は、自分から仕掛けるものなんじゃないですか」

ロンが僕に耳打ちをするかのように手を口元に当て、呟く。

「明日は、遅い時間にこちらにいらっしゃるそうですよ」

その言葉は、明日、シュロム様と二人で過ごせる可能性があることを示唆していた。

◆◇◆

昨日のロンの言葉のせいで、今日は朝からソワソワしていた。子供達は、シュロム様が今日も来られないだろうと伝えられているので、僕の様子に首を傾げていたけど……

子供達を寝かしつけて、どうするか考える。ロンは、自分から仕掛ける……って、言ってたけど……はしたないとか思われたり、幻滅されたりしない？　というか、仕掛けるってどうするんだ？

頭の中をぐるぐると考えが回り、一人談話室で頭を抱える。入り口の方にモリーやミゲル様、他の護衛騎士の人達がいるけど、気にする余裕なんてなかった。

「ディロス様。湯浴みの準備ができましたよ」

「う、うん……！　わかった」

僕がぐるぐる考えている間に、入浴の準備をしていたロンが迎えに来る。それになんとか答え、浴室に向かう。

脱衣所に入り、扉が閉まると、僕とロンの二人だけになる。……行動を起こすなら──準備を頼むなら今しかないのかもしれない。

「ロン」

「なんですか、ディロス様」

「……その、夜の……準備をしようと思って……道具を、お願いできるかな……」

初日に用意されていた洗浄用の道具は、ロンが用意していたものらしく、それ以降は見かけなかった。

なので、シュロム様と体を重ねたいと思っても、僕はアレがどこにあるかも知らないわけで……だからといって、女性陣にお願いできるわけもなく……羞恥に耐えてロンにお願いすることになったのだ。

「ほほう……なるほどなるほど……わかりました！　お任せください！」

ロンが承諾する。その顔は、見たことがないほど楽しそうで嬉しそうで……少しは隠せ！　と叫びたくなった。

「まあ、昨日発破（はっぱ）をかけた時から、用意できてるんですけどね！」

そう言って、脱衣所のトイレを指さすロンに、僕は思考が読まれていた羞恥で床にうずくまる。

ホント！　ホント！　君ってやつは！

「で、お手伝いは……」

「いらない！」

全力で拒否すると、ロンはからからと笑った。

「ですよねー。いやー、よかった。いるって言われてたら俺、陛下に殺されますもん」

楽しそうだが、そんな命がけの冗談はやめてほしい。どっちにしろ心臓に悪いから。

上に着ているシャツ以外を全部脱ぎ、トイレに入る。そこには、初日以降どこにあったかわからない洗浄器具や潤滑油として使う香油などが揃っていた。

慣れぬままに中を清めて、便器に跨る。魔道具ではあるけれど前世のトイレと変わらない造りなので、利用しやすい。していることは、前世では考えられないことだけど。

「あっ……っ、く……」

中を清めた後孔に香油を塗りこむべく、指で撫でる。ぬるりとしたものが後孔をなぞる感覚に背筋がぞわりと粟立つ。

それでもなんとか堪え、じっくりと撫でたり、押したりしながら固く閉じた後孔をほぐしていく。

「くぅ……っ……！」

ほんの少し馴染んだ頃、ゆっくりと人差し指を押し込むと、やや抵抗があったものの後孔は指を受け入れた。

「あ……うっ……はっ……！」

最初は、浅く。そして、少しずつ深くしながら香油を足し、より奥を馴染ませていく。

なんとか中に香油を塗り込み、後孔から指を抜く。必要な準備らしいが、疲れる。でも、シュロム様と交わるため、これはかりは仕方がない。

手を洗い、洗浄に使った器具を片付け、脱衣所に戻ると、普段と変わらない笑みを浮かべたロンがいる。初日も思ったけど、なんでこの人はこんなに平然としているのか……もういいけどね。

ぐったりとしながらもシャツを脱ぎ、ロンに渡して浴室に入った。体を洗い流し、湯につかり、ばくばくと速まる鼓動を自覚する。

これからシュロム様と……。自分で計画したことだけど、今の時点で羞恥心がすごい。本当に、本当に抱いてもらえるのだろうか……。羞恥と不安に交互に襲われ悩んでいると、脱衣所から声がした。

「陛下が到着なさったようです」

「っ!? わ、わかった! すぐ行く!」

まだぐるぐると悩んでいたけど、すでにシュロム様が到着しているなら待たせるわけにはいかない。滑らないように気をつけて浴室から出る。

「お待たせしました!」

「大丈夫だ。もっとゆっくりしてても良かったんだぞ?」

急いで着替えて談話室に戻った僕に、シュロム様が柔らかく微笑む。いつもの国王らしい服装だが、どうやら王宮で先に身を清めてきたのか、僅かに金色の髪が濡れている。

「シュロム様をお待たせするわけにはいきませんので」

そう言って向かいに座ろうとした僕に、シュロム様が手で招くようにして隣を示す。気恥ずかしいながらも示された場所に座ると、腰を引き寄せられた。

「っ!?」

「お前のためだったらいくらでも待てるがな」

「ぼ、僕もそうですけど……でも、少しでも早く会いたいじゃないですか」

「そうだな」

たどたどしく答えるとシュロム様が柔らかい笑みを浮かべた。僕も緊張しながらもせいいっぱい笑う。

互いに笑い合っていると、シュロム様が僕の左手に自分の右手を重ねてきた。絡めるようにシュロム様の指が僕の指を捕らえる。どことなく艶のある動きに鼓動が高鳴る。

「それで、今日は……」

「今日はなにがあった？」

子供達の様子を聞きたがるシュロム様に、今日の出来事を話す。アグノスとティグレが追いかけっこをしているのをイデアルと一緒に眺めたり、幼い二人がお昼寝している時間にイデアルの勉強を見てあげたり、今日の夕食が美味しくてティグレがおかわりをしたり……そんな話を。

「今日も楽しそうでよかった」

「シュロム様はいかがでした？　お疲れではないですか？」

「楽しそうなお前の話を聞いたら、仕事の疲れなど忘れた」

「ふふっ。でも、無理はなさらないでくださいね」

「わかっているとも」

いつものように話し、笑みを浮かべるシュロム様。いつもはこのまま僕の部屋で同衾……といっても、本当に隣り合って寝るだけなんだけど……今日の僕はいつもの僕ではないんだ。

「……シュロム様」

「なんだ？」

シュロム様は優しく笑って僕を見つめる。……お誘いして、引いたりなさらないだろうか。でも、せっかく覚悟を決めたのだし……

言いよどむ僕にシュロム様は、僕を急かすことなく待っている。ええい、男は度胸……！

「その……今日は」

「うん」

「シュロム様に、ご慈悲を……いただけないかと思いまして……」

シュロム様の笑顔が固まり、僕の手を握る力が強くなった。

「それで……その……準備も……終えておりまして……っ！」

手を引き寄せられて、シュロム様の肩と僕の肩がぶつかる。驚いて見上げると、鼻先がくっつきそうな距離にシュロム様の顔があった。

「……本当にいいのか？」

「……はい」

シュロム様が真剣な表情で問いかけ、僕は頷く。

「っ……！」

シュロム様の唇が僕の唇にかすかに触れたかと思うと、次の瞬間、深く口づけてきた。口内に入ってきたシュロム様の舌にたどたどしく舌を絡めると、息をするのもやっとなほど貪ってくる。

「随分と積極的なことだ」

唇が離れ、息も絶え絶えの僕を、シュロム様が笑みを浮かべて覗き込む。柔らかい表情なのに……僕を見つめる瞳は肉食獣のようだ。

「少し揺れるぞ」

シュロム様がそう言って、僕を軽々と抱える。これで抱えられるのは三度目だな、とぼんやり思っていた僕は、シュロム様の獲物として、僕の自室に運ばれた。

「っ……」

ロンが開けた扉をくぐり、僕は、ベッドに柔らかく寝転がされた。

シュロム様が僕に覆(おお)いかぶさるようにベッドに腕をついて見下ろす。僕はシュロム様を見上げ、視線が交わる。

「シュロム様……」

「シュロムだ。ディロス」

吐息のかかる距離でシュロム様が……シュロムが目を細めて言い聞かせる。

「シュロム……っ！」

初めて敬称を付けずに呼ぶと、先ほどの続きとばかりにシュロムが僕の唇を奪う。最初は触れる度に角度を変え、そして徐々に舌を絡(から)めるような深さに。

「んっ……っ、ふっ……っ！」

舌を搦(から)め捕(と)られ、時折上顎(うわあご)や歯列をくすぐられると、背筋をぞわっとした感覚が襲い、体を揺らした。

「あ……はっ……はぁ……っ……」

貪られるような口づけから解放され、空気を求めるように口を動かす。体は気だるく、与えられた感覚が快楽なのかはまだ判別がつかないが、シュロムに求めてもらったという事実が僕を高ぶらせた。

シュロムは上着を脱ぎ捨て、上半身をあらわにする。初めて見るが抱き締められた時の想像どおり、僕より二回りほど逞しい腕は男らしく、羨望の眼差しで見つめた。

「起き上がれるか？」

「……はぃ」

息は上がっているけれどシュロムの手を煩わせたくなくて、なんとか起き上がり夜着を脱いだ。上着を脱ぎ、ズボンと下着を脱ぐと、貧相な体があらわになった。

シュロムの体を前にすると恥ずかしくて、夜着を抱えたままでいたら、シュロムに取り上げられてしまう。

「なぜ隠す」

「だって……シュロムと比べたら恥ずかしくて」

羞恥で俯く僕の頬に手をあてて顔を上げさせ、シュロムは僕と視線を合わせる。

「俺にとっては好ましいからいい。だから気にせず俺に愛でられていろ」

「あっ……」

軽い口づけが頬に落ち、僕はまたベッドに押し倒された。僕の体を愛でるようにシュロムの手が肌を撫でる。

「ぁ、シュロム……！」

こそばゆい感覚が体を包み、僕はシーツの上で悶えた。

「そのように悶えるお前は愛らしいな」

そんな言葉の一つ一つが僕の耳をくすぐり、脳を甘く揺らす。悶えながら見上げたシュロムは、熱に浮かされたような甘い瞳で僕を見つめていた。

「あっ……」

シュロムが僕の右脚を自身の左肩に乗せ、脛の横に口づける。ふくらはぎに頬を寄せ、赤い瞳で流し見てくるので、息が詰まった。

「っ……！」

焦らすように太ももを撫でつつ、シュロムの右手が僕の中心へ伸びる。緩く立ち上がった陰茎に長く骨ばった指が絡み、僕を昇らせ、昂らせるように裏筋をなぞり、先走りを滲ませる割れ目を拭うように擦られた。

「あっ……あっ……あぁあっ……！」

本来、僕が奉仕しなければならないはずなのに、シュロムの愛撫に翻弄されてしまう。

他人に触られたことのないところに与えられる刺激は、未知の快楽に変わり、上げたことのない声が零れた。

「つあ……！」

逆手でシーツをかき乱し、シュロムの手の中に精を吐き出す。快楽の余韻と共に強張った体から力が抜け、くったりとシーツの中に沈む。シュロムはその様を愛おしそうな目で見ていた。

「ぁ……しゅろむ……」

「俺の手で乱れるお前は愛らしいな」

未だに捕食者のような熱を孕んだ瞳で僕を見ている。でも、その笑みは愛おしい者を見つめるものので、シュロムが僕を慈しんでいるのがわかった。

「もっと見せてくれ、可愛らしいお前を」

僕の吐き出した精を拭ったシュロムが僕の脚を抱えたまま、香油を手に取った。手のひらに落ちた香油は、シュロムの長く骨ばった指を濡らす。香油を纏わせるように指を動かした後、その指が僕の後孔に近づいてきた。

「っ……！」

香油で濡れたシュロムの指が僕の後孔に触れて息を呑む。一番恥ずかしいところを、一番好きな人が触れている。

だけど、それを望んだのは僕だ。シュロムもそんな僕を楽しむように見つめ、指を擦り付ける。ゆっくりとほぐすような丁寧な動きに、僕の後孔はひくつき、シュロムの指の腹を嬲る。

「っあ……！」

くっ……と、後孔を押すようにシュロムの指が動く。僅かにシュロムの指が押し入ってきた。その圧迫感と違和感に声を引きつらせ、シーツを握りしめた。

「ディロス」

シュロムが僕を宥めるように名を呼び、左手で太ももを撫でる。僕を落ち着かせるように、優しく甘い声で。

「っ、あ……はっ……！」

詰まった息を吐き、呼吸を整えながら、シュロムの指を受け入れる。最初は一本を浅く。次に一本を奥まで。慣れたら二本。広げたり、曲げたり、曲げたまま擦ったり。

「あっ……！　あぁっ……！」

陰茎を擦られた時のような快楽はない。それでも、僕を傷つけないように、丁寧に施される愛撫に……僕は乱れ、声を上げたのだった。

「ぁ……」

僕の中からシュロムの指が抜かれて声が零れる。時間をかけてほぐされたそこは、今では三本の指を咥えられるほど慣らされていて、シュロムの指が抜けたことに違和感を覚えるほどになっていた。

視線をシュロムに向けると、彼は右手を拭っている。僕の視線に気づいたシュロムがこちらを見た。

その目を見て――僕はついに食べられるのだ、そう思った。欲にまみれた赤い瞳は、優しさを滲ませてはいるが、同時に激しい餓えも浮かんでいたからだ。

「ディロス……」

　それでも、僕の許可を得ようとシュロムが僕を呼ぶ。焦がれるような、求めるような声で。

「……シュロム。っ……！」

　シュロムの名前を呼ぶと、シュロムの右手が僕の腰をがっしりと掴み、後孔に熱を持った塊を押し付けた。

「っ、あぁあっ……！　あぁああっ！」

　馴染んでいたはずの体を、熱い塊が押し開く感覚に声を上げる。苦痛なのか、快楽なのかわからない感覚が僕を襲い、それを堪えるような、受け入れるような声を上げる。

「っ……！」

　シュロムが息を呑む声が聞こえるけど、僕にはそれを気遣う余裕はなく、ただ声を上げ、その反動で空気を求めた。

　じっくり、じっくりと時間をかけて進んでいたシュロムが止まる。中を押し開く感覚が止まったことにより、僕もようやく深く息を吸うことができた。

「っ、は……！　ぁ……はぁ、あっ……」

　中にある熱は、大きな違和感をもたらしているが、それがシュロムだと思うと嬉しかった。そして、僕の体が馴染むのを待つために動きを止めたシュロムの我慢強さはすごいと思った。

「ディロス。辛くはないか……？」

「だい、じょうぶ……」

　明らかに嘘とわかるだろうけど、ここで辛いと言ったらきっとやめてしまうと思うから、精一杯虚勢を張る。

「そうか」

シュロムはそのことに気づかないふりをして、僕の腰や太ももを撫で、抱えたままの脚に口づけを落として宥めてくれる。自分だって辛いはずなのに労ってくれる優しさが嬉しかった。

「っあ……！」

僕の息が整ってきた頃、シュロムが再び動き出す。はじめは少しずつ、ゆっくりと。そして、だんだん長く、速く。

「あっ！　……っ、あぁっ！」

中を穿つ質量に、声が漏れ、息がまた乱れていく。

「ディロス……！」

「っあ、しゅ、シュロムっ……！」

艶を含んだ声が僕を呼び、僕もそれに応えるようにシュロムの名前を呼んだ。

「あ、あ……シュロムっ……！」

抱えられた足や掴まれた腰から伝わるシュロムの体温……縋れるのであれば縋りたくて両手を伸ばす。

「っ……！　ディロス……！」

僕の脚を降ろし、シュロムが覆いかぶさるように身を屈める。僕はその背に両手を回した。

「あぁあっ……！」

抱きつくようにシュロムと密着したことで、奥に届いていた熱が、さらに奥に潜り込もうと押し付けられ、苦しくて声が上がる。

「っ……離れるぞ」

「っあ……やだ、このままっ……」

ようやく縋れたのに……。離れようとするシュロムに縋りつく手の力を強めた。

「この……っ！　加減してやれなくなるだろうっ！」

「ぁ、……っ、いいよ……、シュロムなら……っ！」

僕への欲を抑えようとするシュロムにそう告げると、シュロムは左腕を僕の背中から頭にすべらせ、唇を奪った。

「んんっ……！　んっ……ふっ……ぁ……！」

中を穿たれる苦しさと、体を曲げられる圧迫感、唇を奪われる息苦しさで意識が歪む。

「んんーっ！」

だけど、それだけではなかった。快楽からは遠い感覚を受け止めていた僕の陰茎に、シュロムの左手が伸び、辛さを堪える僕に快楽の上塗りをしようとし始めた。

「んっ、ぁ……んぁあっ……！」

快楽が背筋を伝い、脳へ届くたびに仰け反り、シュロムの口づけから逃れるように体が跳ねる。

でも、それが許されるわけもなく。また唇を重ねられて、中を穿たれ、精を吐き出す快楽に溺れる。苦しさも快楽もなにもかもまざりながら、僕はシュロムに求められる心地よさに沈んでいく。

「ぁ……はっ、ぁ……ぁ……」

何度も求め合い、精を吐き出した僕らは……いや、僕は、全てが終わった後、くったりと動けなくなり、情けないことに全ての世話をシュロムにさせてしまった。

「浴室に連れていくから、いい子にしていろよ」

気だるい体をベッドに投げ出していたら、夜着を羽織ったシュロムにシーツでくるまれたまま抱えられ、浴室へ連れていかれ、どこもかも洗われて、僅かに快楽を感じるようになった後孔さえ清められた。

「まっ……！　じぶんで、自分でするっ！　からぁっ！」

「動けないんだろう？　俺に任せていればいい」

羞恥と快楽に泣く僕に口づけて、最後まで面倒を見たシュロムは鬼だと思う。

「シュロムの、いじわる……」

「悪かった。お前が可愛すぎてついな」

すんすんといじける僕に可愛かったとか、これからもさせてほしいとか言えるシュロムの面の皮は厚い。精神が図太い。……でも、嫌いじゃない。

「そろそろ機嫌を直してくれないか？」

まるまる洗い上げられ、新しい夜着を着せられた僕は、ベッドの上で芋虫のように毛布に丸まりながら、シュロムに抱き締められている。

僕から仕掛けたことだけど、シュロムに面倒をみられたことも、抱かれている最中ずっとロンが部屋にいたことも、ロンが部屋を片付けたことも全部が全部恥ずかしくなって拗ねまくっているのが今の僕だ。

　自分でも面倒くさいと思うけど、仕方ないじゃないか……！　恥ずかしいのは恥ずかしいんだ！

「ディロス」

　愛おしさと甘さを隠さない声が僕を呼ぶ。ほんの少しだけ頭を毛布から出して視線を上げると、そこには蕩けるほどに甘い微笑みを浮かべるシュロムの顔があった。うっ……！　誰か、みっともない声を出さなかった僕を褒めて！

「ようやく顔を見せてくれたな」

　甘い微笑みを嬉しそうに歪め、僕の額に口づけるシュロム。恥ずかしげもなくこういうことをするのが、なんとも憎たらしい。でも、好きなんだよね……。おかしい情緒に振り回されながらも、シュロムの胸元に潜り込んだ。

「今度は甘えるのか？　いいぞ、いくらでも甘やかしてやろう」

　楽しげに笑ったシュロムが僕の頭を撫で、背中を優しく叩く。あ、ちょ……やめて！　寝ちゃう。寝ちゃうから！

　体力を使い果たした僕に、シュロムの甘やかしはこれでもかと効果を発揮する。まだ寝たくないのに、伝わってくる体温が心地よくて、瞼がだんだん落ちていく。

「また明日話そう、ディロス」

　柔らかい声に、そうか、明日があるかと体から力を抜くと、僕の意識はあっさりと眠りに落ちていった。

SIDE　シュロム

初々しくも艶やかな色気を振りまいていた人物と、今俺の腕の中で幼い寝顔を晒している男が同じ人物だということが信じがたいと思いながら、その愛おしい存在を愛でる。

男を抱くのは初めてだったし、ディロスも初めてだろうから加減しようと思っていたのだが……熱と涙で潤んだ瞳で見つめられたら、我慢ができなかった。

求められたらこうも抗いがたいものかと実感しながら、穏やかに眠るディロスの頭を撫でる。

身を清めた時の反応も愛らしかったし、その後の反抗もまた微笑ましかった。なかなか二人で過ごす時間が取れなかったのだが……ディロスから積極的に動いてくれるのなら、たまには忙しいのもいいものだ。とはいえ、俺は自分が構いたい方なので、今後はもう少し時間にゆとりを持たせたいのだが……なんとも難しいものだ。

ある程度部下に任せるようになったといっても、王としての仕事の手を抜くことはできない。そして、子供達のことも優先すべき事項だ。そうなると、ディロスと過ごす時間が減ってしまう。俺自身の時間もいくらかありはするのだが……今でも、その時間に会いに来ているようなものだからな。

忙しい自身にため息を吐く。生まれた時から定められていた宿命であり、自ら選んだ道だ。そこに後悔はない。だが、こうしてディロスや子供達と過ごす時間だけは、一人の男であり、父親でいたいものだ。

眠るディロスを抱き寄せ、目を瞑(つぶ)る。

腕の中にある温もりがただただ愛おしかった。

6　読み聞かせと隠された歴史

シュロムと体を重ねて、数日は顔も合わせるのも恥ずかしかったのだけど、一週間ほど経ったあたりで落ち着いてきた。

ただ、子供達の前でシュロムと砕けた会話をした際、

「ディロス、ちちうえのことよびすてにするようになったんだな！」

と、ティグレが目を輝かせて言ったことで、イデアルがなにかを察したかのような顔をしたのがちょっと心苦しかった。だけど、子供達と過ごす日々は平穏で心穏やかだ。

シュロムとは、体を重ねる前より距離が近くなったと思うけど、互いの予定や僕の体調を考えて、軽いスキンシップを取るに留めている。

子供達が寝静まった後、二人でベッドを抜け出して、談話室で話したり、書庫で話したりするのだけど……ロンやモリーには、色気がないと呆れられている。

「二人で並んで座っているのに、話す内容が子供達のことか、歴史や戦術なのはどうかと思います」

というのがモリーの言だ。ロンは、普段の様子と色気のある雰囲気になった時のギャップが楽しいと言っていたけどね……

僕らのその……性的な触れ合いの時は、ロンだけが、従者兼護衛として控えているのだけど……なんというか、やっぱり恥ずかしいよね。

まあ、本来は侍女達も側に控えるものなのに、部屋の外で待機してくれているので、まだ譲歩してもらっているんだと思うけど……やっぱりこう……僕らの関係を知っている皆の視線がねぇ……！　こういう時、日本人だったことを恨みたくなる。思い出さなければ、側妃とはこういうものだと思っていただろうに！　……思い出さなかったらここにいないけどね。

ちょこちょこ側妃という立場に違和感を抱きつつ、遊んでいる子供達を見るとまあ、いいか……という気持ちになる。

「ほら、そろそろ寝る準備しよう。書庫から好きな本を選んでおいでー」

「はーい！」

「あ、まってってアグノス！」

「二人とも！　走ると危ないよ！」

談話室で転がっていた子供達に声をかけると、アグノスが先陣を切って駆けていき、それをティグレが追いかけ、そんな二人をたしなめつつイデアルが追いかけていく。まるで本当の兄弟のようだと思いながら、僕も三人を追いかけた。

「どれにするか、決めた？」

「まだー！」

開きっぱなしの書庫の扉の外から声をかけると、アグノスの声が返ってくる。

「これは、このまえよんでもらったしー」

「これはー？」

「これもよんでもらったってー」

中を覗き込むとティグレが本を一つ一つ取りながら、これじゃない、これでもない、とやっているる側でアグノスがあれは？　これは？　と指を差している。イデアルは、その様子を視界に入れながら、本棚へ視線を滑らせていた。

「二人とも、これは？　私が来てからは読んでもらった覚えがないのだけど……読んでもらったことはあるかい？」

「んー？　にいさま、ない？」

「うん、ない！　さすがですあにうえ！」

「あにうえ、すごい！」

読んだことのない本をあっさりと見つけたイデアルに目を輝かせて、手放しでほめるアグノスとティグレ。イデアルは照れくさそうにしながらも嬉しそうに笑っている。

「それでは、ディロス様。こちらをおねがいします」

そう言って、イデアルが差し出した装丁が凝ったその本は、表紙に『王太子と忠義の騎士』と書かれていた。見覚えがないなと思いながら受け取り、中身を確認する。僕が幼い頃に読んだ覚えもなければ、アグノスにも読んだことのない本だな。いや……似た話は知っているのだが……一部が違うというべきか。

一応僕はこの書庫の持ち主であるはずなのに、今までこんな本があることに気づかなかった。背表紙にもタイトルが入っているから気づかないわけないと思うのだけど……新しい本が入る時は、知らせが来るし……

「とうさま？」

「ディロス？」

本について思考を巡らせていると、脚元からアグノスとティグレの声が聞こえる。読んでもらえると目を輝かせているアグノスやティグレを待たせるわけにはいかない。

「それじゃあ、部屋に行こうか」

困惑を隠しつつ笑みを浮かべて、四人でアグノスの部屋へ向かう。

「とうさま！　はやく！　はやく！」

「ディロス！　はやく！」

「こら、急かしたら読みづらいだろう」

アグノスとティグレをイデアルがたしなめる様子に苦笑しながら、僕はベッドの横に用意された椅子に腰かける。

「はいはい、今読むからね」

アグノスとティグレの頭を軽く撫で、本を開いた。

これは、ある王太子と忠義の騎士の物語。

とある時代に国を荒らす暴君が誕生した。国は疲弊し、民は餓え、初代国王の血脈とは思えぬ行いに、人々は怒りを募らせた。

そんな中、暴君である王の息子……王太子が父王を止めるべく、自身の幼馴染である騎士と共に立ち上がった。

王太子は父王に刃を向けるが、振り降ろすことができず、逆に父王に反撃された。

しかし、父王の狂刃が振り降ろされる直前、騎士が父王の胸に剣を突き刺した。

倒れ伏す父王。全ての元凶が倒れた直後……父王を刺した騎士が口から血を吐いた。目を見開いた王太子に騎士が告げる。

「王宮騎士となった私には、王により誓約の魔法がかけられていました。王族に刃を向ければ、死に至る、呪いとも呼べる魔法が。王を殺した私は、もうすぐ命を落とすことでしょう。……あなたが善き王となることを願っております」

泣き縋る王太子にそれだけを言い残し、騎士の命は尽きた。

己の知らない誓約と、自身が父王を下せなかったせいで命を落とした騎士。その後悔と騎士の遺言を守るべく、王太子は善き王となり、平和な治世を続けた。そして、シィーズ国は今も栄華を極めている。

……やはり、僕の知る物語とは違う。大筋は同じだが、ラストのシーンが決定的に違う。この本はいったい……？

「ディロス様?」

本を読み終えた僕にイデアルが声をかける。ハッとして子供達を見ると、アグノスは寝息を立て、ティグレもうつらうつらとしていた。

「ああ……ごめんね。僕の知っている内容と違うから」

本を閉じ、ティグレを撫でる。撫でられたことでふにゃりと笑って甘えてくる姿は可愛かった。

「そうなんですか?」

イデアルが首を傾げる。

「うん。僕の知っている物語には誓約の魔法についての記述はなかったし、騎士は王太子を庇って死んじゃって、父王を倒したのは王太子だったから」

幼少期に読んだものや大人になってから読んだ歴史書と照らし合わせても、この本のような逸話はなかったはずだ。年代や設定的に同じ話だと思うんだけど……

「そうなんですね……なぜ、違いがあるのでしょう?」

「うーん……考えられることは、こちらが本来の歴史で……僕が知っている方が改変されたものなのかも」

僕が知っている物語は一般的に流通しているものだ。だから、王太子が初代国王の血筋の優秀さを示した、という趣旨になっている。でも、この話はそうじゃない。王家の威光を陰らせるものが、物語として残されるとは思えなかった。

「不思議、ですね……」

僕の話を聞きながらも、眠そうなイデアルの頭を撫でる。ティグレはすでに眠っている。このまま話し続けるのはよくないだろう。

「そうだね。僕も気になるから、調べておくよ。なにかわかったら教えてあげるから、イデアルはおやすみ」

「……はい、おやすみなさい」

イデアルの頭を眠るまで撫でてから、僕は部屋を後にする。

さて……この本について調べないと。まあ、調べるというより……尋ねた方が早いと思うんだけどね。

本を持ったまま向かうのは書庫。そして、僕の後ろにロンがついてきた。

「なにか聞きたいこととかあったりします？」

書庫に入り、扉を閉めると同時にロンがそう尋ねてくる。

「あえて言うなら、いつの間に仕込んだの？　って感じかな」

僕の知らない間に、本を紛れ込ませるなんて、他の侍女や従者じゃ考えられない。なにか仕込むなら暗部のロンだろう。内容が内容だから、シュロムの指示かもしれない。

「本の内容についてはないんですね」

「どうせ、答え合わせに必要なものもここにあるんじゃない？　自分で調べたいから、ネタ晴らしはしないでね」

「了解でーす」

本をテーブルに置き、僕は思い当たる年代の本が収まっている本棚を物色する。そして、やはり見覚えのない本がシレッと収まっているのを発見した。

「見つけた！」

おそらく、僕の知らないこの国の歴史が詰まっているであろう本を抜き取り、ウキウキした気分でソファーに座る。

開いた中は見慣れたシュロムの文字で、子供達に読んだ本の歴史を詳細に書いたもの。当時の王の悪行や王太子の苦悩、騎士にかけられた誓約の魔法についても詳しく書かれていた。

「忠誠の誓い……」

ポツリと呟いたそれは、王宮騎士や暗部が王に誓うもので、王の血族……神の加護を持つ王族を傷つけた時に誓約が発動する。そして誓いを破った代償として誓約の魔法が数倍になって反転し、場合によっては命を落とすというものらしい。

いろいろ条件があり、発動後も解除方法はあるようなのだけど……王族の命を奪った場合の致死率は百パーセント。軽く傷をつけた程度でも、国王が解除しない限り、痛みに苛（さいな）まれるとのことだった。……これ、僕が知っちゃマズイものなのでは？

「ロン……これ、王家の秘密だったり……」

「しますねぇ」

青ざめた僕に、ニコニコと笑みを浮かべるロン。

「まあ、詳しくは、俺より適任な人がいるのでそっちに聞いてください」

そう言って開いた扉の向こうには、シュロムが立っていた。

「シュロム⁉　いつからいたの⁉」

扉の前で待っていた感じのシュロムに、慌ててソファーから立ち上がる。いや、だって……僕、すごく集中してたもの！

「気にするのはそこか？　なんでこんなもの読ませたんだくらいの言葉は覚悟していたんだがな」

シュロムが僕に笑いかけた。

「いや、だって……シュロムがこんなことをするのには理由があるだろうし」

「その信頼はありがたいが……知りたくもないことを知らされたと責めてもいいんだぞ」

戸惑いながらもシュロムを見つめると、シュロムは僕の頬を撫でる。

「だが、そう言ってもらえて少し心が軽くなった」

そう言って、笑みを浮かべ僕を抱き締めるシュロムはいつものシュロムだけど、なんだか子供のようにも見えた。

「……僕に話せることは多くないと思うけど、あなたの側にいると決めたから……あなたが教えてくれることは受け入れるよ」

シュロムの背中に両手を回し、その広い背中を抱き締める。誰よりも強い人だと思うけど、強さゆえの孤独があるのならそれを少しだけでも和らげられる存在になりたかった。

「……そうか」

そう呟いてしばらく僕を抱き締めた後、シュロムは僕の額に口づけを落として離れる。

「少し……情けないところを見せたな」

「気にしないで。それより……どうして僕にこのことを教えてくれたの？」

「お前も王家に連なる者だからな……それと、お前の知識を借りたい」

「僕の？」

僕の知識なんて、学者や教師に比べると趣味の領域でしかない。……前世の知識もあるけど、それは些細(ささい)なものだ。シュロムの期待に応えられる気はしなかった。

「そんな顔をするな。お前の知識は、専門にしている人間と遜色(そんしょく)ないほど素晴らしいものだ。……座って話そう」

その期待は重い――だが座るよう促(うなが)されたので、大人しく従う。真面目な話だからか僕の正面に座ったシュロム。まっすぐ僕を見つめる瞳は真剣なものだった。

「まず、なぜ隠された歴史を知らせたかというと……お前に、王家の歴史を子供達に教えてほしいからだ」

「歴史の先生がいるんじゃないの？　今はお休みしているけど……イデアルには、つけてるはずでしょう？」

「まあ……一般的なものはな。だが、隠された歴史は、俺自身が若い時に古文書を読み解いたものなんだ」

シュロムの言葉に目を見開く。シュロムの字で書かれていたからおそらくはそうだろうと思っていたけど……本当になんでもできる人だなぁ。

「まあ……それも一部でしかないんだがな」

「一部!?　これで!?」

この国の歴史は長いし、今ではもう残ってないものもあるとは思うけど……それでも、これ以外にも古文書が残っている事実に驚いた。

「それは、比較的新しいものだったからそこまで難しくなかったが……建国時代のものは一割も解読できていない」

「けっ……!?」

建国!?　そんな古いものまで!?　ほとんど神話のような話なのに……当時のものが!?　これは、前世で『シィーズ国戦記』のファンだった僕としても、今世の僕としてもすごく気になる。

「が、学者に解読してもらったりはしないの!?」

「それがだな……その内容には忠誠の誓いのような王家の秘術も含まれている。おいそれと外部の人間に解読させるわけにはいかないさ」

「あ……うん、そうだよね……」

あの内容を読むと確かにそうだ。忠誠の誓いのような秘術と呼べるものは、表に出すべきではない。どのような効果があるかはわかっているし、魔法の詳細が残っているのなら、悪用されかねないからだ。王家の人以外が解読するのは避けた方がいいだろう。

「まあ、俺としては、老後の趣味の一つにでもするかと思っているんだがな。お前も参加するか？」

「えっ!?　えっ!?」

シュロムの悪戯っぽい笑みとその言葉に戸惑う。そんな大事な文献の解読に参加していいのかという思いと、老後まで共にいてくれるのかという思いで。老後……老後って！　気が早い！　でも、嬉しい……！

「あ、え……じゃ、じゃあ……その時が来たら……お願いしてもいい？」

「ああ」

真面目な話をしていたはずなのに、遠い未来でシュロムと一緒に好きなことができるかもしれないと浮かれた。だ、駄目だな……。誰も知らないことを知ることができるかもしれないということに全部持っていかれている気がする。

「あ、えっと……そ、それで、この国に隠された歴史があるのはわかったんだけど……子供達の教師……って？」

浮かれてばかりではいけないと、話を元に戻す。シュロムは楽しげに笑っているけど、シュロムがあんなこと言うから脱線したんだよ……嬉しかったけど！

「お前は、学ぶ意欲もあるし、この国の歴史や戦術だけでなく、他国のものにも興味を持っているだろう？　子供達に広く学んでもらうには他の教師よりも適任だと思ったんだ。できることなら、王家が隠してきた歴史も含めて……お前から子供達に教えてほしい」

僕をまっすぐ見つめるシュロムが本気で言っていることがわかる。……僕なんかでいいのだろうか。でも、王家以外の人間に隠された歴史を知られるわけにはいかないし、それを考えると……僕が適任……適任なのかなぁ……

「……わかった。正直、自信はないけど……シュロムがそこまで信頼してくれるなら頑張ってみる」

「そうか、ありがとう」

　ホッとしたように笑ったことで、彼が緊張していたことに気づいた。そりゃそうだよね。ここまで明かして、断られたら困るし……

「あ、でも……僕が教えることになったら、イデアルの教師は……」

「紹介状を書けばいい。もともと、離宮の人事を整理中だ。他の教師陣も見直してるから、お前は気にしなくていい」

　気にするなっていうのは、僕には難しいんだけど……そのあたりは、僕が口出しできることではないし、僕は僕ができることを頑張るしかないか……

　その後はたった今知った隠された歴史の話に移った。

　そんな僕らを見ていたロンが真面目な話をした後とはいえ、二人っきりで過ごしているのに色気がなさすぎる、と呆れたのは別の話……なのだけど、その後ちゃっかりシュロムにお持ち帰りされたので、ロンは満面の笑みだった……

◆◇◆

「今日は、神の加護について勉強しようか」

「はい、ディロス様」

子供達の教師役を任された翌日から、僕はイデアルの勉強を今まで以上に見るようになった。

アグノスとティグレには、詳しい話はまだ早いし難しいだろうから簡易版の物語を読み聞かせるだけだけど、イデアルとはあの日一般的に知られている話との差異を教えると約束していたからだ。

隠された歴史を教える時は二人だけ……もちろん侍女や護衛騎士達はいるけれど、その人達は暗部兼任で王家の信頼が篤(あつ)い人達だ。

今日は、ある程度貴族にも伝わっている神の加護を教えるつもりなので、庭で遊ぶアグノスとティグレを眺めながらの授業である。

「それじゃあ、まずはイデアルの知っている神の加護について聞いていいかな？」

「わかりました。まず、以前読み聞かせをしていただいた初代国王の物語に始まり、王から子へ、王から王へと受け継がれる加護です」

「うん、よく覚えているね」

僕の問いに正しく答えてくれたイデアルを褒めると、イデアルは照れながらも嬉しそうに頬を緩める。

「じゃあ、より詳しく解説していくね。まず、神の加護と言われているけど、その加護には二種類あるんだ。一つは魔力を抑えるための加護。そして、もう一つが王としての加護だね」

一般的に神の加護と言われているものは、一つだけだと言われているけれど、王家の歴史を学んで二つに分かれていることを知った。それは、シュロムから渡された本に書かれていたものでもあるし、シュロムに直接聞いて詳細を知ったものでもある。

「まず、魔力を抑える加護は、王の血を引く直系王族なら誰もが持っているもので、王の子だけでなく、王の孫にも引き継がれることがあるんだけど……仮にシュロムが存命の状態で、イデアルとティグレ。どちらにも子供が生まれたらその子供達の神の加護はどうなると思う？」

「……存命の場合、ですか。……叔父上の子であるアグノスが先王が生きている時に生まれ、瞳に加護が現れているということは……私の子もティグレの子も加護を得ると思います」

「うん、正解」

現状を確認しつつ答えを出したイデアルは、十歳の子供にしてはやはり賢いと思う。今世の僕も前世の僕もそこまで考えて答えを出すなんてできなかったもの。

「それじゃあ、先述した状態でアグノスに子供ができたら？　アグノスの子供にも神の加護はあると思う？」

「……いいえ。先述した状態であれば、すでに父上が王となっています。この場合、アグノスは先王の孫として傍系になるので、直系王族の持つ神の加護は受け継がないと思います」

「そうだね。それであっているよ。一応、加護の名残として瞳の色が薄い赤系統になるのは確認されているけど、傍系の場合、金髪の子が生まれるのは王族でない方の親も金髪の時に限られる。そのことから赤い瞳が魔力を抑える加護。金髪が王としての加護だと考えられているね」

金髪に関しては、元々金髪の遺伝子もあるから不確定なものだと僕は考えるんだけど、黒髪の王妃を迎えても生まれる子は金髪らしい。そして、外に婿や嫁に行った王族の子は王としての加護から外れるのか、金髪以外の髪色の子供が生まれることが多いというので、おそらくこの世界ではそういう法則なのだと思う。

「では、もしも。ティグレの第一子が加護持ちだったとして……イデアルの即位以降に生まれた子供はどうなる？」

「私が即位した時点で、ティグレは傍系になるので、それ以降の子供に神の加護は受け継がれないのかと」

「そうだね。よくできました」

きっちりと正解を導けたイデアルに小さく拍手をする。恥ずかしそうに笑うイデアルが可愛い。

「ですが、もし……私が即位した後、私が早逝したり、子供も途絶えた場合……神の加護はどうなるのでしょうか？」

イデアルが呟く。こればかりは、今まで例がないのでなんとも言えないのだが……僕とシュロムの中では一つの仮説ができていた。

「それに関しては、王としての加護の話になるね。まず、長いこの国の歴史の中で今まで直系王族が途絶えたことはない。王妃が子供に恵まれなかったとしても、側妃や妾を取ってきたからね」

今もこうして側妃という存在が許容されていたり、後宮が存在していることから、直系王族をどれだけ重要視しているかがわかる。

「だけど、王としての加護が、親から子に、王から王へしか受け継がれていないことを考えると……もし、直系王族が途絶えた場合、神の加護は消えると僕とシュロムは思っている。王から孫へ……は受け継げるかもしれないけど、王から王弟、王から甥へは難しいんじゃないかな」

今まで実例がないからなんとも言えないけどね……。実例を作ろうとして加護を失いましたとかになったら目も当てられないから、確かめることもできない。

「そうですか……なら、王としての加護は、なんのために存在しているんでしょうか？」

「おそらく……次の王族に加護と魔力を受け継がせるためかな？　仮説でしかないけどね。それを考えると傍系に引き継がれないのは、血統の正統性を守るためと増やしすぎないためというのもあるかもしれない」

「なるほど……」

「建国時の文献が出てきたら、神の加護についても詳しくわかると思う。だけど、今わかってるのは、これくらいなんだ」

シュロムは、古文書はあるって言っていたけど、今と当時では文字や単語が違ってほとんど読めないらしいし……たぶん、日本でも古文書は書き崩されて一般人じゃ読めない字がほとんどだし、それ以上の解読難易度なんだと思う。いつか、一緒に解読できたら楽しいだろうなぁ……

「ディロス様？」

「え、あ……ごめんね。当時の文献があったら読みたいなぁと思っちゃって……」

「ディロス様らしいですね」

僕の答えに笑みを浮かべるイデアルに、僕ってそんなに歴史が好きって言っているかな？　と、思ったけど、時間があれば書庫の本を読み漁ってるから、誰が見ても立派な歴史オタクで戦記オタクで軍略オタクかもしれない……

「そ、そうかな？」

子供であるイデアルにすらそう認識されていることを自覚した僕は、自分自身の好奇心を戒める

ことはできないなと反省しながら曖昧に笑ったのだった。

7　平穏を崩す音

長雨の続く秋。王宮で俺――シュロム・シィーズは執務に追われながら、日々を過ごす。牢から逃げた男の行方は未だ見当もつかず、自身の至らなさを実感しながら。そして、今日も変わらぬ日になると思っていた。

――ドォオオオオン！

俺の背後……窓の外の遠くから聞こえてきた爆発音に、執務室にいた全ての者が振り返る。離宮を囲む庭園。その庭園を流れる水路の下流。いや、下流にあるはずの水門から煙が立ち上っていた。それこそ、なんらかののろしのように……天高く黒煙が上る。

「つ！　侵入者だ！　兵を纏めろ！」

咄嗟に指示を出すも、今度は甲高い音が雨音を突き破るかのように響く。それは、軍部からの緊急信号の一つだった。

「ぐ、軍部より反乱があったことを示す信号弾が上がっております！　色は赤！　軍部内で一部の者が反旗を翻したようです！」

執務室の警備を担当していた護衛騎士が扉を開けて駆け込んでくる。なにが、なにが起こっている……

いいや、そのような問いは愚問でしかない。今、やるべきことは、これらを早く終結させ、我々や、家族の身を守ることだ。

護衛騎士が次々と集まる。護衛騎士団長のイロアスと宰相のノウリッジも駆けつけた。

「陛下！　ご指示を！」

ノウリッジの言葉に、考えを巡らせ告げる。

「ノウリッジ！　お前は、状況を確認しつつ、王宮内の避難指示を！　イロアスは、今王宮にいる隊を編制し直して、軍部への援軍と隠し通路の防衛を！　俺の護衛騎士は、俺と共に離宮へ行くぞ！」

「はっ！」

いくつもの声が揃い、俺の指示のとおりに動き出す。

頼む、俺が着くまで無事でいてくれ……！

◆◇◆

突然響いた轟音に、談話室にいた全員が身を竦める。

「とうさま……」

雨が続いて庭で遊べないアグノス達のために本を読んでいた最中だった。怯えたアグノスが僕に縋りつく。

「……水門の方から黒煙が上がっています」

窓の外を見たロンが淡々と告げる。

「……今日の水門の警備は？」

混乱しているはずなのに妙に冷えた頭で、ロンに問いかけた。

「配置してないはずです。このところの長雨で増水していましたからね……侵入者にどれだけここの情報が漏れているかわかりませんが、今すぐ避難しましょう」

ロンが避難を促す。でも、どこに？　子供達を連れて逃げるにしても、この雨の中、外に逃げるのは悪手だ。

「逃げるってどこに？」

「避難用の地下通路があります。そこから宮殿の外に出れば……」

地下通路があるのであれば……確かに、外に逃げ出すよりは安全に逃げられるだろう。

「……その地下通路が知られている可能性は？　あの爆発音が陽動の可能性はない？」

「王族と暗部、護衛騎士団長しか知らない通路ですよ？」

「それでもだよ」

信じられないといった表情のロンに僕はアグノスだけでなく、ティグレとイデアルも抱き寄せる。

考えろ、考えろ……どうすれば、三人が、皆が助かるかを。

「……地下通路は、王宮に通じてる？」

「王宮に行くっていうんですか⁉　軍の緊急信号の音もしました！　王宮だって、安全なわけじゃない！」

「……僕達だけで逃げるより、安全だと思う。僕はシュロムを信じる」

僕達についている護衛騎士は少なくないが、それでも侵入者の数がわからない今、この数で外に逃げ出すのは良策とはいえない。

いいや、本当は、二手に分かれてティグレかイデアル、どちらかだけでも生き残るようにして、王家の血脈を確保するのが最善の手だろう。

だけど、どちらかしか生き残れなかったら僕は死んでも死にきれない。だから、今王宮で奮闘しているだろうシュロムを信じようと思ったんだ。シュロムに子供達を託すことを決め、僕はもう一つ決めた覚悟を口にする。

「ロン、子供達をお願い。僕はここに残る」

「っ、なに言ってんだ、あんた！」

「ディロス様っ！」

ロンだけでなく、イデアルまで悲痛な声で叫ぶ。

「侵入者が誰かはわからない。でも、それがリスティヒなら……僕なら少しは足止めができるかもしれない」

「ふざけるな！　死ぬ気か！」

「……うん。この中で、死んでも問題ないのは僕だけだから」

王族であるティグレやイデアルはもちろん、その血を引くアグノス、三人を守り支えるロンや侍女達。誰一人死なせるわけにはいかない。

それに比べたら僕はただの伯爵家出身の側妃。それも、王家転覆を目論んでいた侯爵家のお飾りの婿だった男だ。死んでしまってもなんの問題もない。

「だ、だめです！　そんなこと、言わないでください！」

子供達の中で唯一状況を理解しているイデアルが僕に縋りつく。でも、僕の決意は固かった。

「イデアル。ティグレとアグノスをお願いね」

「いや、いやです！　いやだぁあああっ！」

「とうさま？　あにうえ、なんで、なんでなくの？　なんでっ！」

「あにうえ？　どうしたんだ？　泣かないでよお……っ！」

尋常じゃないイデアルの様子に、アグノスやティグレまで泣き出す。

「ごめんね。アグノス、ティグレ。イデアルとシュロムの言うことをちゃんと聞くんだよ？」

泣きじゃくる子供達を抱き締めた後、侍女達に任せる。離れようとせず、最後まで服を握っていた子供達の手を解いて、僕はロンに向き直った。

「ごめん……子供達のことお願い」

「俺が無理やりあんたを連れていくって言っても聞かないんでしょうね」

「残りたがる大人を無理やり連れていくよりは、子供だけ連れていった方が楽だろう？」

すでに覚悟を決めた僕の様子にロンはため息を吐く。

「俺も残ります。あんただけを置いていったら俺が陛下に殺されちまう」

「そんなっ！」

「あんたの言葉は聞きませんよ。俺の話を聞いてくれなかったからな。それに、戦える人間がいた方が時間は稼げるだろう？」

皮肉げに笑うロンになにも言えなくなる。ロンはモリーに告げた。

「モリー。この前教えた正しい道は覚えてるな」

「はい！　お養父様！」

予想もしていなかったモリーの言葉に目を見開いた。

「前にちょっと言いましたけど、才能あったんでエリーとメリー達の許可をもらって養女にしたんですよ」

「反対されたけど、暗部として皆様を陰ながら守りたくて！」

「聞いてないけど！」

「私も聞いてません！　モリー、どういうことなの！」

僕の驚愕の声とマリーの悲鳴が重なる。モリーの姉であるマリーですら初耳とはどういうことだ。いや、暗部だから身内にも内緒なのかもしれないけど、祖母であるエリーと母であるメリーは知っていたのにマリーだけ知らなかったのが可哀想すぎる。

「だって、姉様。お母様達より反対するもの」

「するわよ！　可愛い妹なんだから！」

「はいはい、姉妹喧嘩しないで。今、緊急事態だからねー」

元凶の一つであるロンが間に入った。

「王家の影であるメッザノッテ侯爵家当主として命じる！　ここに残るのは俺とディロス様だけ。他は、モリーの案内で地下通路へ。もし、地下通路が知られていたら交戦もあるだろう。護衛騎士はイデアル様達の護衛を最優先に。行け！」

静まり返った談話室にロンの号令が響き、皆が一斉に動き出す。ここで、本来の身分を明かすのはずるいよ……

「やだ、とうさまっ！　とうさまぁああっ！」

「ディロス！　なんでっ！」

「ディロスさまぁああっ！」

侍女に連れられていく子供達の叫びを聞きながら僕は、まだ残るエリーを見た。

「……お二人の覚悟、しかと見届けました。しかし、どうか最後まで生きることを諦めないでください」

「わかってる」

エリーを見送り、僕はソファーに座った。

「……付き合わなくてもよかったんだよ？」

「言ったでしょう。あんただけを残したら俺が殺されるって。まあ、外にも残っている護衛騎士がいるし……それを突破してきたやつくらいは止めてみせますんで。二人揃って生き残りますよ」

いつものように笑うロン。ほんの少しだけ、生き残る希望が湧く。

「……うん」

雨の降りしきる中、外では戦いの喧騒が響き始めていた。

◆◇◆

外から届く喧騒が……剣戟の音が徐々に激しさを増していく。それは、子供達が逃げるとすぐに近づいてきた。

僕は、ロンと共に談話室で待つ。その時が訪れるのを。

玄関の扉を破る音が響き、数人の足音が談話室に近づいてきた。そして、いくばくの時間もなく、談話室の扉が開いた。

立ち上がり侵入者に向き直ると、そこにいたのは、予想していたとおり、グラオザーム侯爵家の筆頭執事であるリスティヒとその配下達だった。

「おや、あなたに出迎える度胸があるとは」

血で濡れた双剣を両手に下げ、リスティヒは僕を嘲るかのように顔を歪めた。

「……君だと思ったから。それに、僕の命で時間を稼げるなら安いものだし」

「はっ！　随分と自分の価値を高く見積もっているようだ！　貧弱なお前と従者一匹！　どう時間

を稼げるというのか！」

リスティヒが苛立ったように叫ぶ。背後に控えていた男達が飛びかかろうとしたが、リスティヒは右手を上げて制した。

「こっちは私一人でいい。お前達は地下通路を探せ！　見つけたら半分は王宮、残りはそれ以外に分かれろ。アグノスだけではなく、王子共がいたら生かしておけよ！」

リスティヒの言葉を聞き、男達が散る。僕は疑問を抱いた。

「どうして、君が地下通路のことを……」

「さぁな、当ててみろよ。本を読むことしかできないその頭でな」

侮辱するようなリスティヒの笑み。彼にとって、僕はその程度の存在なのだろう。

「あんまり、うちの側妃様をいじめないでもらえます？　それと、あんた、その側妃様にしてやられたんだろ？　足を掬われたのに見下してんじゃねぇよ」

ロンがいつものように笑みを浮かべ、上着の内側から二本の短剣を取り出す。

「……ただの従者かと思えば、影だとは。国王はその人形に随分と入れ込んでいるようだな」

リスティヒの表情が忌々しいものを見るようなものに変わる。ただでさえ緊迫していた空気が一層張りつめた気がした。

「この人は人形なんかじゃないんでね。うちの陛下唯一の側妃様をあんたみたいな逆賊に触れさせるわけにはいかないんだ」

「忌々しい……その減らず口叩きのめしてやろう！」

剣を構えた二人が、どちらともなく地を蹴る。甲高い鉄のぶつかる音。魔導ランプに照らされた談話室で剣舞のような戦いが始まった。

「はぁっ！」

「っ！」

リスティヒの左手の剣をロンの短剣が弾き、右手の剣を身を反らして避ける。僕の目では追うのがやっとだが、どうやら二人とも身体強化系の魔法を使っているようだ。

「ええい、ちょこまかと！」

「それが取り柄なんでね！」

どちらかが一手でも読み違えれば、血の流れる本気のぶつかり合い。どちらも手練れであるから拮抗しているが、一瞬の乱れでどちらかが死ぬ。そう思わせる戦いだった。

一見互角だが、おそらくはロンの方が上手なのだろう。ロンは僕を庇いながら戦い続けている。リスティヒを僕に近寄らせずに。

足手まといの僕がいるロンの方が不利なのに、一向に変わらぬ戦況に僕は安堵していた。

「っ！」

リスティヒがロンの短剣を避ける。だが、避けきれなかったようで整った顔に傷が走り、眼鏡が飛んだ。だけど、その一瞬後ロンの動きが止まる。

「っ……ぐ……かはっ……」

「ロン！」

口から血を吐きながら、膝をついたロンを見て僕は悲鳴を上げた。なぜ……ロンは一度も攻撃を受けなかったのに。青ざめる僕の目の前で、金色の髪が揺れたような気がした。

視線を向けると、そこにはリスティヒが立っている……立っているはずだった。だけどそこにいたのは、金髪で、赤い瞳をした男。王族の加護を持つ男。その顔には、さっきロンがつけた傷が刻まれていた。

「り、リスティヒ……」

なぜ？　なぜ彼が……？　と、思うと同時に、グラオザーム侯爵家になぜ姿を変える魔道具があったのかという謎が解けた。彼の姿を偽る(いつわ)ためだったのだと。

そして、彼が王族ということは……ロンの吐血は……

「忠誠の誓いを破ったことによる反転……」

リスティヒの傷は浅いから、ロンがすぐに死ぬことはないだろう。でも、傷つけただけでもあれほど苦しそうにしているのであれば……これ以上戦うのは無理だ。

「ああ……どうしてくれるんですか。せっかくの変装用魔道具が壊れてしまった。気に入っていたものだったんだがな……」

青ざめる僕をよそにリスティヒは双剣をまとめて左手で持ち、空いた右手で血を撫でつけるように髪をかき上げる。

「くそっ……陛下とイリスィオ、以外の王族とか……予想できるかよ……」

「イリスィオ様だろっ！」

口から血を吐いているロンにリスティヒの蹴りが入った。

「っあ……！」

「ロン！」

脇腹を蹴られたロンが壁に打ち付けられ、短剣をとり落とした。

「本当は、正体を明かすつもりはなかったんだがな」

「君は……いったい」

面倒くさそうにロンを見下ろしたリスティヒに、僕は震えながら問う。

「別に……その昔、ここから逃げ出した女がいただけさ」

そう言って……リスティヒは足音を立て近づいてきた。

「その人が……君の母親だと……？」

「そのとおり。そして、当時のグラオザーム侯爵の妹……バリシアの叔母だった」

静かに語られる事実。それは僕の知らない──『シィーズ国戦記』で語られることのなかった話。

「先王時代。母は、ここで娼婦以下の扱いを受け、こんな雨の日に水路へ身を投げた。だが、運悪く生き残り、身を投げたと知って妹を捜していたグラオザーム侯爵に保護されたのさ。残念ながら心は壊れていたようだが……そうして私が生まれた」

リスティヒの話が本当だとしたら、リスティヒはバリシアの従兄弟(いとこ)で、シュロムやイリスィオ殿下とは異母兄弟ということになる。

「じゃあ……君はバリシアの愛人じゃなかったと……」

「いや？　私とバリシアに肉体関係はあったし、イリスィオもバリシアの愛人だったさ」

リスティヒが僕の前に立ち、見下ろす。

「私達は、ただ互いを慰め合っていただけさ。母を王に壊された者同士、王家への恨みを抱えた者同士な」

「っ……！」

リスティヒの右手が僕の首を掴み、絞める。その手を離そうと彼の腕を掴むが、僕の力では引き剥がせそうになかった。

「ずっとずっとこの場所を憎んでいた。この国を、この国に住む者達も！」

リスティヒの怒声が談話室に響く。

「今の王になったから暮らしが良くなった？　それ以前に犠牲になった人間がいたのに！　忘れて暮らす奴らが！　正妃の子供であるというだけで！　第一王子だったというだけで守られて暮らしてきた奴が王であることも！　なにもかも！　憎らしくて壊したかった！」

意識が遠のきそうになる。それでもなんとか堪えようと、狭まった気道で息をしようとする。

「っ……ぁ……！」

だが、指の力が強くなり、もう無理だと、リスティヒの腕を掴んでいた手から力が抜けそうになった。

「ディロス様から離れろ！　この下郎！」

若い女性の声が響く。リスティヒが僕を放り投げた。

「ぐっ……！」

「ああ……っ、鬱陶しいっ！」

モリーの一撃をかわしたリスティヒが、双剣を構え直す。

「あぐっ……！　っ……！　も、モリー……っ！　なんでっ……！」

地面に落ちた僕はなんとか息を吸う。子供達と一緒に行ったモリーがなぜここに……

「嫌な予感がしたので戻ってきました！　道順はミゲル様に教えてきましたのでご安心を！」

モリーはいつもと変わらない笑顔を向けてくれる。

「はっ……戻ってこなければ少しは生きている時間が延びたものを！」

二つの短剣を逆手に構えたモリーに、リスティヒが襲いかかる。モリーがそれに応戦するけれど、その動きは僕から見ても余裕のないものだった。

「弱い！　弱い！　弱い！　この程度で私に挑もうなど！　身のほどを知るがいい！」

「っ……！　弱くても！　退けない時があるんですよ！」

「くだらん忠誠心だなぁあ！」

モリーは押されながらも、僕とリスティヒの距離をあけるように動く。

計算なのか偶然なのかわからないけど、彼女なりに僕を守ろうとしてくれているのだ。

「っ……」

視界の端で、ロンの腕が動く。声を上げそうになったが、リスティヒに気づかれてはいけないと口をつぐんだ。ロンは、短剣を拾い、音もなくゆらりと立ち上がる。

「大人しく寝ていろ、雑魚が！」

「あっ……！　つう！」

短剣を飛ばされたモリーの顔に赤い線が入り、よろめいた体をリスティヒの回し蹴りが襲う。

「っ⁉」

「ちっ……！」

吹き飛んだモリーの体。その瞬間、リスティヒに迫るロンの短剣。

「死に損ないがぁああっ！」

回し蹴りの後の不安定な体勢を立て直し、リスティヒはロンの短剣を弾き飛ばし、肩に左手の剣を突き刺した。

「つううう！」

「お前も大人しく寝ていろ！　邪魔だ！」

「ぐああっ！」

ロンをもう一度蹴り飛ばしたリスティヒが談話室の中央で肩で息をしながら、ロンを見下ろす。

「忠誠の誓いの反転を受けながらも飛びかかってくる根性は褒めてやるが、こいつにそこまでの価値を見出すとはな」

リスティヒが僕を見た。

「このままここで殺そうかと思ったが……やめだ。お前は、生かし続けて、私がこの国を壊すところを見せてやる」

「ぁ……いやだ……いや……そんなの、見たくない……」

シュロムが負けるはずない。そう信じているのに、リスティヒの目に宿る狂気と残虐さに体が震える。

「ははっ……いい顔をするじゃないか」

こつり、こつりと近づくリスティヒの足音に怯えた。目の前にいるものがただただ恐ろしくて。

「いや……いやだっ……来ないでっ……！」

地面に這いつくばる僕をリスティヒは、いたぶるように蹴る。その力は、加減されているとわかるものだが、僕を恐れさせるには十分だった。

「あ゛ぁっ……！」

蹴られるままに床を転がる。作中、リスティヒがこのように獲物をいたぶる描写があった。

だからこそ、僕はここに残ることを選んだのだけど……今ではそのことを後悔していた。

「っあ……あぁっ！　痛いっ！　痛いぃっ！」

「お前にはそうやって這いつくばって泣きわめいている姿がお似合いだ」

リスティヒが体重をかけて肩を踏みつける。痛くて、苦しくて、逃げ出したいのに……リスティヒはそれを許すような男じゃなかった。

「あぁああぁっ！」

――ゴキンッ……っと、僕の肩から音が鳴る。折れたのか、外れたのか……わからないけど、熱を持つような激しい痛みに、僕は声を上げた。

「あぐっ……ぁ……あぁ……」

「いい様ですよ、ディロス様」

リスティヒが硬い革靴の爪先で僕の顔を上げさせる。苦痛で歪む視界の中、わざわざ丁寧な口調で僕を嬲るリスティヒの赤い瞳が恐ろしい。

「殴って、蹴って……いや、それだけでは足りないな。側妃として、王を籠絡した淫売な体を牢にいる奴らに与えようか」

「ひっ……」

リスティヒの言葉に息を呑む。いやだ……！　この体を、シュロム以外に触れさせるのは……！

青ざめる僕に気を良くしたリスティヒは続ける。

「ははは！　本当に抱き合ったのか！　男同士で！　家族ごっこの次は、恋人ごっこ！　あぁ……反吐が出る」

「あ゛ぁあっ！」

激痛を訴える肩をさらに踏みつけられる。意識が飛ぶのか、それとも冴えるのか。そんな矛盾した感覚が僕を襲う。

「だが、お前のそんな姿をアグノスが知ったら失望するだろうなぁ！　自分達の身の安全のため、国王に体を売ったと知ったら！」

「ちがっ……僕達は……っああ！」

リスティヒの言葉を否定しようとしたら、また肩を踏みつけられた。

「愛し合っているとでも？　幻想もいい加減にしろ！　くだらない、くだらない、くだらない！　あの男が！　そのような情を持っているなど！」

リスティヒにとって、シュロムは情のない男なのだろう。たしかに、シュロムは、王として情け容赦ない面も持っていると思う。それでも、本来であれば邪魔なはずのアグノスを受け入れる優しさもあった。

「君が……君達が……馬鹿なことを、考えなければ……シュロムは、君達の、存在を……見逃しただろうに……」

クーデターなど考えず、ただ傷を慰め合う三人で、静かに……僕のような余計なものを入れずに過ごしていれば……

「それで私達の恨みが収まるとでも！」

「そうは……思わないけど……それでも、大切な人と……共に過ごせた未来だって……」

そう、それこそ……

「アグノスだって、僕に連れ去られずに済んだ……」

「っ！　黙れ！」

「ぐっ……！」

リスティヒの蹴りが僕の頭を揺らす。加減されていても、強い衝撃で意識が朦朧とした。

「なにを！　なにをわかった風に！」

作中のリスティヒの性格は、残忍だが、それでも事を急ぐような性格ではなかった。計画を立ている。

て、十年以上埋伏し、国を揺るがすことができるまで力を蓄えた。にもかかわらず、彼は今ここに

考えれば考えるほど彼らしくなかった。作中、彼の考えが明かされたことはない。だけど、長い間アグノスを隠し育て、自分ではなく、アグノスを王にしようとしたのは……

彼は、バリシアやイリスィオ殿下だけでなく、アグノスのことも大切に思っていたのかもしれない。それこそ本当の息子のように。

バリシアと肉体関係があったのなら、アグノスはリスティヒの息子である可能性もある。リスティヒは、イリスィオ殿下との子でも、自分の子でも、自分達とバリシアの間に生まれた子供なのだから構わないと思っているのかもしれない。

そのことに気づいたのは、バリシアを失ってからかもしれないけど……。それでも、彼に今行動を起こさせたのは僕だろう。

「ごめん……」

謝ってどうにかなる問題ではないし、僕はアグノスを連れ出したことを後悔していない。アグノスが成長して、真実を知って、僕を恨んだとしても……あの断頭台の上で、一人死ぬ運命だけは、どうしても許せなかったから。

「っ！」

「そんな目で私を見るな！　本当にっ！　本当にっ！　あの家にいた時から！　お前のその目が！　気に入らなかった！」

リスティヒの蹴りが僕の体を襲う。何度も、何度も。頭を蹴られたせいで朦朧（もうろう）とし、体を庇（かば）うこともできなくて、なすすべもなく蹴られ続けた。

「……っ！」

僕が死ぬまで続くかもしれないと思った苦痛が、不意に止まる。目を開け、リスティヒが見つめる先を見る。

霞（かす）む視界の中、離宮の門の向こう。雨の中を、走ってくる一つの影。雨の中でも輝くような金髪。その身分に相応（ふさわ）しい豪奢な服を濡らしながら、剣を抜いたシュロムが離宮に駆け込んできた。

「はっ……！　真打ちがノコノコと突っ込んでくるとはな！」

リスティヒが笑みを浮べる。

「ここで殺して壊し尽くしてやるよ！　この国をなぁあっ！」

談話室に飛び込んできたシュロムにリスティヒが吠え、地を蹴った。

「くっ！」

金属のぶつかる音が響き渡り、リスティヒの左手の剣が吹き飛ばされる。

飛んだ剣は、僕らからも、リスティヒからも離れた場所に落ちた。リスティヒはシュロムと距離をとる。

「……まさか、俺と同世代の王族がまだ残っていたとはな」

「はじめましてだなあ、お兄様？　ずいぶんといい暮らししてるじゃないか。男を囲って家族ごっこは楽しかったか？」

静かに剣を構えるシュロムに、リスティヒが煽るような言葉を投げかける。

「……そうさな。ここが悪しき記憶の残る場所とは思えぬほど、素晴らしい日々だった」

「はっ！　くだらない！　その幻想、ぶち壊してやるよ！　思い知れ！　ここはどうあがこうが！　先王の負の遺産だってことをなぁあああ！」

残った剣を両手で持ち、リスティヒがシュロムに襲いかかる。二度、三度……何度も剣戟は続く。必死に喰らいつくリスティヒを、シュロムは落ち着いた表情で受け流していた。

「くそがっ！　なんで、王のくせに戦えるんだよ！」

「軍を率いる者として、時には先頭に立たねばならないこともある。ゆえに、励んだだけのことだ」

焦るリスティヒに淡々と答えるシュロム。

「それと……俺はそれほど強くない。そこに倒れているロンには今まで一度も勝ったことはないからな」

「はっ！　自滅した奴のことなど、知らんな」

――ガキンッ！　そんな音を立て鍔迫り合う二人が言葉を交わす。

「そう、ロンは自滅しただけだ。お前の実力では勝つことのできない相手だったというわけだ」

「うるさい！　うるさい！　うるさい！　うるさい！」

互いの体を弾き飛ばすかのように後ろへ飛び、また互いに距離を詰める。二度三度打ち合い、だが互いに決定打に欠ける。

双剣の片方を失ってなお、冷静さを欠いてなお……リスティヒは、執念ともいえる動きでシュロムに喰らいついていた。

「っ……！」

「動きが鈍ってるぜ、お兄様！」

周りにいる僕らを気にするように動くシュロムに、リスティヒが嘲笑うかのように叫ぶ。

シュロムの動きには余裕があるように見える……それでも、このまま戦い続けていたらリスティヒが有利になる可能性もあった。

どうにかして、シュロムの助けになれないか。痛む体、ぼやける思考の中、考える。壁に蹴り飛ばされた僕の周りに投げられそうなものはない。でも、なにか……なにか……せめて、リスティヒの意識を逸らすことができれば……。そう考えて、僕は咄嗟に声を上げた。

「リスティヒ！」

痛む体で、リスティヒの名を呼ぶ。

「っ!?」

張り上げた声はリスティヒの意識を一瞬逸らすことができたらしい。その一瞬でシュロムが、リスティヒの剣を弾き飛ばす。

「ぐっ！」

「名も知らぬ異母弟……いや、リスティヒ。この場を荒らし、俺の前に現れたことを悔いよ。そして……その行いに合わぬ加護を返してもらう！」

振り下ろした剣を構え直し、シュロムの剣が……リスティヒの胸を貫いた。

「ぐぅっ……！」

剣は背中を突き抜け、リスティヒの口からは、血が滴っている。そして、剣に伝う血の量に比例するように、リスティヒの金髪が輝きを失い、黒く染まっていった。

最も神聖さを表していた深紅の瞳すら黒いものに変わっていく。黒髪黒目。その姿は、僕のよく知るリスティヒの色だった。

「かはっ……！」

リスティヒの髪が、瞳が、黒く染まるのを見届けたシュロムが剣を引き抜く。リスティヒが床に膝をついた。

「は、はっ……ははは！　俺達は、俺達は結局負け犬か！　はははははっ」

リスティヒが血を吐きながら、笑う。笑う。嗤う。

「ははは……」

笑い声が、ピタリと止まり……リスティヒの目から光が消えた。それを見つめながら、僕は……もし、自分が記憶を取り戻した時、彼を説得していたら……彼がアグノスと平穏に暮らせる未来もあったのだろうかと思う。

それとも……説得できず、僕が惨たらしく死ぬだけだったのか……。今では、なにもかも遅いのだけど……

リスティヒは死んだのだろうか。シュロムが剣を収める。

あれは……おそらく国宝の剣だと思うのだけど……本当に建国の神話に出てきた剣なのだろうか……

そんなことを考えていると、シュロムが僕を抱き上げた。なにか言っているようだけど……おかしいな。なにも聞こえない。

ああ……でも。シュロムの温もりを感じる。

SIDE　シュロム

子供達が王宮騎士団に保護されたのを確認した後、王宮を飛び出し、たどり着いたディロスの離宮。そこで、俺は存在すら知らなかった異母弟……グラオザーム侯爵家筆頭執事リスティヒと交戦した。

鬼気迫るリスティヒを打ち倒し、これでディロス達を脅かす存在はいなくなると安堵した。しかし次の瞬間、視界にとらえたディロスの姿を見て……その視線が……虚ろなものであることに気づいて血の気が引いた。

「ディロス！　ディロス！」

抱き上げて名前を呼ぶ。だが、リスティヒの気を逸らすために上げたあの声で使い果たしたかのように、ディロスの体には力が入っていなかった。

虚（うつ）ろな視線のままディロスは俺を見つめ、ゆっくりと瞼（まぶた）を閉じる。表情は穏やかだったが、それゆえに血の気が引いた。

浅い呼吸、弱くなる鼓動。今、医者や治癒術士を呼んだとしても、ディロスが向かう先は死だということを理解した時——絶望した。

「っ……すみません、シュロム様……」

ディロスの状態を把握したローランが謝罪する。血を吐き、身動きさえ取れないローラン。リスティヒを傷つけ、忠誠の誓いの反転が発動しているのだろうと気づいたが、俺はローランの命を繋ぎとめるための行動を取れなかった。

頭ではわかっている。俺が術を解除しなければ、ローランまで失うと。だが、腕の中で刻々と死に向かうディロスを離すことはできなかった。

「ディロス……ディロス……」

名前を呼び、その体を抱き締める。我ら王族に加護を与えた神に、奇跡を祈るかのように。だが、その鼓動は俺の腕の中で止まる。いや……止まったはずだった。

「っ……」

「っ!?」

その鼓動が止まったことを理解する前に、ディロスの体から魔力が溢（あふ）れ、鼓動が再開した。その光景に俺は息を呑み……そして、その見覚えのある魔力……いや、加護に——ディロスが神の加護を得ていることを知った。

「い、ま……のは……」

ローランもディロスの加護に気づいたのか、同じように目を見開いている。

「神の……加護だ……」

腕の中で穏やかな呼吸をしているディロスの首筋に指をあてる。脈拍は安定しており、先ほどまで命の危機に瀕(ひん)していたとは思えない。今すぐに意識を取り戻すようには見えないが……それでも、命が繋がったのは確かだった。

「陛下！　ご無事ですか⁉」

駆け込んできた護衛騎士になんとか表情を取り繕(つくろ)う。

「……ああ、だが、負傷者が三人いる。救護班を呼べ」

「はっ！」

護衛騎士は急いで出ていく。静かになり、心を落ち着けて、気持ちを切り替える。神の加護により、ディロスの命の危機は脱した……まだ、危うい状態だが、それでも他のことに意識を割(さ)く余裕が出てきたのは、俺自身、今のディロスの状態に安堵したからだろう。

「今少し、ここにいてくれ」

意識のないディロスを長椅子に寝かせ、傷ついた頬を撫で言葉をかけてからローランに歩み寄る。

「……相手が悪かったな」

「そー、ですね。モリー、が……頑張ってくれ、ましたが……まだまだ、のようです」

「鍛錬を始めて半年足らずなのだからよくやった方だろう」

床に倒れているモリーを見る。意識はないようだが、うめき声と上下する胸で生存していることが伝わってくる。未熟なモリーにローランが共に戦うよう指示をするとは思えない。自らの意思で引き返したのだろう。元々は、ただの侍女だというのに大した度胸だ。無謀と言い換えることもできるがな……

「モリーは、無事ですか……？」

「生きてはいるようだ。だが、まずはお前からだな。辛いだろう」

反転した忠誠の誓いに体を蝕まれながらも、いつものように振る舞うローランの胆力には驚かされる。

「今、楽にする。動くなよ」

右手の人差し指を宝剣で薄く切り、血を流す。

「かの者は、我が忠誠ゆえに我に連なる者へと刃を向けた。その忠義を我は王として許す」

ローランの額に血で紋章を描き、忠誠の誓いの反転を解除する詠唱を唱える。体から魔力が湧き上がり、加護と連動するかのように秘術が発動した。

「っ、……ぐ……あー、しんどかった……」

額の血の紋章が輝き、それが消えると同時に強張っていたローランの体から力が抜ける。

「痛みが消えたからといって無理はするな。蝕まれた体はそのままなのだからな」

「……わかってますって」

頷いたローランは、力なく笑いながら床に横たわる。ひとまずローランはこれでいい。次に、意識を失ったままのモリーに近づき、体を抱える。

「モリー」

「っ……あ、へい、か……？　っ……ディロス、さまは……？　お養父、様は……？」

「どちらも、負傷しているが生きている。今、救護班を呼んでいるところだ」

モリーを落ち着かせるため、事実だけを伝える。

「そう、ですか……」

二人が生きていることに安堵して、再び意識を失う。

「モリーは……？」

「また意識を失ったようだ」

モリーが再び静かになったことで不安になったのか問いかけてきたローランに答え、モリーをもう一つの長椅子に寝かせる。まだ幼い顔は、赤い血で汚れている……エリー達が心配するだろう。

「陛下！　救護班到着しました」

「そうか……三人のことは任せた。俺の離宮へ運んでくれ」

「陛下は、いかがなさいますか？」

「俺はこのまま、残党処理と軍部の応援に回る。動ける王宮騎士の半分は、俺の離宮の警護に、残りは私と共に来い」

未だ軍部から鎮圧の信号が打ち上がる様子はない。……ディロスや子供達についていたいが……全てが終わらなければ、安心して過ごすことはできない。俺がやるべきは、反乱の制圧と後処理だ。

ディロスに神の加護があるとわかった今、その命は神と救護班に任せることが最善。……ならば、王家に与えられた神の加護を持つ者としての使命を果たす。そう心に決めて、動ける騎士の半分を連れて、雨の中を駆け出した。

◆◇◆

すべての反乱因子を制圧し、後処理を進める。俺が軍部に駆けつけた時には、軍での反乱も大部分が制圧されていた。

負傷者を救護班に任せ、戦死者を味方と謀反者に分け、味方の戦死者の家族に知らせを出すと共に手当を支給する手配をする。謀反者で生存していた者は取り調べを、戦死者は身元を割り出し、実家の関与を調べ、今回の反乱に関与した貴族家の調査……休む暇などないほど忙しい日々だった。

それでも、毎日離宮に顔を出し、眠り続けるディロスと、ディロスが眠ったままであることで不安定な精神状態の子供達の様子を見に行く。

「ちちうえ、とうさまおきないの……かあさまみたく、とおくにいっちゃう？」

「ちちうえ、ディロスは、ははうえみたいにはなりませんよね！」

「二人とも……父上も疲れているだろうから、あまり困らせてはいけないよ」

毎日目元を赤くしているアグノス、不安げなティグレ、自分も辛いだろうに二人を気づかうイデアル。

「……大丈夫。少し疲れただけだから休めば目を覚ますさ」

子供達を抱き締めながら、自分に言い聞かせるように呟く。神の加護で命は取り留めたが、ディロスは目を覚まさない。

医者は頭に傷があるからその影響だと言うし、治癒術士は、体内の損傷は見当たらないと言う。おそらく、そのどちらの言葉も正しいのだろう。そして、同時にこの眠りが神の加護の代償という可能性もあると俺は考えていた。

神の加護を発動させるには、魔力が必要だ。だが、ディロス自身に魔力はほとんどない。それゆえに、ディロスがなにを代償としてその命を取り留めたのか……俺はこの眠りが関係している気がしてならなかった。

日々が王宮と離宮の往復で過ぎていく。王宮では反乱の後処理に追われ、離宮では目を覚まさぬディロスに気を揉み、不安定な子供達を安心させるべく、気丈に振る舞い続けた。

そんなある日、異母弟であった筆頭執事リスティヒの手記が潜伏先だった貴族家で見つかった。グラオザーム侯爵バリシアともう一人の異母弟……イリスィオの手記と共に。

「……これか」

暗部が運んできた手記を見つめる。何冊かあるそれは、表紙にはなにも書かれていない。だが、一枚めくると、二つは見覚えのある字で書かれていた。グラオザーム侯爵バリシアのものと、イリスィオのもの。どちらにも当てはまらないものがリスティヒのものだろう。

誰のものから読むべきか……悩んだ結果、早く死んだ者の手記から順に見ることにした。

最初は、イリスィオ。そこに書き連ねてあったのは、延々と続く呪詛の言葉とグラオザーム侯爵バリシアへの恋慕……だった。

幼い頃は、母親から暴言などの虐待を受けていたこと。父親から母親似であることを理由によからぬ目で見られたこと。成人した頃、久しぶりに会った母親が、イリスィオが父親に似てきたことを憎悪し、目の前で自害したと書かれていた。

そこからは、正妃に守られ生きていた俺を恨み、王族という血統に嫌悪と憎悪を募らせていく様子が続いた。

そして、ある時グラオザーム侯爵家のきな臭い噂を聞き、当時グラオザーム侯爵令嬢であったバリシアと関係を持ったらしい。

そして、リスティヒという異母弟がいると知ったことや、彼のために王家所有の魔道具を横流ししたことも書かれていた。

イリスィオは、前グラオザーム侯爵からは信用されていなかったようだが、バリシアは同族意識を持っていたらしく関係は悪くなかったようだ。リスティヒとの関係は、良くなかったらしいが、バリシアに対する想いは共通していたらしい。

俺には、わからないが……二人にとってバリシアは、俺にとってのディロスのようなものだったのではないか。

バリシアの手記には、幼い頃から王家に恨みを持つように育てられたと書いてあった。前グラオザーム侯爵は王家に側妃として嫁いだ妹を溺愛していたらしく、離宮の水路に身を投げ、下流の村で瀕死の状態で保護された妹が心を壊し、孕(はら)んでいたこと、その後リスティヒを産み死んだことで心を病(や)んだ。そこから生まれた王家への恨みを娘に植え付けたらしい。

それゆえ、バリシアも王家を恨んでいたが、それは本人のものではない。グラオザーム侯爵家の地下で生かさず殺さずで監禁されていたリスティヒを見つけて、自分の側付きにしたところを見ると、父親の在り方に疑問を持っていたようだ。

だが、王家をののしれば、父親が褒めてくれる、とバリシアの心には刻まれていた。それは、イリスィオに出会ってからも、ディロスと結婚しても、父親が死んでも変わらなかった。

しかし、イリスィオが死んでから手記の内容が変わる。生まれた子供を王にしようと目論(もくろ)み始めたのだ。それまでの手記からは読み取れなかったが、バリシアはいつの間にかイリスィオに依存していたのだろう。自身を愛する男の片方を失い、元より空虚だった女は、父親と同じように狂い始めた。

恨むべき王家を倒すという目的はそのままに、その後の目標として反乱後、アグノスを王にすることが、志半ばで死したイリスィオの弔(とむら)いになると思い込んだのだ。それがイリスィオの望まぬことであったとしても。

そこからは、貴族達に反乱の種を蒔(ま)き続け、イリスィオと同じく志半ばで死んだ。王としてその行為を許すことはできないが、報われない女だと思う。

最後にリスティヒの手記だ。そこには、幼い頃は監禁され、前グラオザーム侯爵から暴行を受けていたという記述があった。

前グラオザーム侯爵には恨みがあるが、バリシアには救われた恩義があり、彼女を盲信していた気配がある。

バリシアに付き従い、イリスィオとバリシアを取り合っていた頃の手記は、それなりに楽しんでいた様子があるが……イリスィオが死んだあたりからバリシアが狂い出したのだろう、イリスィオになぜ死んだと問いかけることが増えた。

そして、アグノスとディロスが交流を持ったあたりからディロスが目障りだという記述が増え、バリシアが死んで以降は……アグノスを攫ったディロスへの憎悪で溢れていた。

全てを失ったリスティヒにとって、アグノスは亡きイリスィオとバリシアが残した最後の拠り所だったのだろう。自分自身の子供である可能性もあるが、それ以上に三人で過ごした日々の結晶だ。それに気づいたのが二人を失ってからというのが皮肉だが……それでもここに乗り込んで奪い返そうと企むほど大切だったのだろう。

……反乱など考えなければ、平穏に暮らしていけたものを……とまでは言わない。それまでの不正もあるからだ。だが、どこかでその企みを止めていたら……と、思わなくもない。

読み終えた手記を置き、ため息を吐く。これは……ディロスが目覚めても教えることはできないな。優しいあいつのことだから、自身の行動に罪の意識を感じるだろう。……この手記は、発見されなかった。それでいい。

8　目覚め、そして……

生きている。なぜだかわからないけど、目覚めて最初に思ったのはそれだった。

ぼんやりとした視界に映るのは、いつもと違う天蓋（てんがい）。どこだろうとあたりを見回して……僕の右手を握ったまま、ベッドに伏せるシュロムに気づいた。

手に伝わる温もりから、僕が生きていて、シュロムも生きていることがわかる。ぼんやりとしたまま、シュロムの頭を撫でようと身を捩（よじ）ると、シュロムの頭が勢いよく上がった。

「ディロス……！」

あまりに悲痛な声に驚いた。

「シュロム……どうしたの？」

「どうしたもなにも……一ヶ月以上眠ったままだったんだぞ！」

僕は首を傾げた。

「ああ……いや、すまん。医者は記憶の混濁（こんだく）がある可能性があると言っていた……。なにがあったか説明するから、聞いてくれるか？」

聞いていて無理そうだと思ったら言ってくれ、と言うので頷いた。

リスティヒが襲撃してきたこと。子供達を逃がすために、僕とロンが残ったこと。

ロンがリスティヒと交戦したが、リスティヒが実は王族だったため忠誠の誓いの反転により負けたこと。引き返してきたモリーが応戦し、気力を振り絞ったロンと共に一矢報いようとしたけど、駄目だったこと。僕がリスティヒに暴行を受けたこと。シュロムがリスティヒと交戦し、命を奪ったことを説明してくれた。

聞くうちに、だんだんと僕も思い出した。

「子供達は……？　ロンと、モリーも……」

「子供達は王宮騎士団が保護したし、ロンとモリーも無事だ。怪我の度合いでいえば……肩が外れ、頭を蹴られたお前が一番重傷だったんだ」

シュロムの言葉に安堵する。子供達が無事だったこと。ロンとモリーが生きていたこと。そして、自分が生きていることに。

「他に、なにかわからないことや思い出せないことはないか？」

シュロムの言葉に、ぼんやりと考える。わからないことや思い出せないこと……。やがて、一つのことに思い当たり、僕は涙を流した。

「ディロス、どうした？　なにか思い出せないことがあるのか？」

シュロムが心配そうに聞いてくる。思い出せないことは、今まで誰にも伝えなかったことだった。今の僕は、僕を形成する記憶のほとんどを思い出せなかった。

「シュロム……信じられないと思うけど……聞いてくれる？」

黙っていた方がいいのはわかっている。それでも、誰かに話さないと、辛くてどうしようもなかった。

「僕にはね……前世の記憶があったんだ」

この世界のことが記された本のあった世界。それを読んだ記憶やそれ以外の本を読んだ記憶……いや、知識はあった。

でも、僕という……僕という人間の記憶がすっぽりと抜けていた。どんな人間だったか、どんな職業だったのか。以前は思い出せていたはずの記憶が思い出せない。なぜ、この世界で。私が、僕になったのか。それが、思い出せなかった。

泣きながら支離滅裂なことを話す僕……私。シュロム……陛下は静かに話を聞いてくれる。私の手を握りながら根気強く。

「だから……今の、私は……あなたが愛してくれたディロスではありません……」

シュロム陛下が惹かれたのは、私ではなく……僕だった。それを、自覚しながら言葉を……僕が消えた事実を告げた。

「なるほど……」

私の言葉に考え込むシュロム陛下。今はまだ握られている手が、いつ離されるか……それがどうしようもなく怖かった。

「聞くが……その今の状態で、この世界の知識だけを持っている状態で、お前が前世を思い出したという日に戻ったらどうする？」

「どうするもなにも……私は……アグノスの、ために……事実を……」

そこまで言って、僕と私の行動に違いがないことに気づいた。

「前世の記憶があろうと、なかろうと……お前はお前だ、ディロス。前世の記憶があったお前も、前世の記憶を失くしたお前も変わらずな。俺にとっては、お前が、お前だけが愛おしい男だ」

シュロムの柔らかい笑みに、新たな涙が溢れる。

「私は……僕は……あなたを愛したままでも、いいんですか……？」

「愛してくれなければ困る。俺はお前を愛しているんだから」

僕の涙を拭ったシュロムが、僕を抱き起こし、その腕で抱き締めてくれる。

「あぁ……あ、うあぁあああ！」

その腕の中で、僕はこの半年間ずっと僕を支え続けてくれた前世の記憶を失った喪失感と、受け入れてくれたシュロムの優しさに泣き続けたのだった。

ＳＩＤＥ　シュロム

前世。理解しがたい話だが……そう考えるとディロスが加護を持っているのも理解できる。こことは違う世界の記憶……魂を持っていたということは、我が王家のように神による介入があったと考えられるからだ。

事実、一度、鼓動が止まったディロスが、加護により息を吹き返したのが証拠といえよう。

あの加護の代償は記憶。それが前世のものに限るのか……それとも今のディロスのものも含まれるのかはわからない。

今のところ、ディロスの記憶に混乱はあるが、彼の根本は変わっていないように思える。

しかし、全ての記憶を失い性格すら変わる可能性があるのなら……加護のことは黙っておいた方がいいだろう。

……もう、二度とこのようなことは繰り返したくない。だから、俺は正しき王となろう。その先に待つのが茨(いばら)の道でも、愛する者と子供達を守るために。

◆◇◆

僕が目を覚まして一ヶ月が経った。前世の記憶は失ったものの、以前と変わらない生活を送ることができるようになったのは、奇跡に近いと王宮医師から言われた。それほど、僕の容体は悪かったらしい。

あの翌日。子供達やマリー、モリーには泣かれ、ロンに叱られ、エリーやメリーの目にも涙が浮かんでいた。

みんなの反応に、無茶をしたことを後悔したけれど、守りたかった人が生きていることを喜んだ。でも、あの日の戦いで……命を落とした者達もいた。

襲撃犯であったリスティヒやその仲間。僕達を守るために戦った護衛騎士。軍の反乱を止めるために犠牲になった兵士。

僕とアグノスの護衛騎士長をしていたミゲル様とテオドーロ様は幸いにも無事だったが、僕を護衛する顔ぶれが少し変わったことにはこの一ヶ月で気づいていた。

そして、今日。僕は、僕の離宮だった場所に立っている。二ヶ月ぶりに来たそこは、すでに更地になっていた。

あのようなことがあったから、あの建物を残しておくわけがないのはわかっているけど……僕の知らないまま全てが片付いたここを、この目で確かめておきたかったんだ。

「……本当になくなっちゃったんだね」

僕は、隣にいるシュロムに話しかけるようでもあり、独り言のようでもある言葉を零す。なにもないこの場所は、あの日の惨劇すらなかったかのように思えて、なんだか心苦しい。

皆、なにかを守るために戦った。それこそ、リスティヒだって。

「……僕は、リスティヒから……アグノスを奪った大罪人なのかもしれない」

この一ヶ月ずっと考えてきた。原作どおりの世界、僕の変えたこの世界。どちらが良かったのかと。

僕は、この世界が良かったと断言できる。この世界が作られた世界であれ、小説と似ているだけの世界であれ、アグノスが一人……断頭台で死ぬ未来がなくなったのだから。

でも、リスティヒは？　あの日、考えたとおり、彼は、彼なりにアグノスを愛していたと思う。

十年以上の歳月を、バリシアとイリスィオの子供、あるいはバリシアと自分の子供かもしれないアグノスと過ごす時間を……僕が自分のエゴで奪った。

それはきっと……一生消えない僕の罪だと思う。ここで、僕を守ってくれた人達の命も含めて。

「それを言うのなら、俺はあいつの命を奪った。不遇な境遇にあった異母弟であると理解したうえでな」

僕の肩を、シュロムが抱く。見上げたシュロムの顔は陰り、まるで過去を見つめているかのようだ。

リスティヒを倒し、反乱を収め、その後の調査でいろいろ調べたらしいけど……僕には終わったことだとなにも教えてくれなかった。

そして、シュロムは自分が駆けつける前のやりとりもロンから聞いたらしい。なぜリスティヒに挑発するようなことを言ったのか問われ、僕はあの時考えたことを答えた。それからずっと……シュロムも考え続けていたのだと思う。

「お前がアグノスを生かすためにとった行動が罪だと言うのなら……俺は、先王の遺恨を晴らせなかった愚王だ。貴族達の王家への恨みが残っているにもかかわらず……見ないふりを続けていたのだからな」

あの事件の後、再度行われた調査によって、クーデターに参加、同意していた者達は皆、王家への恨みが少なからずあったことが判明したらしい。

そして、軍の反乱に加わった市民階級出身の者達も……先王時代、家族を奪われ、先王の政策で苦しんだのだという。

それらの者は皆処罰が与えられたが、戦いの際に命を落とした者以外に処刑された者はいない。今回の事件に関わった者は、皆牢に入れられ、裁判を待って、刑が決まるらしい。どのような判決になるのかわからないし、それが今後の遺恨にならないとも限らない。

当主が捕まり、爵位を取り上げられた家。降格となった家。クーデターに関わらなかった分家が新たに本家となった家と、各貴族家への対応は様々だった。これから何十年と、シュロムはそれらを抱え続けるのだ。

だけど、僕にできることはほとんどない。政治から離れた側妃だから。

「……シュロム」

「どうした」

僕の呼びかけに、シュロムが笑みを浮かべる。

「僕にできることはないけど……僕はこれからもあなたの側にずっといるよ」

先の見えなくなったこの世界で。もしシュロムの首が落とされる日が来たとしても、共に首を落とされる覚悟を持って。それをするのが貴族であっても、真実を知ったアグノスであっても。僕は彼の側にいる。それが、僕がここで生きていく覚悟だ。

僕の覚悟を感じ取ったのか、シュロムが目を見開いた。

「お前が共にいてくれるなら、俺は最後まで王としてあれるだろう」

シュロムの手が僕を抱き締める。

「そろそろ戻るか。子供達が心配している」

「うん」

雲一つない、冬空の下。僕は失った記憶に誓う。この世界で精一杯この人と、家族と生きていくことを。

番外編　とある夜の王の戯れ

シュロムの離宮で皆と暮らすようになって、いろいろな変化があったが、その中でも楽しみにしていることがある。

子供達が寝静まった後にするシュロムとの意見交換だ。主に、好きな本についての。

もちろん子供達の話もするけど、基本的には今まで読んだ歴史書や戦術書、戦記などのお互いの解釈や、戦況が不利な時どのように有利なものに変えるかなんて話をするのが楽しい。

実家でも、たまに兄上達が付き合ってくれたけど……二人とも体を動かすのは好きだけど、戦略や戦術を考えるのはそんなに好きではなかったのだ。

実家の領地にはモデスティア領兵士団があり、父上や兄上は領主や領主代理として指揮はするが、作戦は参謀の人が考えてくれる。

領主は、領地の運営が主な仕事だから、がっつり軍を動かしての戦いなんてしないからね。

侵略された際に対抗できるように兵士は鍛えるが、作戦とかはまた別なのだ。

婿入りする前、僕が兵士団の参謀になってはどうかという話もあったけど……それはもう遠い昔の話だった。

だけど、今こうして側妃としてシュロムと話せるようになったのだから人生ってなにがあるかわからない。

歴史や戦術、戦記を読むのが互いの趣味で、感想を手紙で伝えていた時も楽しかったけど……リアルタイムで意見を交わせるなんて。しかも、王の視点で考えるシュロムの意見が聞けるのは、本当に贅沢な時間だと思う。

たまにロンも入ってくるんだけど、これがまた楽しいんだよね。基本的には、僕とシュロムの話を聞いているだけなんだけど、暗部として思うことがあったら進言してくるし、僕やシュロムもついつい聞いてしまうんだ。

欲を言うと、護衛騎士団長のイロアス様や、イロアス様の弟で軍部をまとめている軍団長のセーリオ様の意見も欲しいんだけど……護衛騎士団長のイロアス様はともかく、軍団長のセーリオ様は招けない。

シュロムが同席していたとしても、側妃のいる場所に従者でも護衛騎士団でもないセーリオ様を招いたら良からぬ噂が立ちそうだもの……

まあ、日々護衛騎士団長として忙しいだろうイロアス様も招けないいんだけど……

言ってしまえばロンが特別すぎるんだよね。裏でも表でもシュロムについてるんだもん。ちょっと羨ましいくらいに。

そんなことを思いつつ、シュロムの書斎で本を読み、夜の時間を過ごす。

今は、遅い時間に帰ってきたシュロムのお風呂が終わるのを待っていた。早く話したいけど、こうやって待っているのも実は好きだったりする。早く来ないかな……っていうドキドキがなんだか幸せなのだ。

　こういうのってなんて言えばいいんだろう？　前世の知識的には、サンタクロースを持つ子供の気分？　それとも、デートの待ち時間とか？　……デートって思うとちょっと照れくさいかも。

「待たせたな」

「えっ、あっ……ま、待ってないよ！」

　扉の開く音と共にシュロムの声がして、思わず声が裏返った。

「くっくっく……そんなに焦ってると信憑性（しんぴょうせい）がないぞ」

　扉の方を見ると、シュロムは笑っているし、その後ろで扉を閉めたロンも声もなく笑っている。

「う……」

　そんな二人の様子に顔を赤くしていると、シュロムが隣に座り、僕を抱き寄せた。

「っ……！」

　腰に回った腕は、お風呂上がりだから温かく、抱き寄せられたせいで密着したシュロムの体からはほのかに甘く爽やかな香油の匂いがする。

「そんなに待ち遠しかったのか？」

　僕を覗き込む深紅の目が柔らかく弧を描く。

　腰を抱き寄せている腕はそのままに、もう片方の腕で僕の頬に手を添え、指で唇をなぞられて、鼓動が速くなった。

「そ、その……ここで、シュロムを待っていると、デート……逢い引き？　の待ち合わせみたいだと思って……」

逃がしてくれない瞳に観念して、途切れ途切れに白状するとシュロムが目を瞬かせた。それを見てさらに頬が熱くなる。

「ほう……」

楽しそうに笑うシュロムの瞳は優しいけど、なんだか獲物を見つめる眼差しにも見える。

「逢い引き……逢い引きか……いいな。想い合う者同士が一時の逢瀬を楽しむ時間だ。夜会の隅などでな」

僕がイメージしたのは、恋人同士の健全なものだったのだが……この世界、基本的に貴族の逢い引きといったら、未婚で婚約者のいない者同士の淡いものか、婚約者や配偶者のいる者が浮気する時のものを指す。というか、後者のものが多い。

「あ、いや……ちがっ……！　もっと健全な！　婚約者同士が観劇に行くようなやつだから！」

いやらしいイメージをされるのは嫌で慌てて否定する。

観劇に行く場合は、馬車で女性を迎えに行くのが常なので、デートの待ち合わせとしては今の状況と違うんだけど……印象としてはそっちが強かった。

「くくっ……わかっている。少しからかっただけだ」

慌てる僕に、シュロムは柔らかく笑みを浮かべると僕の顔を傾けるように手を動かし、頬に口づけを落とす。

……ズルい。そんなことされたら許してしまう。

「だが、それだけ楽しみにしていたと言われると嬉しいな」

僕の頬に触れていた手が離れ、今度は僕の手に重なる。

「しかし、観劇か……ディロスは、観劇も嗜（たしな）むのか？」

「えっと……そんなには。実家にいた時は、母上に連れていってもらった覚えがあるけど……女性の好む観劇って恋愛ものが多いから見てて気恥ずかしくて……」

本を読むのは好きだけど、恋愛ものは得意ではない。前世の知識でラブコメというジャンルがあるのだけど、ああいうのは特にダメだった。

面白いとは思うけど、なぜだか羞恥心が先に来るんだよね……

「そうか……好きなら、離宮に劇団を呼ぶのもありかと思ったんだがな」

「そ、そんな……！　警備の問題とかもあるし、いいよ！」

落ち着いてきたとはいえ、今なお、リスティヒによる襲撃のせいで警備体制の見直しや地下通路の再建が視野に入れられているのだ。そんな状態の時に劇団を呼ぶとか申し訳なさすぎる！

「お前がそう言うなら控えるか……。だが、子供達の教育にはいいだろう？　俺も幼い頃は母上が呼んだ劇団の公演を見ていたからな。あの時ばかりは、母上も他の側妃も楽しそうにしていた」

懐かしそうに目を細めるシュロムに思わず尋ねた。

「……シュロムは、観劇が好きなの？」

「そうだな……好きか、嫌いかと言われれば好きかもしれない。今では時間を作るのは難しいから、見ることは叶わんがな」

苦笑しながら肩を竦めるシュロム。今はこうして僕の相手をしてくれているけど、普段は激務に追われている。

趣味でもある歴史書や戦術書などもなかなか読めていないのだから、観劇などはもってのほかだろう。

「じゃあ、もっと落ち着いたらいつかお願いしてもいい？　もちろん、シュロムと子供達も一緒に」

がっつりとした恋愛ものは子供向けではないだろうから、僕やシュロムも好む英雄譚的なものをお願いすることになるだろうけど。

「ああ、もちろんだ」

嬉しそうに笑ったシュロムは、僕の手を指を絡めるようにして握る。

「時に、ディロス。恋愛ものは気恥ずかしいと言っていたが……こういうのはどうだ？」

「わっ⁉」

僕の手を上に引き、体を引き寄せた。腰を抱く手も強く抱き締めているせいで逃げ場がないほど体が密着する。

「我が最愛の妃よ。どうか夜明けを思わせるその瞳に、お前に恋焦がれる男を映してくれないか」

鼻先が触れそうな近さで、そんな台詞を言われたらなんだかソワソワする。

「わ、ぁ……しゅ、しゅろむっ！　ダメ！　ダメだって！」

愛してるって言われるのには慣れたけど、役者のような台詞(せりふ)はダメだ。やっぱり恥ずかしい。

「そんなに嫌か?」

逃げようとする僕に、シュロムは楽しげに笑う。そして、赤くなっているだろう僕の額に額をくっつけて目を覗き込んできた。

「俺は、お前の瞳に映ることにこの上ない幸せを感じるんだ。一人の男として愛されていることを実感するからな」

近距離で深紅の瞳が優しげに揺れる。シュロムの言葉は、僕も感じていることだ。

シュロムの瞳に僕が映ること。アグノスの親であろうとする僕を、それを含めて愛してくれること。シュロムが王であり、父親でありながらも、一人の人間として人を愛していること。

その相手が僕という事実にも、ほんの少しの優越と幸福を感じた。

「……ぼ、僕も……シュロムの瞳に映してもらえて幸せ……だよ……。守るものが多いシュロムに……最愛って言ってもらえるのも……僕にはもったいないくらい」

シュロムのようなお芝居っぽい返事はできないけど、なんとか自分の言葉で返す。

「ごめんね。それっぽい台詞(せりふ)……出てこなくて」

視線を逸らすのも難しいくらい近くにある瞳を見上げると、シュロムが笑う。

「そう言ってもらえるだけで十分だ。だが……謙虚なことはお前の美徳だと思うが、俺の想いをもったいないと感じるのは面白くない」

「ご、ごめん!」

シュロムを怒らせたかと焦っていると、シュロムは唇を重ねてきた。

「しゅ、ろ……んっ……！　んぅ……！」

止める隙もない深い口づけに翻弄され、シュロムの体に縋った。

「っあ……はぁっ……」

口づけから解放されても火照る体。力の入らない僕をシュロムは抱き締めて耳元で囁く。

「俺がどれだけお前を愛しているか身に染みてもらおう」

シュロムに火をつけてしまったことを自覚し、シュロムの腕に身をゆだねた。

「っ……」

僕を運ぶシュロムの行く手を阻む人はなく、ロンの手によって扉が開いた寝室は、なんなく僕らを迎え入れる。

寝台は、いつものとおり整っていた。

「今日は、最後まで愛してもいいのだろう？」

「……うん」

僕を見下ろしながら尋ねるシュロムに小さく頷く。二人で過ごすことが増え、こういう雰囲気になった時にいつでも抱いてもらえるように準備することも増えた。だから、今日も準備だけはしていたのだ。

「それを聞いて安心した。まあ、抱けなくとも愛し方はあるがな」

一度挿入することなく愛され続けたことがあったのを思い出す。あの時は、ただただ僕だけが快楽に浸り、シュロムは楽しそうにしていた。

胸と性器だけで、前後不覚になるという体験はあれが初めてだった。シュロムに奉仕され続けるのが申し訳なくて、準備だけはしておこうと心に決めたのはあれがきっかけだった。

「どうした、難しい顔をして」

「……前に抱かれずに愛され続けたのを思い出して、複雑な気分になってる」

僕だけが気持ちよくなるのは、納得いかないのだ。シュロムは、本当に楽しそうに愛してくれるけど。

「お前が望むならするぞ」

「しなくていい！」

悪戯を思いついた子供のように笑うシュロムに、首を横に振った。

「そうか、残念だ」

本当に残念と思っているのかわからない表情でシュロムが覆い被さり、頬に口づける。

「だが、互いに愛し合うのはいいのだろう？」

「うん……」

僕の顔に何度か口づけを落としたシュロムが問うてくる。頷くと、深い口づけが落ちてきて、僕も応えるように舌を絡めた。

「ん……んっ……っ、あ……」

シュロムの背中に腕を回し、口づけによる淡い快楽に酔った。

「ぁ……」

「物足りなそうな顔をしてるぞ」

口づけが終わり、互いの唇に渡った細い透明な糸が途切れると同時にシュロムが僕の頬を撫でる。

そんな顔してないと言いたいけど、まだまだ口づけていたかったという思いは確かにあって、否定できなかった。

「愛されているお前は、本当に愛らしいな」

シュロムが笑い、また頬に口づけを落とす。

「脱がせてもいいか？」

「ん……」

耳元で囁く言葉に小さく頷くと、シュロムは僕のガウンの帯を解き、前をはだけさせた。

「っ……」

肌が空気に触れる感覚に息を呑む。

下着がシュロムの手で外される。

ガウンの袖は通っているけど、これで僕の体を隠すものはなくなった。

「シュロム……」

体を晒すのが気恥ずかしくて名を呼ぶと、ガウンを脱ぎ捨て裸になったシュロムが笑みを浮かべる。

「待ちきれない顔をしてる」

「そんなこと……あぁ……っ」

反論しようとした僕の言葉は、シュロムが肌を撫でたことにより吐息に変わった。

「ぁ……んんっ……っ！」

シュロムの手が胸板を撫で、指で胸の突起を転がす。それだけで快楽を覚え込まされた体は、容易く火照りを高めていった。

「シュロムっ……！」

身を捩り、両手で敷布を掻き乱しながらシュロムを呼ぶ。

「なんだ、ディロス」

シュロムは、乱れる僕を嬉しそうに眺めながら翻弄した。

「あぁあああっ……！」

やがて、僕はシュロムの手に精を吐き出し、その余韻に惚ける。

「これくらいで惚けてたら後が持たないぞ」

手を拭いながらシュロムが楽しそうにそう言うけど、僕を追い詰めているのはシュロムなので白々しいことこの上ない。

「まあ……愛することを加減するつもりはないのだがな」

ほらね。

「だが、許してくれるだろう？」

僕が受け入れると確信しての笑み。快楽の余韻の満ちる頭で、仕方ないなぁと思う。

「うん……いっぱい愛して……」

いつの間にかガウンの袖から抜けた腕をシュロムの背中に回し、微笑む。

「もちろんだとも」

そう言って微笑み返してくれるシュロムが唇を重ねてくる。僕達は再び口づけに酔った。

「んふ……んんっ……！」

だけど、僕を愛すと宣言したシュロムがそれだけで許してくれるわけがない。清め、香油を塗り込んでいた中をほぐすようにシュロムの指が僕の後孔に滑り込んだ。

「んんっ、んっ！」

香油を塗り込んだために僅かにほぐれていた後孔は、抵抗らしい抵抗もなくシュロムの指を受け入れ、僕の弱いところを晒す。

「ん～～～～っ！」

口が塞がれているために声を上げて快楽を逃がすこともできない。中から弱いところを指で潰される快楽に、僕はシュロムに縋り、足で敷布を掻いた。

「んっ！　んん～～～っ！　っ、あ……あぁあっ！」

長い口づけから解放されると同時に声を上げる。はしたないとか、そんなことを考える余裕なんて僕にはなかった。

「あぁっ！　っあ……！　シュロムっ……あぁあっ！」

徐々に増えていく指に圧迫を感じながらも、バラバラに動く指が気持ちいいところを擦って、僕はあられもない声を上げる。

「ディロス……」

熱を孕んだシュロムの声が僕を呼ぶ。

快楽の涙に濡れた視界の先。シュロムの表情は、愛する者を見るものであり……同時に喰らう男の顔だった。

「ぁあ……！　っあああ！」

今から抱かれる。シュロムのものになる。そう思うだけで体が一層高ぶっていく。

「シュロムっ……！　シュロム……！」

名前を呼び、その体を抱き締めて達する。シュロムの指が僕の中から抜けた時、僕はすでに息も絶え絶えになっていた。

「ぁ……はあ……あぁ……」

力の抜けた四肢を乱れた敷布の上に投げ出し、荒い呼吸を続ける。そして、僕の視界の端でシュロムが手を拭い、自らの陰茎に香油を垂らしているのが見えた。

「ディロス、まだまだ頑張れるだろう?」

そう言って微笑むシュロム。だけど、その瞳は炎のように揺らぎ、獲物を見つめる獣のように見えた。

「う、ん……頑張るから……もっと、愛して……」

そして、それに応えさせて。そう思いながら笑みを返すと、シュロムは僕の足を抱える。猛った

陰茎がほぐされた後孔にあたり、その熱に息を呑む。だけど、待ち望んだそれが僕の中に沈むと、
僕の思考は白く染まった。

「あぁぁああっ！」

胎を押し開かれる感覚。苦しいはずなのに、慣らされた体は快楽を感じ、淫らに踊る。

「あぁ……あっ！　あぁあっ！」

弱いところを擦られ、最奥を突かれ、その度に視界に星が飛ぶような絶頂を感じた。

「シュロムっ……しゅろむっ……！」

大きな快楽は、自分を見失いそうで怖い。

でもそれを与えてくれる人が愛おしい人だから、その快楽に浸る。

「ディロス……！」

快楽を堪えるような切羽詰まった声でシュロムが僕を呼ぶのが好きだ。

「ああっ！」

シュロムに縋ることのできなくなった僕の手に、手を重ねて握ってくれるのが好きだ。

「ディロス……俺の最愛の妃」

快楽に浸り、余韻に微睡む時に囁いた言葉も……気恥ずかしいけれど好きだった。

◆◇◆

「っ……」

意識が浮上し、ぼんやりと薄暗い宙を見つめる。

動かすのも億劫な自身の体に、シュロムに愛されて意識が飛んだのだと思い出した。

「……」

気だるい体で横を向くと、僕を抱えるように眠るシュロムが見える。互いにガウンを着ているから、後処理もしてくれたのだな、とぼんやりと思った。

「っ……」

眠るシュロムの頬に触れると、僅かに形のいい眉が動く。

眠りは深い方ではないから、あまり触れると起こしてしまうだろう。そんなことを考えながら僕を抱き締めているシュロムにさらに身を寄せる。

薄い布越しに伝わるぬくもり。寄り添う心地よさに再び意識が微睡むのを感じながら、誰にも聞かれないような声で呟く。

「シュロム……僕の唯一の人」

今は、僕が言えるのはこれが精一杯。

誰よりも好きな人。唯一の人。愛してるって言葉は子供達にも使ってしまうから、これが僕のシュロムに向けられる唯一の言葉。

「……」

小さく呟いたからシュロムが起きた様子はない。そのことに安堵しながら目を閉じる。

「俺もだ。ディロス」

眠りに落ちる寸前、そんな言葉が聞こえて、恥ずかしくなったけど……起きるのも恥ずかしくてそのまま睡魔に身を任せるのだった。